去南方

简 媛 著

中国言实出版社

图书在版编目（CIP）数据

去南方 / 简嫒著 . -- 北京：中国言实出版社，
2023.8
ISBN 978-7-5171-4574-5

Ⅰ . ①去… Ⅱ . ①简… Ⅲ . ①短篇小说—小说集—中国—当代 Ⅳ . ① I247.7

中国国家版本馆 CIP 数据核字（2023）第 160485 号

去南方

责任编辑：郭江妮
责任校对：邱　耿

出版发行：中国言实出版社
　　　　　地　址：北京市朝阳区北苑路 180 号加利大厦 5 号楼 105 室
　　　　　邮　编：100101
　　　　　编辑部：北京市海淀区花园路 6 号院 B 座 6 层
　　　　　邮　编：100088
　　　　　电　话：010 - 64924853（总编室）　010 - 64924716（发行部）
　　　　　网　址：www.zgyscbs.cn　电子邮箱：zgyscbs@263.net

经　　销：新华书店
印　　刷：北京温林源印刷有限公司
版　　次：2023 年 10 月第 1 版　2023 年 10 月第 1 次印刷
规　　格：880 毫米 × 1230 毫米　1/32　10.5 印张
字　　数：200 千字

定　　价：68.00 元
书　　号：ISBN 978-7-5171-4574-5

目 录

美好的夜晚   1

枯秋   19

你为什么不哭   32

两个人的城堡   51

去坝洪村那天   70

两只铃铛   86

闯入者   107

去喀纳斯   143

沉默的铁轨   203

老屋   224

那夏以后   246

遗产   262

去南方   283

美好的夜晚

　　从地铁站出来，太阳罩在杏子身上，她没有打伞，心事沉沉地走在社区幽静的林荫道上。光斑跳跃的路上，盛开的桂花无声落地。

　　鞋子的跟太高，脚很痛。杏子已经五十五了，和丈夫一鸣离婚二十五年，因交通事故失去独生女阿宝也快两年了。她刚从街道办事处退休下来。

　　在林荫道上停步，坐在两棵桂花树中间的休息椅上，往左侧望去，看见了大剧院。这座城市最好的大剧院，一年前才建好的，立在那儿，像一朵绽放的芙蓉花。不管在什么时候，杏子都从来没有怀着幸福感去打量它。看见大剧院出出进进的那些穿着体面的年轻人，她的心头就会涌出复杂的情绪。不知是嫉妒，还是鄙视。似乎又都不是。

　　坐在休息椅上好一阵儿，直直看向那朵白色的芙蓉花。杏子家还要往前走四百米。穿过那幢高楼，往后走一百米，是一个别墅小区。她家这所房子是从一个拍卖会上低价买下的。杏子喜欢一楼园子里那株桂花，花园挺大。

往右边看，桃花岭就在眼前。开上岭的吉普车很快掩埋在绿色的丛林里。时常有男人开着越野车在岭上比赛。林荫道上除了偶尔有牵着小狗的人飞速往前跑，其他再没有任何声音。杏子起身往前走，被风吹落的桂花铺了一地，她往前迈步时，就有意挑些花少的地方走。一个面熟的中年男人迎面走来，走到她跟前时，停下来，笑着说：

"有个男人在您家楼下等了好久了。"

杏子小跑往前，脚愈发难受。她气喘吁吁地赶到小区，走进大门，往左拐，再往前走五十米，再右拐，看见了站在自家门前的人，她的前夫一鸣。

"对不起。我今天去探访了城郊一户人家，孩子意外溺水身亡，是个独子。回来晚了。"

在前年阿宝的葬礼上，杏子见到了一鸣和他的现任妻子，这是二十多年后的首次相见。在那之后，一鸣在每年的清明节和阿宝的忌日都过来陪她聊天。他今年刚好退休，比杏子大五岁。

"这是谁的主意？"

一鸣一边说一边指向钉在入户花园外墙上的一块牌子。那是杏子一周前钉在那里的。上面写着：欢迎寄宿，仅限无兄弟姐妹的女学生，需要有担保人。

"房子这么大，我一个人住太浪费了……"

"你差钱？"

一鸣一脸不悦，问杏子道。杏子站在那儿，什么也没说。他剜了她一眼，没好气地说：

"这算什么事？那不干脆把别墅卖了，去换个小房子住。"

"那怎么可以。房子卖了，阿宝就找不到回家的路了。"杏子又接着说，"有个人同住，我也没那么孤独。"

"让一个不了解的人住进来，还不知会招来什么灾难。"

"是吗？"杏子犹豫了一下说，"事先我会多了解的。"

进门后，杏子把一鸣引到一楼窗朝花园的房间。这房间以前是阿宝当作书房用的，阿宝死后，杏子就住进来了。杏子一打开房间的窗户，桂花的香气立马扑进来。一鸣就站在窗前看花园里的桂花。

"正是开得最旺的时候啊！"一鸣说。

"今年开得比往年要早些。"

阿宝死的那天，花园里的桂花正是盛开之日。八月二十日。

"这院子里的桂花是开得最旺，香得最持久的。"

一鸣说得没错。这小区所有的花园里，凡是栽了桂花树的，就数杏子家的桂花开得最棒，无论是从花的密度还是香度都要好很多。两百平方的花园里，这棵桂花树独木成林，它的香气跑遍整个小区。阿宝的父亲从一个落魄的商人手里买下这座院子时，就已经有了这棵桂花树。

"我那边的花园里也栽了桂花树，和这棵真是没法比了。"

杏子真希望一鸣快些离开，一小时后，这里有客人来访。

要来寄宿的是一个高三的女学生，独生女。她昨天打电话来确认杏子让人免费寄宿这事的真实性，杏子肯定地说是真的。女学生还告诉杏子，她父亲两年前死于意外交通事故，母亲患抑郁症一年了。

一鸣不知道，杏子现在是一家失独家庭救助中心的志愿者，也经常以这个身份接触来访的独生子女家庭。

"阿宝离开就两年了，仿佛是昨天发生的事。"一鸣沉默了一阵接着说，"忌日的事，你不要操心，全部由我来搞定。"

杏子什么也没说。她看着一鸣，看他慢慢往后面推移的发际线。感觉一些原本属于他的东西也正在慢慢地失去。她坐在离窗最近的那把老式雕花椅上，目光投向窗外的桂花树，那些密织如网的花和香气如同她过去对事业、对人生心怀的野心——浓郁且直接。而现在所有一切都从心底流出，失散离去。她看着那些落在泥地上的桂花，心想，所有一切都终将归于尘土。

"听说东面那户的孩子关进牢里了。"一鸣说。

"消息倒是挺灵通的。"杏子感觉自己说话的语气回到了二十五年前，慌得赶紧咳嗽了一声。

一鸣看了杏子一眼，说："为了生个孩子，躲到那么远的地方去。妻离子散，不值得。"

"一直寄养在姑姑家里，十五六岁领回家，叫亲妈做阿姨，叫姑姑做妈妈。家里人和他说话都是小心翼翼的，生怕冷落了，当菩萨一样供着他。可他整天不着家，和社会上的渣渣混在一起。生了也是白生。"杏子说完最后那句话就后悔了，像是打开了某个开关，眼泪流了出来。

"国家明明有政策，还想弄个特殊化，可见就是顽固不化。"一鸣还想说，杏子你若不是顽固不化，何以至此。

"有些事做了也是白做了。"杏子说这话时，眼睛直直地看向远方，仿佛看到了二十多年前的光影，看到那个风风火火一心扑在工作上的自己。

"都过去了。"一鸣安慰杏子。

接下来，两个人就这样站在窗前，四周安静得让人尴尬。

"你现在退休了。可以好好休息了。"杏子感觉总得说些什么。

"我现在又回公司上班了，儿子不熟悉业务，玩心又重。没办法。"

"你总算实现自己的梦想了。"杏子笑着打趣他。

"什么梦想不梦想。"一鸣说着，神情落寞地看了杏子一眼，"要是知道阿宝会先走，当时就不会跟你离婚。现在想来，有女儿是福啊。"

"没有儿子，就是绝代户，死后连个端灵牌的人都没有。你得给我生个儿子……"杏子记得清清楚楚，那天，她去一鸣的公司，看见一个女孩坐在一鸣的大腿上，手挽着他的脖子。那些年，一鸣经营的长途运输车队很赚钱。跟杏子离婚后他立马结婚，并很快生下一子。

"这话若是从别人嘴里说出来，我还能忍。可是，就是在我的眼前，就是在生下阿宝不久。我亲耳听见……所以，我绝对要离。"公婆劝杏子想开些，退一步海阔天空。杏子死活不肯。

杏子现在都无法想象，当初的自己怎么有那么大的勇气。她和一鸣自由恋爱，结婚后一年就生下了阿宝，离婚时阿宝还不到一岁，虽然每个月都能收到一鸣寄给她的高额的抚养费，可她工作起来比谁都卖命。铁青着脸把一个个超生的女人送进妇产科，看她们出来时空扁的腹部，她时常在心里得意，觉得自己又干成了一件大事。

"回不去了。"一鸣突然这样说。

"回不去了！"杏子重复这句话后，抽泣了起来。一鸣走到杏子身旁，默默地抱着她。

"我意气用事，你也是太绝情了。"一鸣这样说时，把杏子抱得更紧了。

不知哭了多久，杏子感觉自己走进了荒无人烟的沙漠，一个人也没有的恐惧与绝望笼罩在她身上。

一直以为自己从不会示弱。她早就对好心给她介绍对象的人说过，她不喜欢婚姻生活。看到特意向她示好的男人，她躲都躲不及。离婚之后，她带着阿宝，被生活赶着往前，忙碌却充实。现在阿宝也死了，一种从来没有过的寂寞涌现在她的生活里。杏子抹了把脸上的泪水，从一鸣的怀里挣扎出来，走进另一间房，那里有她和一鸣的结婚照。她拉开抽屈，看着那张照片，呆站在那，仿佛一具雕塑。

"我老婆生下儿子后，就再也怀不上了。"一鸣的声音从隔壁传来。

"她子宫里有毛病。"一鸣又说。

"现在好了吧？"杏子说。

"上周才查出来的，子宫癌。"

"什么时候手术？"

"后天。确诊后，人就瘦得不成形了。"

两个人都沉默了，杏子和一鸣都看向窗外的桂花树。

"晚上坐在桂花树旁边，闻着花香赏月，很美好吧。"一鸣一脸憧憬的样子。

"别人也这么说。我时常搬把椅子坐在花园里闻着桂花香喝茶。还真是享受。"杏子想起自己差点卖了这棵树时，心里连连庆幸，"幸好有这棵树。"

"不要再留宿别人了，孩子还在这屋里。"一鸣说完这句话就告辞回家了。

杏子看了下手表，心想，那女学生就快要来了。她走进厨房清洗一鸣喝过的茶杯时，门铃响了，出去一看，是个女孩。"您好！您昨天对我说过的事，是真的吗？"

女学生身材高挑，穿着蓝色的校服，脸上笑容阳光，怎么看也不像一个命运悲惨的孩子。

"噢。这个事啊。"杏子想到一鸣离开前说的话，她看了眼挂在墙上的阿宝，犹豫了一下，说，"我想我这里遇到了点麻烦。我想，我可能……"杏子不知怎么将拒绝她的话说出口。

"心意改变了吗？"

杏子走出门，走出花园，把挂在花园外墙上的牌子取了下来。

"原想把二楼房间让给需要的人住。但孩子的父亲说孩子要回来了。"杏子不知道自己怎么说出这番话的。

"您是指那间房吗？"女学生指向阿宝住的那间房。那扇窗正好对着花园。她又看向杏子，满脸欢喜。

"请给我一个机会，好吗？"

"不行了。孩子要回来了。"杏子不知为什么自己突然如此坚持。

"就一个晚上，行吗？"

"还是不行。"

女学生看了眼二楼，十分失望地走了。突然，她又返回来，想起什么似的，说道："那些散落在地上的桂花可以捡拾起来，洗净、晾干，用来泡茶。我还会蒸桂花露。这些我都可以帮您做。就让我在这住一个晚上吧。"

"你为什么那么想在这里住一个晚上呢？"杏子想到那些贪慕虚荣的年轻人，语气顿时变得异常刻薄。

"我住在这里，会想象这是我的家，您是我的亲人。"女学生说话时，眼睛直直地看向杏子，却又像是看向杏子所站的方向，声音越说越低，脸上绯红。

　　杏子心里一颤，这不正是我挂那块牌子的初衷吗？

　　"既然那样，你就帮我去捡拾桂花。若是我感觉不错，你就可以留下来。"

　　女学生不待杏子的声音落地，就脱去外衣，挽起袖子。径直朝花园里走去，她蹲下去，开始捡拾桂花。

　　"阿姨，我手里装满了，请您给我一个袋子，好吗？"

　　"你事真多。"杏子这样埋怨她时，心里却生出异样的感觉，一种久违的东西从某个角落钻出来。心里浮现的是阿宝的面容。突然感觉这个女学生的来访，是天赐的美好。

　　女学生和杏子聊她的同学，说他们经常能收到爸爸妈妈寄来的包裹，还说她很会画画。说到画画时，她停顿了一下，很快又叽叽喳喳地说个不停。

　　杏子听她说，有时也搭讪一句。看她开心的样子，心里头渐渐安心了。她走进厨房，取出早上榨好的果汁，倒了一杯给她。

　　"我每周都从这里经过去爬桃花岭，每次经过您这院子，我都会停顿一会儿。这香味真好闻。"她深深吸了一口气说，"我曾经多少次想，若是能在这样的房子里住上一晚，该有多么美好。"

　　"啊，你早就来过了。"杏子想到"踩点"两个字，消失的恐惧又回来了。

　　"我就在这附近的学校上高三。以前爸爸每周都会带我和妈妈去桃花岭上写生。他是个画家。"

女学生的脸从桂花树下露出，又缩了回去。

两个人又聊了一会，杏子感觉眼前的女学生变得熟悉起来，心情难得地轻松。她走上二楼阿宝的房间，打开窗户，向女学生喊道："上来，我带你看看这间房。"

房间挂有阿宝的照片，墙上还挂了某花滑冠军的照片，阿宝一直想学花滑，可自打进入高中后，学业重，没有时间去学。

"这房间是您女儿住的吗？"

"是的。"杏子边说边指向桃花岭东边的公路说，"研究生毕业那年，她骑单车去参加同学聚会，在即将要拐上公路的岔路口，被一辆速度很快的吉普车撞上，当场身亡。"杏子没有意识到自己不经意中说出了某个真相。

女学生站在杏子身旁，看向杏子指向的公路那边，久久凝视。她的皮肤显得苍白，眼睛里有无法抹去的忧伤。

"眼看就要去单位报到了，是她喜欢的中央音乐学院。"

这条路连接高速公路入口，来往的汽车穿梭成线。秋阳，让天空显得很亮。桃花岭蜿蜒的山脉下有一个湖泊，湖边挺立着许多水杉，这个季节，正是它们最美的时候。杏子和女学生并排站在二楼的窗口，久久眺视远方，两人脸上都呈现出若有所思的样子。

"能让我留下来吗？"女学生问。

"好吧。房间要自己整理，不提供伙食。"

女学生说先回学校去宿管老师那儿请假，傍晚住过来，就高高兴兴地走了。

她走后，杏子立马就后悔了，心里七上八下。她看着女学生刚刚捡拾的桂花，已经清洗过，平整地铺在阳光房的桌面上。她抓了一把桂花粒，坐在床边数着打发时光。她记起女学生临走时，留下了自己的电话号码。她拿起电话，犹豫着要不要打电话给这个姑娘推掉住宿之事。这样往返几次，通常是话到嘴边了，又觉得不妥。最后，她下定决心，心想，既然都决定了的事，就不要再反悔了，何况对方还只是个孩子。

她想到当年，她寻到那个偷偷怀孕的女人，明明约好第二天在某个地方见面，等了整整一天，人间蒸发了般不见踪影，杏子和同事一起，没日没夜，无论折腾多久，无论花费多少口舌，发誓总归要找到她，要把她送进妇产科，看她空着肚子出来，才能睡个踏实觉……回忆这些，只会加剧杏子的痛苦。她恨自己为什么不失忆或是患上老年痴呆症。

下午两点，住在杏子家后面的女人约她去福利院看望那些残疾人，杏子去了，捐了善款。回来的路上，邻居女人说她已经报名就读社区的老年大学，学书法，学舞蹈，学摄影，反正喜欢什么就学什么，哪里热闹就往哪里凑。还说她丈夫一周前在医院做了心脏搭桥手术，儿子在英国留学，来回那么远，路费也不便宜，就没有通知他了。杏子嘴巴上应付着，心思却不知飞到哪里去了。她想到了一鸣，突然意识到他这次来心事重重的样子，可两人都离婚二十五年了，他也实现了他的愿望。一切都回不去了。

想到"回不去了"时，杏子的右手悄悄移到胸口。那些被自己赶往妇产科的女人，她们的痛苦又何尝是自己曾经试着去理解的。

离婚后，她才意识到一个女人失去男人、失去家庭后的痛苦。虽然也时常有人给她说对象，可她没了心思。她嘴里说，自己有房子，工作也不错，日子过得下去。可心里明白，她还在想着已经和自己离婚的一鸣。杏子有时会想，一鸣大男子主义心思太重，非得要个儿子，还非得要她辞了工作，说这样还可以生二胎，甚至多胎。可杏子又想，自己又何尝不是固执呢？眼看一鸣有了别的女人，虽然后来听人说那是故意做给她看的，可她当时就信了，谁也拦不住她要离婚的心。只是没有想到，一鸣还是只和对方生了一个孩子。这是命啊。杏子和邻居女人并排往前走，走在林荫道上时，没有像往常那样回头去看大剧院，直接回家了。

走完这五十米，再拐个弯就到家了。杏子突然感觉嗓子异常难受，胸背部分异常燥热。阿宝出事以后，她感觉万事俱灭，干啥也提不起心劲了，她的月事也突然不来了。她和朋友聊天时，说是更年期导致的各种紊乱。今天出门时才喝了银耳羹，可脖子以上部分异常难受。她母亲寻到一个老方子，要她连续吃三个月中药，大约两个月前，她的月事又来了。虽然只来了一点点，但杏子感觉到焦躁不安，感觉某种离她远去的东西又回来了。她突然想到一鸣上午的来访，并不单是为了阿宝来的。

家门前摆放着一辆单车，车尾座上捆着一床被子和一个书包。女学生蹲在地上，手里捧着一本书。杏子和邻居女人道别后。一边打开大门，一边说："你就来了。"

"给你添麻烦了。"女学生说得很小心，生怕杏子改变主意似的。

"你倒是执着。这点用在学习上也是挺好的。"杏子的语气像在嘲讽，可她感觉自己有点喜欢这个孩子了。

"不好意思。这边靠山，湿气比较重，桂花一时干不了了。桂花露我以后一定会帮您蒸的。"

杏子还来不及接话，她就直接搬着东西上楼了。

"还有些洗漱用品没带来，我一个小时后再来。"女学生说完骑着单车一阵风似的走了。

不到一个小时，女学生又来了。她身旁还站着一个看上去和杏子年龄相仿的女人。杏子一下慌了，她拦在门口，不准她们进门。

"这位是我妈妈，今天是她的生日。"

"你怎么不早说？"杏子感觉自己被这个小女孩耍了。

"你是个好人。"女学生说，"我想给我妈过个生日，可学业太重，我不想请假回家，学校又不能让我妈留宿，去外面住酒店太贵了。"女学生说得有条有理，却让人一眼能看出她眼里的慌乱。

"你是个好人。"女学生的妈妈跟着她女儿这样说。接下来的声音含糊不清，不知道她说些什么。

女学生拉起妈妈的手，直接上了二楼。杏子怔住了。她想追上去，挡在阿宝的房门前，大声告诉她们，这是我女儿的房间，你们走。可她的腿像是被油漆粘住了，怎么也迈不开步子。若是阿宝这样对我，该有多幸福啊。她在心里安慰自己。夜幕已经降临，灯光映衬花园，桂花的香气环绕屋前房后，每个角落，所有一切都包裹在格外的温情里。杏子关了大门，上好锁。她回到自己房间，走进浴室，放好水，想泡澡，但心里总是七上八下。她留意房间里每一个细微的声音。一鸣装修房间时用了最好的材料，她听不见二楼的任何声音。

已经十点半了。杏子慢慢放松了些，她打开抽屉看了一些她和阿宝的生活照。离婚后，她一个人带着阿宝，阿宝天天跟着她，她去哪，阿宝就在哪儿。突然想起阿宝八岁那年，她考过了驾驶证，买新车的第一天，她开车去学校接阿宝，结果两个人错过了。最后相遇时，杏子抱着阿宝，失声大哭。阿宝说，妈妈，我怕你撞车了。我害怕。

一切好像近在眼前。杏子张开双臂，把阿宝的照片抱在怀里，把头压在胸口，哭时因为过丁压抑，她的背与双肩形成特殊的起伏。

自杀！杏子突然从胸口抬起头来。她害怕起来，这是不是她们设计好的一切，选择在这里告别人生？她想起来了，那女孩告诉过她，说她爸爸遭遇车祸身亡后，她妈妈几次想自杀，她也几乎不想活了。杏子蹑手蹑脚走到二楼，她想推开门，看清楚她们当下的状况。可她返回到楼梯口，坐在那里，听见楼下风吹树枝发出的沙沙声、均匀的呼吸声，其他什么声音也没有。

看样子两人已经入睡了。杏子无心入睡，她后悔自己一时兴起，也后悔没有听一鸣的话。可她总感觉有股力量在推着她，去做某件看似不得不做的事。

小区的灯慢慢暗了，二楼的灯也全灭了。她总觉得二楼那间房里藏有不可告人的阴谋，她想到了报警，可怕是自己多疑而造成尴尬的局面。就这样，她一直坐在楼梯口，手里拿着电话，110 这三个数字已经排列在显示屏上。

过了十二点。杏子还是不放心，她又悄悄地走到二楼那间房门口。犹豫着要不要进去，月色洁白中带点微红，像是一双眼，注视着世界的一切。杏子看了眼过于耀眼的月亮，对自己说，月色真美。她想要和那个女人打声招呼，或是和她聊聊天。

可她听见了一些细弱的声音。

"妈，你睡着了吗？"

"睡吧，你明天还要上学。"

"不能睡着。过了十二点，就是你生日了，可明天你就不能住在这里了。"

有划动火柴的声音。

"妈，你过来。"声音慢慢往窗边移来，"月色好美，快过来许愿。"

"真美啊。"女人的声音也移到了窗边。

杏子有些失落，觉得自己过于警惕。她不知道自己是走进去对女人说声生日快乐，还是悄悄下楼去。

"房子后面是桃花岭，前面是湖，湖边有大剧院，像一朵盛开的芙蓉花。"女学生说话的声音洋溢着幸福，杏子甚至能看见她脸上的神采。

"月亮好圆。"女人突然哭了，声音压着，"要是你爸爸还在就好了。"

"我会一直陪着你的。"

话说到这里就消失了。杏子感觉两腮有些凉意，她不知道自己何时流了泪。阿宝也说过一直陪着她的，她悄悄下了楼。

她又一次拉开抽屉，取出阿宝的照片，沿着楼梯走到这栋楼的最高处，那里能看见湖那边的大剧院，站在那儿，向左侧望去，在月光的映衬下，看见大剧院像一朵洁白的芙蓉花。阿宝也是有机会去里面表演的，她的古琴弹得可好了。杏子这样想时，第一次怀着幸福细细打量它。

她下楼时，想到二楼那间房，里面有两个陌生人，她们睡在阿宝的床上。她停下脚步，手扶栏杆，心思起伏。

楼下的小花园里，一切都沐浴在皎洁的月光里，新栽的月月桂排列成行，俨然守护的战士；伸出枝头往上攀爬的三角梅，将它的坚定与忠贞赋予这房子格外的神圣；静夜下的金桂，看不见它的灿烂，却散发出较之白天更加纯粹的香甜，仿佛芳香四溢的精灵在舞动。

不知为什么，杏子感到从来没有过的轻松，她甚至觉得有些兴奋，平时淤积在心里的空虚完全消失。她只想坐下来，待在那里，从眼前月光所笼罩的这一片景物中去感受。她在心里连连赞叹，眼前的一切是她从来没有见过的美好。

从花园走出去，沿着曲折的林荫道，有两排樟树蜿蜒而行。远处桃花岭上有不知何物发出的亮光，如同另一轮明月，闪烁在黑暗中格外明亮。又好似一道探进幽井的光。

杏子又一次停下脚步。她发觉心灵深处所受的感动，越来越强烈，她得扶着栏杆才能站稳。

可是，消失或是一直埋在心底的那种说不清的焦虑又冒出来了——她过去一直津津乐道的事业。直到有一天，她目睹了一些家庭的痛苦，并亲身经历了，情况顿时起了变化。突然之间，她过去信奉的东西如同一切被桎梏的思想所做出的行为一样，在崩溃的瞬间，飞逝得无处可寻。她理解了那些执意拥有更多生命的夫妻。她以志愿者的身份，走进一个个有需要的家庭。尽管如此，她仍然无法给予他们更多的安慰。无论如何，她又能挽救什么？而他们，面对走进他们家庭的志愿者时，到底是揪出更多的痛苦还是获得一丝心灵的慰藉呢？

杏子此刻站在黑暗里，心中突然生出奇怪而又幸福的感觉——她过去的执着与现在的执着是那么令人惊奇地相近。

去南方

　　杏子走到一楼，关了楼下的灯，她打开房间的窗户。明天应该还是晴天。女学生捡拾的桂花可以晾干，后天她们可以一起蒸桂花露。风吹动桂花，香气将她包裹，好久没有闻见这么好的气味了，仿佛久违的幸福包裹在里面。

　　她想好了，等女学生高三毕业不住这了，继续把那块牌子挂出去。

　　二楼那间房永远不会空着。

（《天津文学》2019 年第 7 期）

枯秋

　　说真的，我不想在那种时候见到兰。兰是我妹妹。那天我刚受到学校表扬——我在全乡中学生秋季长跑比赛中获得了第一名——站在一千多人面前，校长将一朵大红花别在我胸前。此刻它依旧别在那，很显眼。

　　很显眼的不只是这朵大红花，还有妹妹。不合身的衣裳，枯黄的头发和路边的枯草没有区别；脸色白得异常，像死鱼的肚皮；而脚上的凉鞋襻，一左一右，拖拉在鞋跟后面，仿佛极力要挣脱某种桎梏。她向我跑来时，我第一眼就看见了它们，她每向前走动一步，鞋襻就会发出有节奏的抽地声，以至于你可以数上节拍：一二三四，一二三四……

　　我知道后面有许多双眼睛在盯着我。我甚至听见哄笑。我的脸上一片绯红，比大红花还要红。我没有搭理兰，独自朝着无人的马路跑去。兰追着我，鞋襻依旧会发出有节奏的抽地声。

去南方

我还没来得及发出任何声音——或许是我压根就不想说——兰说："姐姐，爸爸喝农药了。"我以为我听错了。兰没有重复，她哭了，哭声里有恐惧。我爹在矿里砸伤后血涂满面回家时，我也发出过这样的哭声。我相信这是真的。大红花是皱纹纸做的，我扯下它，递给兰，说："你的衣扣子扣错了。"她接过大红花，擦干了眼泪，却没有去更正扣错的衣扣。

"姐姐，爸爸会死吗？"兰跟在我后面，鞋襻的抽地声让我脑子一片空白，却突然清醒地意识到，我家的天要塌了。这事比关心兰的衣扣要重要万倍。

"不会的。"我走得飞快，仿佛要甩掉兰，甚至任何可能认识我的人。"妈妈呢？"我才想起，一个急刹停下来，问兰。兰只有八岁，可我知道她能猜出我在问什么。

"妈妈在哭。坐在我家厅房前的神龛下，咒骂爸爸被一只母狗约了去坟山里牵连。姐姐，什么是牵连？"兰离我有些远了，鞋襻子的声音几乎要盖过她的声音了。

我知道我娘口中的母狗是谁。我背转身时，发现不远处有只黑色的公狗正趴在黄毛母狗的身子上用力，这就是牵连。我没有说出这句话，却走过去对兰说："姐姐先走，你害怕吗？"

"不怕。"兰望着我，她眼里没有痛苦，只有恐惧。晚稻已经收割，只剩下高低不一的稻茬在慢慢枯萎。起风的时候，会有黄色的叶片从路边的梧桐树上飘下来，停留在已经枯竭的小河里，仿佛搁浅的小舟。

兰离我有多远，我一直没有回头去看。我沿着马路跑，沿着河堤跑。河堤那边有堆正在燃烧的杂草，黑烟像条蜈蚣一样向天空攀爬。

我爹是个矿工。他眼睛里一直有黑色的无法洗净的煤尘，有时鼻孔、耳洞里也会有。而真正的标签，是那道黑色的伤痕，就在左眼下面。这是半年前的事了，我不知道我爹被什么砸伤了。但我记得那天的情景：是夜里九点多的样子，我刚躺下，就听到我家后屋的门被擂响，响声异常急躁，让人恐慌。我爹是被两个同事架进屋的，脸上全是鲜血。不，是黑色的血。我娘哭号的时候，我以为我爹要死了。架着我爹的两个男人中的一个说："嫂子，老兄还活着。快去叫礼拐子来（礼拐子是村卫生所的医生）。"他不敢说出更多，出事前，我爹在矿里对他说过，夜里老梦见以前的相好站在他床前哭。伤好后，爹的左眼下留了道长长的疤痕，像条黑色的蜈蚣趴在那。我害怕蜈蚣，我妹妹也是，她一见爹的左眼就吓得大哭。"别怕！"没过多久，我爹就搬到矿里住去了，一个月才回来一次。回来了，妹妹躲在我身后，我低头，我们都沉默了。只有我娘的声音，如夏蚊在屋里穿梭：家里没有米了，没柴了，猪栏里的粪要挑到田里去了，门前沟里的垃圾堆进屋了。爹从矿上回来的时候，肩上总是会挑着担煤，进屋后，除了吃饭，他会从谷仓里挑出稻谷去碾米厂碾成白白的大米填充家里的米缸，用铁钯把猪栏里的粪拖出来装在粪箕里挑到田里、菜地里，掏空门前沟里的垃圾……干完这些，我爹就回矿里去了。他一般不会在家里洗澡，有时甚至连饭都不吃就走了。

兰什么时候才能到家，我把这个担心抛到了脑后，只顾风一般往前飞奔。仿佛要逃离那些鞋襻抽打地面的节奏，还有那条想爬上我身子的蜈蚣。

在村口时，我遇见了一群人，他们表情各异，却能分辨出来，是那种看到一件与自己无关的事情才有的表情。我意识到隐藏在他们表情下的事情一定与我有关。那些婶婶大伯们平时见了我都会热情地喊我，今天一个个像防瘟疫般远远地躲着我，却又分明在瞟视我。我的心跳得异常快，比兰告诉我"爸爸喝农药了"那句话时快了许多，比我在长跑为了争得第一名也要快些。我感觉妹妹眼里的恐惧爬进了我眼里，而那条蜈蚣却怎么也爬不上我的身子。

我在人群里寻找我娘我爹。没有他们。村里没有出现鞭炮声、锣鼓声。我暗自松了口气。走进厅屋我看见了我娘，她像堆枯草，瘫坐在神龛前。听见我像条狗那般喘气的声响后，我娘弹簧般跳起来，甩掉那挂在鼻尖荡秋千般的亮闪闪的液体，扑上来，哭号："那母狗死了，你爹就失了魂。我恨他有卵用，咒他，那母狗当日来就是来招你魂的，舍不得不晓得喝一口农药去地下陪她啊。没想到他就真的狠心丢下我们娘仨了。"

我娘的双手如铁钳掐着我的双臂，她的身体像个膨胀的

22

气球，我不敢去碰撞，我的身上堆满了刺——不知什么时候，我变成了沙漠里的一棵仙人掌——我怕我碰触我娘的身子，她就没了形迹。神龛上我爷爷奶奶的样子比我爹我娘还要年轻，他们的目光中也含有刺，我躲闪着它们，将目光移到我娘身上时，发现她的鼻尖下又有亮闪闪的液体在晃动。汗水将我脸上的尘土冲刷成纵横的沟渠，而我的嘴角却溢出黏稠的白沫，不知从哪里伸出的一双手在掐紧我的脖颈，喉咙深处有烟火在灼烧。我用尽浑身力气从那里挤出一丝声音：

"爸爸在哪里？"

"乡卫生院。"

我娘的手乏了，她的身子顺着我那条被尘土包裹的裤腿瘫坐在地上，亮闪闪的液体从鼻孔、眼眶里奔腾而出。

我丢下我娘，甩开双手，向着回来时相反的方向跑去。泪水不知何时流了出来，如同不知何时下起了细雨的天空。我对我娘生出来的恨——在我看见我爷爷奶奶眼里的刺时，恨由心里钻了出来——让我跑得更快了。

这是条晴天尘土飞扬，雨天泥土扑身的土坯路。却是唯一通往外界的道路。秋收后，除了像我这样到村外去上中学的几个孩子，村里几乎没有人会在这样的阴雨天踏上这条路了。细雨打湿的路面像和湿的灰面，黏黏糊糊。我像个蹩脚的舞者，摇摆在这泥路上。

我似乎听见了兰的声音，又似乎没有听见。路边有哭丧的声音。我的脑子里塞满各种与丧事相关的词：唱丧歌，做道场，指路，烧冥屋，封柩，抬柩，出山，呷豆腐。直到那些有节奏的鞋襟抽地的声音再度响起，我发现泥水溅了我一身。不知何时，兰跟上了我，走在我身旁。

医院门口墙根边蹲着我认得的村里的叔伯。我爹一岁死娘，三岁时爹也没了。他们不是我的嫡亲叔伯。

"我爸爸他怎么了？"

"死不了。出村口时，刘二伯把手伸进你爸爸的喉咙里捅了一把，呕出了好多秽物，估计农药也吐得差不多。"

我双脚一软，瘫坐在医院墙根边，脚边石阶缝里有一窝挤出来的毛蕨，我们互相盯着看时，我脑子里不可抑制地出现一些别的场景。

我爹不爱说话，不只是在家里，在别的地方他也习惯了不说话。那个下暴雨的星期三下午，窗外围满送伞的家长，我爹也来了，站在最外围的老樟树下。引起一些同学惊叫的是我爹那条爬在左眼下的蜈蚣。我想他是在和我对视时，看出了我眼里的愤怒，而他显然看出了我愤怒的真正原因——是的，我不希望他来，我宁愿淋成落汤鸡也不愿他出现在这成为同学们嘲笑的对象——他把伞悄悄放在后排同学手里就走了。一把又破又旧的老式布伞。谁叫你送伞了，看到这把伞时我在心里几乎要喊出声了。同学盯着我，我什么也没有说出来。老天并不是有意眷顾我，雨自然停了，我几乎想把伞丢进学校厕所后面的粪池了，可我终究没有那样做。后来，没过多久，我的生日就到了，那天恰巧是周末，我刚回到家，我就发现我平时挂书包的那颗褐色铁钉上多了样我从没有见过的东西——一把开着金灿灿的向日葵的花布洋伞。我不确定这是属于我的，但我爹过来了，依旧没有说话，他看我的眼神里，多了一丝羞涩，却又分明含着些讨好我的神色。我看出了来，这是他送给我的生日礼物。

"姐姐，爸爸不会死吧。"兰瘫坐在我身旁，倚着我的手臂问我。

"不会的。"我望着细雨灰蒙的天空。脑海里全是盛开的向日葵。

我爹出院后，腿就软了，人立不起来。医生说是伤了神经，得慢慢养。如拉闸般，家里断了经济来源。村里人一致认为是我娘将我爹逼上绝路的，没有一户人家愿意借钱给我娘。如同那匹误撞入竞技场的烈马，我娘在村里人围观的目光下扛起一家人的生计往前冲。可村里男女老少依旧摆着道德判官的模样，随时随地把我娘踩在脚底。我娘已经到了快要窒息的地步。兴许是再也无法忍受了，那天放学回家，还在村外一里多路远，我就听见了我娘在号啕大哭。不只是在哭，还有诅咒声。第二天我回家，还是在村外一里多路远，我依旧听见了我娘的诅咒声，第三天，第四天……直到村里人不再像往常那般从我家门前那条路经过了，除了野狗会偶尔在门前晃荡。同时消失的，还有我娘的诅咒声。

让我娘的诅咒声停下来的，是我爹。这个真相只有我知道。不是我爹告诉我的，我去村里老祠堂那里偷人家的柚子时撞见了一些声音。

"雪松脾气是不太好，可她是我婆娘。她也不容易，我不怪她。安心入土吧。"我爹在抽泣，我听见了。他又说话了，"你若是真心为我好就要保佑我一家不再出灾祸。我想好了，从今天夜里起，我爬着去，一家一家去说情。"停顿了一下，手掌拍地的声音响起后，我爹又说："谁若是再往我婆娘身上吐脏水，我就和他拼了。"说这两句话时，声音变了，像一块块的石头从嘴里砸出来。

我爬柚子树时不小心挂烂了裤子，我怕我娘用荆条抽打我。可此刻我顾不上了。我循着声音躲在老祠堂的神龛后面。说这话的是我爹，声音刚发出我就听出来了，可是我还是想看清楚他此刻的样子。从神龛侧边的门缝里，我看见了。我爹跪在老神龛面前，像个乞丐。头低至那条蜈蚣几乎要沿着布满灰尘的泥土爬上神龛。我爹想扶着神龛前断了腿的方桌站起身时，桌子腿劲不足，他也腿劲不足，桌子倒了，他也倒了。我想冲过去，扶起我爹，可我跑了，我甚至恨他有卵用。我娘那么对他，他还在袒护她。我在心里骂起了我娘，用词不堪入耳。

我爹喝药前一天，家里来了个阿姨，是我爹原来的相好，说是来看看我爹就走的。我娘忍住没有将阿姨轰出去，也没有在阿姨面前诅咒我爹。可我看见了，我娘的脸色是绿色的，比春天的草坡还要绿，阿姨的脸色是黄色的，带些黑的黄。我爹脸上的蜈蚣仿佛受到了惊吓，缩成一团。他依旧不爱说话，他甚至没有当着我们的面和阿姨多说一句话。除了家里多了个人，人人都装作很正常的样子。可我爹做错了一件事，不应该留阿姨过夜——这是我后来在寻找我爹喝农药的理由时想到的唯一理由——虽然我娘安排她和我还有兰挤在一张床上，可她是后半夜才爬上床的，她的脚冰凉。我碰过的唯一死尸是我外婆，那晚我一直很害怕，外婆那冰冷的手仿佛就在我脚头。阿姨什么时候走的，我不知道，我第二天起床时不见了她。我娘把她留下的水果扔进猪栏屋时，咬牙骂：不要脸的母狗。水过三秋了，你还来有卵用。我娘心里藏了些我和兰都不知道的事，这事一定与我爹有关。我带着疑问去学校，长跑时我想到夜里那双冰凉的脚，想到我娘的咒骂，恐惧让我跑得更快。我在学校领长跑第一名的奖状时，兰跑来告诉我：爹喝农药了。

"姐姐，我饿了。"我答应了偷柚子给兰吃，她望着我，一个劲地唆口水。我拧了一把她手臂上的肉，骂她："一天到晚就想着吃，今天妈妈会给咱俩吃夹心子肉。"兰不敢再出声了，看着我挂烂的裤子，似乎预感到了灾难的到来。

兴许是我娘太累了，她没有注意到我挂烂的裤子。她一进屋就骂骂咧咧。什么今天倒了血霉，在矿山寻了一天，除了看见黑漆漆的石头还是石头。当她说出肚子饿得前胸贴后背了时，我意识到了，是饥饿淹没了我娘的警惕性。她今天去了离村里二十多里的矿山上拾荒。撑到现在的是早上那碗没有油水的清水挂面。

去南方

凉鞋襻子抽地时发出的有节奏的声音终于消失了。看见兰的脚后跟开裂出血后，我爹不知从哪里给兰弄来了一双胶鞋，除了左脚大拇指处破了个小洞，其他鞋面都是完好的。我娘刚刚将铁锅架好，早先煮好发酵的大米已经装在蒸锅里架在了铁锅上，最上面盖着的是用来封顶的圆顶铁锅。她想煮些水酒，医生说让我爹喝些水酒，就着鹿角喝，通筋活血，会好得快些。我娘嫌我们仨围在柴火边碍手碍脚，她招呼我爹去屋里他们睡觉的床底下帮她取些纱条来，压住麻锅四周，免得漏气坏了酒的纯度，而我和兰却被我娘赶进屋去帮她洗一口用来装酒糟的大瓦缸。听见门外的咒骂时——是别的女人发出来的声音——我爹一言不发，而眼里的灰暗与那天我跑到医院时看到他眼里的神色一样，恐惧、痛楚甚至绝望。

我看见他的手抓住了倚在门后的一把铁锹，他握紧它的样子仿佛就要冲出去同归于尽的架势。兰把鞋子脱了下来，丢在我爹脚旁，什么也没说，哭着跑进了里屋。我没拦住我爹，因为我一直没有听见我娘的咒骂，我害怕极了。

"这鞋分明是你们丢了的。我在河坑边那堆破烂上捡来的，你们何故要诬陷我！"我爹说这话时，他额头上青筋暴起，眼珠子都快要鼓出来了，我感觉他很想一铁锹把那个来势汹汹的女人拍在麻锅上。

"你有什么不敢偷的。"女人说这话时，并不看着我爹。

我娘蹲在柴火边，一脸漠然，像个帮凶，任凭她羞辱我爹。

　　"进屋去！"我爹竟然将铁锹挥向了我。

　　待到屋外没有一丝声响时，我耐不住又出来了，兰跟在我身后。我娘瘫坐在灶屋柴火边，暗自抹泪。兰也跟着哭了。我咬住嘴唇没有哭。我看见了我爹的嘴唇在发抖。他眼里的灰暗依旧在。

　　连续好多天，我都没见我娘开口说话了。我们家仿佛提前进入了冬天。幸好我爹的脚见好了，不用爬，挂着拐杖能慢慢移动了。我娘依旧去矿山拾荒养活全家。我依旧恨我娘。直到那天，放学回家，在山脚下的人字岔路口，我看见了我娘，她挑一担箩筐。箩筐里垒满废铁，压在她肩上，背弯成了一把弓。她的头埋在双肩中随同双脚按照一定的节奏往前摆动。凹凸的泥路上到处突出石块。担子越沉，步子愈急，愈发容易被石块绊倒。我看见她踢到一块石头，身子晃了一下，跟跄着往前扑。我冲到她胸前，像条刚入场的斗牛，倾斜着身子将头抵在那儿。

　　"妈妈！"我心里一颤。

　　"是梅吗？"我娘粗重的呼吸声里明显透着惊喜。

　　"我来帮你挑。"我娘刚放下箩筐，我就抢过扁担放在自己肩上。

　　"你压不得。你这嫩得能吹出水的皮肤一压就会出血印，不像我的肩，有老茧垫着经得压。"

　　"我能挑，不信你瞧瞧。"我蹲下去，咬着牙关想站起来，可双腿像断了筋，站不起来；腰也瞬间硬如雕塑，直不起来了。

"你这个细妹子，还想在你娘面前充老大。来，瞧瞧你娘的厉害。"我娘一定是怕我心里有包袱，故意拍了拍胸脯，暗暗咬紧牙关，装作轻而易举地把箩筐挑了起来。她忘记了胯下正垫着草纸——还是早上出来时垫上的——早已湿透。这猛然一用暗力，身子到底经不起了，一股血流直泻而下，夹在两股间的草纸被这股突如而至的洪流冲垮了，经血顺着大腿浸湿了裤管……

"娘，你流血了。"我看着浸在我娘裤腿上的鲜血——我心里清楚那是经血——吓得大叫。

"别叫。"我娘哑着喉咙，低声制止，"你先回去，我去那边老乡家讨点东西。"

箩筐里的废铁垒得过高，放不平稳，我娘怕散了担子，索性咬着牙把担子挑到前面的屋檐下，然后小心翼翼地挨着墙角放下。

一年前我身上就来了月经，我娘早就从我留在床单上的血印子对此事了如指掌，可她并不想和我交流这个问题。我并不知道，在她眼里，和自己的女儿交流这样的问题，就像和一个没有结婚的姑娘交流如何生孩子般艰难。

"我等你。"我突然觉得我娘太可怜了，想帮她挑一段路程。

"你先回去煮好晚饭，这样娘回家就有口热饭吃。你舅家建新房，你爹上你舅家帮着看材料去了。说是每天给几块钱的工钱，还管饭吃。"

我娘故作粗声粗气的样子把我往路上推。我噙着泪，先走了。

秋风越来越冷了，呼呼地从家门前的山沟吹过来，吹得我家的窗格子呼呼作响，窗格上破的纸也在呼呼作响。我从外面回来时，屋里出奇的安静，出于某种警惕，或是不安，透过窗格，我看向灶屋里，我的爹娘在那里，仿佛被风吹在了一起。我娘在洗脚，是我爹在帮她洗，他跪在地上，低着的头刚好落在我娘的两腿之间。突然，我娘把手落在我爹的头上，轻抚它。然后出现了抽泣声，我听出来了，是我娘的。"她来我家时已是肝癌晚期，没几天活路了。"这是我爹的声音。慢慢地，我爹将头埋进我娘的两腿深处，而手搂紧了我娘的腰。我想他们会在那里待得比较久，依靠着彼此。我应该让他们单独多待会儿，我转过身，轻轻地闪进堂屋，我发现兰趴在堂屋炕桌上睡着了，我得抱住她，要不然，她会慢慢滑向一边，发出的动静会打断我的爹娘。

（《湖南文学》2017 年第 6 期）

你为什么不哭

　　七月上旬，我在外地一个古村采访一群长寿老人。就在我大碗喝酒、大块吃肉时，我母亲正在医院抢救。没有人能联系上我。

　　山里信号不好，经常收不到任何信息。需要与外面联系时，我就到村主任家去，他们家有电话。我每天听老人说些琐碎的事，也听他们讲山里的禁忌或是古老的传说。有老人说，美女专家，我觉得你们城里人挺奇怪的，你说我们这山里老人，一辈子都没出过这村，啥世面也没见过，哪还懂得什么养生啊？其实村里人长寿并无秘密，一日三餐，该吃饭时就吃饭，该睡觉时就睡觉。闲时吹唢呐拉二胡唱山歌跳傩戏，忙时田里播种土里栽菜上山砍柴下河捞鱼。也听老人说一年四季的光景，说山里春天满山都是宝，映山红开得艳，蘑菇长得鲜；夏天风从山坳里吹过，打开窗，那个舒爽劲啊，城里的空调没法比；秋天野果成熟了，走到哪都能尝一口；

冬天去山上竹林里挖来冬笋，从火塘上切块腊肉，细细切成片，一起放进砂锅，围着火塘煮，那个香啊……有时他们什么也不说，我也就这样陪他们坐在屋檐下，听风吹响树林，听流水哗哗响，听各色鸟儿欢唱。这些日子我很开心。没有人能找到我，告诉我母亲快要死了。

那天是我采访的最后一天，中午应邀在村主任家吃饭。有黄鳝煮黄瓜、石磨豆腐、烟熏土猪肉、山里土鸡，还有本地特色菜毛山牛肚王……村主任一边说拜托美女专家，一定要好好为我们村做做宣传，一边往我碗里夹菜。村里其他干部也在坐陪。村秘书是个戴眼镜的青年男子，起先话不多，几碗酒下去，也咧着嘴翘着拇指说，我们山里人为什么长寿？自然是我们山里水好土好。用你们城里人的话说，就是富含什么微量元素。他的手指停在空中，眼睛一动不动，像在思考什么的样子。想起来了，是土里富含硒，接着哈哈大笑起来。美女你若是常来，一定可以活过一百岁。这是村计生专干说的，一个和我年龄相仿的女人。只见她端起两碗水酒走到我身边。美女，我是真心佩服你，长得好看，又有才华。你若是不嫌弃我这山里的土大姐，就和姐姐我干了这碗。那可是满满当当的一大碗酒啊。山外有老人在唱对子歌：无情无义喝蜜也苦，有情有义喝水就甜……我不知是怎么了，看着她朴实真诚的眼睛，竟然说不出拒绝的话。

回城那天，有朋友打电话过来。你在哪里？在毛山。你不在老坝啊？为什么我要在那里？你家里出事了？出事了？

什么事？我身子突然发软。我有低血糖，我以为是低血糖在
作祟。

打电话给妹妹，接通了。妹妹说，正忙着，等下再说。
快点，帮着抬人。电话里传出这句话后就挂了。

最后，我在微信里找到了原因，一天前，妹妹给我发来
了微信。"你在吗？""快点回信。""急救！"我一条一条微
信往下看。母亲在医院里，已经洗了三次肠。刚刚吃了素菜
瘦肉粥，已经睡了。妹妹给我打来电话。她走到了病房外面
的走廊上。我想听到她说母亲想见我，但她没有说这类话，
她说的是母亲为什么住院的细节，还说母亲住院后如何频繁
联系我，如何绝望地想找到我。

我说我刚进城，放下行李我就往高铁站赶。她说，母亲
现在情绪稳定了，虽然之前很痛苦。我没告诉她我已经在医
院预约了明天住院，我的肾脏有问题了，尿血，三个＋。因
为我说这些只会让事情变得更复杂。我感觉出她只是想告诉
我这些。别的什么也没有了。

坐地铁去高铁站的路上，我发现刚刚的承诺打了水漂。
今天所有车次的票都卖完了，要到明天早上才有。我试图抢
票，可没有一次是成功的。于是我决定在明天坐上高铁之前
什么也不说。往回坐的地铁上，我倚着扶杆几乎睡着。那晚
我的确睡得不错。

早上，我打电话给妹妹，她说医生要家属今天商量一下，
做个决定。她说起家属的口气，好像正面临生命的最后时刻。

我知道我家里只有三个人。医院在等我们做出决定，等我们在手术单上做出承诺。我告诉她，我今天会赶到医院。我不会回到单位赶写这期采访的稿子，也不会在今天去医院办住院手续。这些我没有告诉她，我自己知道就行了。过去，她经常能猜透我的心思，别人说因为我们是双胞胎的原因。家里人知道我把"家人"两字看得很轻。我从不主动关心母亲和妹妹的生活状况，除非她们以电话、微信、短信或邮件的方式在我面前呈现，这也是我不想撕破面子而不得已暂时接纳它们的原因。可我连这些也不信，总觉得它们像裹着糖衣的炮弹，又或是假装快冻死的蛇。我无法把握这些文字后面的真实用心，这是我真正恐惧的。可是她们都不知道，在离开她们的前几年，当我哭泣或绝望时，她们就会出现在我的面前，不管是想象的样子，还是梦里，她们一直离我不远，甚至日夜与我在一起。每当我在学校看到同学的母亲来看她时，我会逃进宿舍，躲在被窝里流泪，谁也不知道我为什么哭，除了我自己。没有人知道我的真实生活，更没有人知道我一直没和自己的母亲生活在一起。若是看到找不到孩子的母亲，我会主动迎上去和她攀谈，告诉她不要着急，她会停下来问我是哪个班的孩子，是哪里人。听我说话时她会不时点头，或是微笑表示出赞许，虽然她并不说出想赞许什么，可我能看懂，她在拿我和自己的孩子作比较。至于外貌，我有自己的底气。我长得比同龄人要高，同学们羡慕我有一双大长腿。我还有鹅蛋脸，高鼻梁，大眼睛，女同学背地里说

去南方

我有一张讨人喜欢的脸。

在高铁站候车时，我看见一个女人拖着孩子往前走，虽然她伪装得很好，可我还是一眼就看出来了——她在隐隐用力掐孩子的手臂。这样的场景我再熟悉不过了，母亲不愿意别人看出她生活得不如意。她有时候发脾气，就是这样的。什么也不说，一只手用力掐紧我。有时是我，有时是我妹妹。我们已经学会妥协，默默承受着，以为不让人看出任何异常，也就什么事都不会发生了。我们为什么没有父亲？小时候我们问过母亲，母亲不说，后来也慢慢习惯了。再后来，母亲不说我们也不问了。

我记得很清楚，母亲决定将我送到她妹妹家寄养时，我竟然一点也不难过，甚至觉得自己比妹妹更幸运。那年我才六岁，我住在姨妈的房子里，能吃到许多平时难得一见的好东西。她在一个烟草公司上班，有时也需要上夜班。姨妈是个失去生育能力的女人，这是姨父后来告诉我的。姨父是一个公司的设计师，经常熬夜到很晚。我并不讨厌或害怕他，他相貌谦和，脾气也不错。姨父以工作忙为由搬到了另一个房间，他们总是在一个月的月末做爱。时间很短，也从没有发出过任何声音，可我每次都知道。不知从哪天起，这个每月一次也停了。读五年级那年，我开始出入姨父的房间，有时待到很晚。姨妈说姨父毕业于清华大学，可以帮我辅导功课。

起初我很高兴，那时我正学行程问题，那些复杂的数学关系总是让我头痛。我宁愿背一百首古诗，或是记一千个英文单词，也不愿意看见一个数学符号。

姨父是一个有耐性的人。我穿着散发清香的睡衣走进他房间时，他总是喜欢摸摸我的头，有时还亲我的头发。这让我很舒服。他帮我辅导功课时总是夸我接受能力强，反应快。而我的数学也的确进步了不少。我问他，我怎么从没有见过父亲，他说我可以留在他房间直至第二天早上。我从没有和父亲一起睡过，感到很兴奋。睡觉时，他问我可以陪他玩游戏吗？我说可以。于是，他把我搂在怀里的那只手伸进我的小背心，落在一个地方，他的另一只手开始在自己的身上来回运动，直到发出呻吟。

从那以后，姨父会留我在他房间过夜，大概一周一次，总是姨妈上夜班的时候。

初潮来那天，姨妈对我说，如果你想离开这里，就赶紧离开吧。我并没有离开，不知道为什么，母亲一直没有来看我，甚至电话也没有。可我很快就被送进了寄宿学校，每次回家，姨妈一刻也不愿让我离开她的视线。

这些已经过去多年。现在回想，已经毫无意义，似乎是时间把一切归零，又仿佛一道一减一等于零的数学题。考上大学那年，我再次回到姨妈家，姨父因为糖尿病并发症导致失明。我打开他房间的门，里面又暗又潮湿，有阳光从窗帘边缝透进来，有股让人难受的味道。我已经能够轻易辨识这味道的来源，我觉得恶心。他穿着裤衩，没穿上衣，坐在书桌边。他似乎感觉出有人来。

是你吗？他说。我说是的。

我早就说过你是个聪明的孩子。他把手放在膝盖上。我再也帮不到你了。他叹息一声，（这里应该为句号）谢谢你。我不知道自己为什么要这么说。可我能听出其中的讽刺。

我走出来时，感觉自己就要呕吐了。我跑进洗手间，洗脸，洗手，让自己重新平复下来。窗外，天上乌云翻卷，一场大雨即将来临。这是我喜欢的时刻，仿佛这样才能让一切恢复到最初美好的样子。

我离开时，姨妈开车送我到火车站。

我也要走了。她说。

为什么？房子也不要了？

没有什么值得留恋的了。让他守着吧。

为什么现在才离开？我说这话时能让人轻易地听出其中的挑衅。

你忍心看着我跟他在一起等死？你什么时候看见我真正开心过？哪个女人受得了这样的男人？我想拥有属于我自己的真正的生活。

可是，你早就知道他了，为什么不早些离开呢？

我心里有顾虑。现在好了，一切都结束了，他也得到他应得的了。

没有人再说话。车窗里沉默得让人窒息。

你要去哪儿？我并不是真心关心她，只是觉得总要有人说些什么才好。

不确定。我想去云南找个小镇住下。

云南？

还不能确定。我一直在等你离开。除此我没有想更多的事情。

你一直没有离开是因为我？

是的。她放慢车速，可她并不看我。可我并没有保护好你。说到这，她的声音哽咽了。这原本就是一件心知肚明的事情，可第一次从她嘴里讲出来，我还是觉得异常可怕。

这事不能怪你。我又说，你不可能时刻守着我。

我不可能没有察觉的。她哽咽着。

她不再说话，我也觉得无话可说了。沉默让我们愈发难受。

距离高铁进站还有二十分钟，我想去便利店买些吃的。走向柜台时，我看见一个女人，是我的姨妈。我一眼就认出来了。她正在卖力地清除地上的污渍。很明显，她看见我和我看见她时的表情，是相似而又有所区别的。她问我去哪里？我告诉她，母亲病危了。她没有接我的话，显然已经和母亲失去联系。可为什么会这样呢？我无法在这样的匆促中问及此事，却感觉到了深深的茫然。

有件事你应该知道。她说。

什么事？

你母亲并不知道你遭受的一切。她犹豫了一下，又说，我没有生育能力，你母亲想成全我，她也不容易。毕竟你们一出生都是她独自承担一切，你父亲从来都没有出现过。

我总是将所有归咎于母亲的自私，她是我所有苦难的源头。是她造成了一切。我已经八年没有回家了，姨妈也自那次分别后再没有见过。但此刻在她的脸上我看见了许多，我母亲，姨父。她让我想起那座房子，那个男人，那双手。她的出现让我觉得一切并没有消失，一切也都无法逃离。而我和母亲的关系也非我想选择就可以选择的，这种无法割舍的关系由不得我选择。一时，痛苦，悔恨，茫然，空虚，无奈，愤怒……各种交织在一起，形成复杂的情绪。我一向认为自己是个有主见的人，而此刻，我感觉自己被一种力量打倒，我无法把握。坐上高铁，位置正好靠窗，我将脸贴在窗框上，看眼前一切迅速消失。我突然流出了眼泪，希望没有人发现。

在遇见姨妈之前，我回到了一个简单的世界。在那个世界里，我的血液来自母亲，我的心跳与呼吸曾与她同频，而这个装着我的身体已经濒临死亡。我只想快点赶到她的病床前，握紧她的手让她意识到我害怕失去她。而此刻，眼前一切稍纵即逝，找拉下车窗的布帘，放倒椅子的靠背，我试着让自己睡一会儿。

这样假装的安宁不过持续了几秒，可每一秒都那么长。我仿佛看到了从前，我坐在那个人的大腿上，我能感觉出他在抱紧我，手在我屁股上摩挲。我突然一阵恶心。我一动不动，一直一动不动，僵硬而笔直地坐在那，像被缚住了一般。

可怕的是，我的耳边正不断地传来让人战栗的呻吟。我摇晃着头，像是要甩掉什么。然而我知道，有些事情正在某处发生，我什么都记得起，甚至能一下说出许多细节。过去，我一直把它们封锁，不过却是徒劳，无法逃离。记忆，在醒着的时候可以逃离，在睡梦中它才会产生可怕的力量。在梦里，我经历过许多奇怪的场景，我梦到自己面前是一片昏暗的沼泽地，我吃力地走着，试图走出这片沼泽，但是我找到的总是之前的脚印，而且越陷越深。

那几年，为什么母亲一直没有联系我？有些事情你得去问你母亲。这是姨妈和我最后的对话。我不知道下一刻又会有什么等待我去面对，可不管是什么，我绝不能让它们击倒。

我赶到医院时。妹妹正在和医生交谈，医生说，你母亲服了大量的毒鼠药，虽然及时洗胃得到了有效控制，但不排除还有中毒的可能，若是想彻底排除，必须洗血。洗血？我重复这个词的语气显得惊恐。自然，是我对这个医用术语的陌生所导致。

让我和姐姐再商量一下，很快答复你。妹妹打发走医生，转头在我耳边低语。你妈喝了毒鼠药，其实没有多大问题，那药八成是假药，否则早就一命呜呼了。从前我们总是这样互相打趣。你妈叫你回家吃饭了，你妈今天心情不好。我们从不在彼此面前叫我妈妈或我母亲。她点了一根烟后说，毒鼠药的说明书已经破损，字迹模糊，也就是说无法了解药的成分，医生不知道你妈中毒的情况有多严重。他们建议最好

是洗血，这样可以万无一失。但他们需要直系亲属签字。你
是老大，这事自然得由你作决定。决定？我在心里冷笑一声。
这个家几时需要我来作决定了。我不想表现出这种不满，妹
妹与母亲比较亲近，是她最喜欢的孩子，也许是她唯一信任
的人，妹妹一直与母亲生活在一起，她没有被送到别人家寄
养。在我离开的这些年也一直是她在陪伴母亲。我这样说显
得有些不公平。或许她爱妹妹和爱我是一样的，就像此刻她
病了，我和妹妹一样着急，一样希望她好起来。

可她为什么要喝药，我希望妹妹给我答案。她摇了摇头，
说，没有人说得清楚。那天是你我的生日，我做好了饭菜，
蛋糕也买好了。她突然对我说，我死了，你姐姐应该会回来
吧。可她又说，今天是个好日子，我给这个世界带来了两个
生命，他们必须在这个日子里让我得到安息。说完她就独自
去了卧室，我再见到她时，她已经在颤抖。她应该早就想好
了，存折和现金并列摆在床头柜上。她指着它们对我说，这
都是给你姐姐的。

说到这，她领着我走到母亲身边。姐姐回来了。妹妹摇
晃母亲的手时突然哭了。母亲睁开眼睛看向我。连累你们了。
她这样说时突然大哭。可她太虚弱了，她哭不出声来。妹妹
哭得更伤心了。你若是就这样死了，我怎么向姐姐交代。我
看着她们两个，我很想和妹妹一样流出伤心的眼泪，可我一
点感觉也没有。我感觉自己像一条在冰箱里冻了很久的鱼。
我努力回忆过去，想从光阴中找些温暖的记忆来感动自己。

我依稀记得母亲喜欢看书，情绪不稳定，容易生气。离开她时我才六岁，所有相处的光阴被洪水冲走了似的，突然找不到一点痕迹。你为什么不哭？去找医生签字时。妹妹把我扯到走廊尽头问，语气愤怒。

我回答不了她。却肯定地在承诺书上签了自己的名字。母亲老了之后，经常在微信朋友圈公开她的生活。还是很喜欢读书，除了参加读书会活动，也和朋友一起去旅行。从图片与视频来看，她的言谈与举止都变得随和了，焕发出历经世事后的独特魅力。但我总提防，甚至时刻在心里提醒自己，不要去信任，也不要去靠近。事实上我也的确做到了这一点。

可是当我再回到母亲病床边，眼见她因为需要我用便盆给她接小便时的羞怯，我心里涌现出从来没有过的后悔。后悔这么多年一直没有联系她；后悔寄养在姨妈家后，被光阴吞噬掉的灵魂；后悔考上大学特意去最遥远的城市生活；后悔从没有对她透露些什么，甚至以陌生人的身份加了她的微信。兴许姨妈或多或少让她知道了一些，可她从没有问及；又或是她从来不知道什么，却也一直心怀悔恨地生活，毕竟她选择将我寄养在别人家，她选择放弃了陪伴我成长。也许她从无遗憾，甚至庆幸我去了姨妈家而让我过上了优于妹妹的生活。

想小便了？我轻轻问母亲。她先是摇了摇头，接着又点了点头。我赶紧从床下拖出便盆。母亲挣扎着抬起下半身，却因为拱得太高而尿湿了床单。你应该把便盆尽量往里塞。

妹妹语气里有责备。是我抬得太高。母亲一脸愧疚。

晚饭后，妹妹帮母亲洗澡，伺候她上床后，我对妹妹说，你辛苦一天了，早些回家休息吧。妹妹说，你妈旧毛病又发了，夜里会比较辛苦。从妹妹的眼神里我知道她说的旧毛病是什么意思。小时候母亲时常独自在院子里走来走去，有时甚至反复喊我和妹妹的名字，一副生怕失去我们的样子。邻居家小孩因此欺侮我和妹妹，他们甚至敢当着母亲的面喊她疯婆子。在我的记忆里，母亲并没有做过出格的事情。送妹妹到楼梯口，她停下脚步看着我，小声说，这些年来，你妈多次在公共场合失态，总是认错人，看到身形和你相近年龄相仿的女人，就会扯住人家喊叫你的名字。一次两次，也就罢了，次数多了，自然遭人嫌弃。记忆里，母亲是个优雅的女人。想到母亲的失态与我相关，我虽然心生悔恨，却总是想到过去，想到那些被人掌控的日子，她在哪里？她不也是一直置身事外吗？看妹妹走进电梯离开后，我站在电梯口久未移动，仿佛周身突然被水浸透而沉重到举步维艰。

我正在洗手间帮母亲洗换下的衣服。地弄这么湿，老人若是滑倒了谁负责？我出来一看，是护士夜间查房。我也觉得自己欠考虑，赶紧道歉。血，全是血。护士先发现的。母亲手上的留置针处也染红一片，看好你母亲。护士走到门口又回头叮嘱我。护士们在担心什么？

母亲一直手舞足蹈，身体左右扭动。两边扶手被她摇晃得咚咚作响，就像一头困兽。捆绑母亲的力量来自哪？那个让她不安的魔鬼在哪儿?

我想打电话问妹妹,母亲到底怎么了?可我趴在母亲耳边说:睡吧。我用手推动母亲的头试图像她小时候安抚我一样。

你睡咯。她声音清晰。看着我的眼神呈现出陌生而又熟悉的慈祥。

喂她水。她只喝了一口,便说有了,我也就不喂了。母亲小便已经难以自控。她自然知道喝多水的结果。她不好意思麻烦我太多。

因为插着管子吸氧,那天夜里,母亲一直发出突突的呼吸声,节奏均匀,如同一个正在跑步的人。她的双眼睁得很大,一直看着天花板。我恐惧而无助地躺在一张从医院租来的简易折叠床上。母亲离我很近。突突声突然停止,我紧张地坐起来。没过了几秒,同样的呼吸声,同样奔跑的姿态,再次出现。因为担心,也因为思绪复杂,我无法入睡。隔壁床上的男病人身上插了许多管子,他没有发出任何声音,而陪他的妻子早已鼾声如雷。我突然想到母亲年轻的样子,穿着碎花的连衣裙,踩着乳白色的细跟鞋,风一吹,小花朵扑腾扑腾盛开在裙子上。

正是盛夏,不到五点天就亮了,我不用担心因为失眠而难以熬过漫漫长夜了。

护士进来时,难得母亲睡着了。我起身,独自行走在医院外面的街道上,一个人也没有,什么声音也没有。这更像是我在姨妈家度过的那些时光——如同沉入黑暗，一切事物都在眼前消失，无论做什么说什么都不能改变我的境况。因为在所有人眼中，没有人伤害我，甚至我也不觉得我所处的环境没有人爱我。可是爱与不爱又有什么意义呢？我从不抱怨，仿佛我对自己的生活非常满意。可我知道，我的身子被掏空了，没有任何人、任何事物可以影响我。就像此刻的黎明，我独自行走在这无人的街道上，世间万事万物与我形成了两个世界。而在心里，我一直蹲在起跑线上，我在等待那一声指令。

昨天坐在高铁上往母亲身边赶时，我老是想一个问题。母亲送进医院躺在那里，她心里害怕吗？她有没有伸手和妹妹紧紧地握在一起，她们是否因为常年相伴而亲近到了那样的程度。或者，她有没有因为害怕突然离去而给妹妹留下特别的嘱托。又或者，她会不会也给我一些特别的嘱托。一路上，我尽想些这样的问题，与小时候因为妹妹多得到母亲一个吻或是拥抱一样的心情。这些愚蠢的念头让我忘记了一个事实：母亲的生命正处于危险中，她已经没有时间多说什么了。

母亲为什么要服药？我问过妹妹这个问题。她显然有些反感，仿佛我根本没有提问的资格。是否有别的问题？比如抑郁症。这只是我的猜测。我悄悄和母亲的主治医生做了交流，他答应请精神科医生来参与会诊。

我回到医院时，母亲已经醒来，她把手伸向我。我不知所措。我只请了四天假，后天我必须离开她了。这兴许是个机会，我把手伸过去，她握了握。她示意我走近些，她竟然想拥抱我。我已经不记得她最后一次拥抱我是什么时候了。当她用她的脸贴近我的脸时。我感觉到了潮湿。我像受到惊吓，猛地挣脱了她。

对不起！母亲的眼角还有泪流出。我一个人的收入养育两个孩子有些吃力。你姨妈很想要个孩子，她也很喜欢你。我以为这是一件两全其美的事。

母亲一定知道什么了。我没有说什么。可我心里生出更多的遗憾。过去我没有选择权，过去她没有选择我，也从未表现出迫切需要我。现在我又无法做到和她真正亲近。兴许很快她就无法再关心这个问题了。医生已经建议我们出院或转院，因为母亲小脑萎缩严重，很快就会变得痴呆。身体是她自己的，她一定也感觉到了来自身体的变化，也一定感觉到了一些她原本想坚持的或是想保留的东西正在迅速消失，比如尊严和平静，比如理智和清醒，又比如能准确认出自己的孩子……

打电话。她又说，记得打电话回家。我点了点头，还是什么也没有说。

主治医生和护士来了。他们问我昨晚是否觉得母亲很痛苦，我说是的。

你母亲不采取强制措施不行了。主治医生说。护士也在旁边附和。

那不行。我知道她说的强制措施就是将病人的双手捆绑在床架上。此刻如果我同意的话，她立即会被推进重症监护室，会由几个人来照顾她，可同时她的手脚都会被捆绑在床上，她就会失去任何的行动自由。我没有征求妹妹的意见，我觉得她一定会支持我做出的决定。我没有对医生说出我的顾虑，我知道他很聪明，从他看我的眼神里，我能看出他知道我了解像我母亲这样的病人进重症监护室的真正意义。那会让母亲老老实实地待在原地，不会把病床两边的扶手摇晃得咚咚作响。不会让她的鲜血流到地上。她会慢慢这样安静下去，直至最后失去所有的力量。

出了事你自己负责任。主治医生说完这句话就走了。隔壁病床的妻子撇撇嘴说，他们就是这样的，只要病人稍一不配合，他们就说这句话。可我知道自己在做什么。母亲正在对我招手。我走到她身旁时，她先是捂着嘴笑了，然后示意我俯下身子去，她把嘴巴贴在我耳边说，你这样决定是对的。她的声音很微弱，像是从遥远的地洞传出来的。而她脸上的调皮让我心里一酸，感觉泪水就要流出来了。可我知道，什么也不会流出来。

妹妹来了，问我昨晚是否一宿没睡。我点了点头。

母亲坚持要出院。妹妹死活不肯，她问我怎么办？我说我尊敬母亲的选择。你不会是有意这样做吧？我伤心妹妹竟然说出这样的话。可我什么也没有说。

回到家，母亲静静地躺在她的床上。夜晚，她不再像昨夜那般扭动身子，可是她的呼吸却愈发急促了，她张开嘴，像一个一直在奔跑的人。我和妹妹一左一右坐在床的两边。母亲有时看看左边，有时看看右边，她并不确定看我和妹妹，她的眼神扩散了般失去凝聚力，看不出具体看向哪里。

妹妹有时会大声叫：妈，妈，你想喝水吗？母亲会摇摇头或点点头。她已经说不出话了。而她连续发出的"哧哧"声又粗又重。我有一种不好的预感，觉得母亲已经做好离开我们的准备，甚至她已经在离开我们的路上了。

凌晨五点，我只是去上了趟厕所，就听见妹妹在号啕大哭。我走到母亲身边默默试探她的脉搏。我把母亲的眼睛合上，嘴巴也合上，帮她理了头发后，离开了房间，我得去打电话告诉姨妈。我还得向单位请假。

终于跑到了终点，母亲急促呼吸的"哧哧"声还在耳边。母亲像一个奔跑者，在冲刺时，没有鲜花、掌声……她是个孤独的跑步者。

母亲走时，身旁一个人也没有。因此，妹妹哭得更伤心。母亲是否在弥留的那一刻呼叫过我的名字？我这样想时感觉胸口发闷，想到母亲拉着我的手说出的那些话，和她最后对我说话时调皮的样子。我这才醒悟，一个人是可以选择什么时候死的。母亲用死来召唤我，不是我和妹妹以为的演戏，她早就做好了告别的准备。我跪在母亲的遗体面前，如同一个急需要忏悔的信徒。我做好了流泪的准备，可我依旧一滴眼泪也流不出来。那些出出进进我家的街坊邻居亲朋好友，

去南方

无论认识或不认识，他们都用奇怪的眼光看着我。

母亲下葬的第二天我就回到了我生活的城市，我得赶紧写关于古村长寿老人的宣传稿。医院联系了我，我又重新预约了住院时间，我的肾脏有问题了，尿血，三个+。我知道这些年，我一直过得散漫，也拖沓了许多事情，我躺在医院病床上，望向雪白的天花板想到了死亡。

（《当代人》2020 年第 11 期）

两个人的城堡

　　站在木卡寨最北边那条水渠边看李秋佳的石屋，有罗马城堡的感觉。这城堡，你并不能远远就看见。远远向寨子那边眺望时，你只能看见裸露的泥土与石头搭就的山丘。走近些，拐过那包笼村落的山丘，能看到青灰的石屋，沿着山路蜿蜒往坡上攀爬。石屋像个面无表情的寡人。打破这份沉寂的是挂在枝上的青李、黄李；压满枝的石榴、桃子、无花果。而稍远处挂满青果的核桃树，和从核桃树上伸出的石墙，才是我想要抵达的地方。

　　所有来过木卡寨的人都这样认为，李秋佳的这幢房子坐落在寨子的制高点，成了木卡寨最耀眼的明星，或是那轮挂在半山的明月；城堡后面的石山与环绕城堡的水渠像它的背脊与血液，成全了它的壮观与宁静。

　　李秋佳的城堡并非传说。光那城墙就有着让人心潮澎湃的冲劲，仿佛李秋佳当年建城堡时一夫当关，万夫莫开的气势；而亭台楼阁，错落有致，却是另一番雅致的心思；再细看，石头代替了水泥、泥土，铺成地，砌成墙，堆成柱子，垒成篱笆，磨成石墩、石缸。缸不仅用来存水，还雕有羊头架在城堡前后的小渠里成了装饰，仿佛他藏在心里的柔情与细致。

李秋佳城堡的石墙并不更加独特，同样呈现麻灰，可它处在寨子的最高处，也就因此得到阳光的更多庇护。夕阳将它最后的余光涂在层层叠叠的石块上，墙面的粗粝、凹凸一一尽显，就连粘连石块的泥土里也包裹进了阳光。褚色的窗格子上镶有羊的头像，起风的时候，尘土迎面吹来，无孔不入，羊头上早有污迹，更多的是尘土，却显出些不变的心思；晨曦里，石墙透着光亮，像埋在沙里的贝和珍珠，一经阳光相撞，光泽便闪烁着；关在后院的公鸡，仿佛神赋予了它使命，在晨阳还不及洒在石墙上时，将鸣叫钻进城堡的每个角落，天天如是，仿佛另一把有声无形的尘土，爬上石墙、墙缝成了另一种积淀；关在笼子里的松鼠只发出琐碎的声响，山上钻出的野猫也来了，所有这一切，日复一日，已经谈不上是亲是近，有时甚至让人生出些厌，暗地里让人恐慌的，却是一股蚀骨的感动。

通往城堡的是一条陡坡。在陡坡下，有条深两米的水渠，渠边的核桃树下的草丛里，一群小男孩正蹲在大树根附近的草丛里。一个穿红背心的男孩正慢慢地往蝉洞里加水，直到蝉自己爬上来。有个男孩因为激动而涨得满脸通红，其他孩子用眼神暗示他不能出声。所有的孩子面露惊喜，看向那个用细小的树枝探入洞中的穿红背心的男孩的眼神里含着鼓励与信任。他们都在期待那一刻——受水淹的蝉沿着树枝往上爬。

我站在川西几千里旅行的最后一站，心里所思、眼前所见的，也就是这些了。我的旅行在这里结束了。这里，确切说，是一个几乎要被遗忘的寨子——而我以为是世外桃源——我身前那座傍山而建的城堡，看上去与从前没有多少变化，途经寨子网状的石巷时，一切也是过去的样子。我心生欢喜，这份喜悦里有无法诉说的情绪。仿佛与永恒有关，与不离不弃，新旧如一有关。可世间真有永恒吗？

从那棵十多米高的核桃树下开始爬石阶，经过八十八级之后，一扇敞开的木门倚在一株紧挨着的枣树上；露台前坪的石墙上摆着两个大铁笼，里面的三只松鼠正在竞相啃一枚没有多少果肉的苹果核；所有的房门都是敞开的。

我是个旅行画家，十年前我来过这里。眼前所见，与十年前没有多少区别——除了松鼠是多出来的——依旧的样子让我突然生出脆弱。我完全可以趁没有人发现我之前，走下八十八级台阶，走过一条两米深的水渠，拐出网状的石巷，像我来时一样简单地原路返回。那么接下来的一切也就不会发生了。可我放下了行李，走下城堡时，我踩在一颗烂熟的李子上，右脚往前滑时，我险些从没有护栏的陡坡栽进那坡脚的水渠里。可我的左脚小拇指受伤了，往前走时鞋面挤压它发出钻心的痛。我不得不脱了鞋。

我接近那条深两米的水渠时，三个男孩在石块铺就的路面上跳跃着。那个穿红背心的男孩得手了，正在努力把树枝往外撤，要拿到他泛着绿光的战利品。其他两个已经放下树枝，眼睛睁得奇大，仿佛所有的力量都汇集到了一起，只等那个穿红背心的男孩抓住它，便会发出胜利的欢呼。"李陶，别让它跑了。""这是第几只了？""别抓得太紧了。""这个儿真大！"

隔着几棵核桃树，在另一处草丛里，还能看到三四个孩子围在那儿，发出同样欣喜的欢呼。

我也情不自禁地想要喊出几声，但我不知道该喊些什么。知了的叫声在我的身前身后，织成布。蝉鸣并非此刻的新鲜，那年的叫声，我心爱的姑娘幺妹听到了，我也听到了。我沉溺于一场几乎要淹没我的声音里，我喜欢这样，仿佛等待这张由知了的声音铺成的网，将我和她网住。我沉溺于此时，常忘记了光阴，不知来处，亦不知往向。

除了李秋佳一家人，城堡里时有慕名而来的访者，更多的是美院的学生——像我一样——面对访者，李秋佳一脸寡淡却喋喋不休，他这样并非炫耀或是好为人师。

不知是谁先开口的，我身旁的孩子跟我聊起天来。"你从哪里来？"他们问。他们还想知道那里大不大，和木卡寨比起来哪个更大。我有些不知所措，像是有些什么东西卡在我脖子那儿，让我无法像我面对那些十八九岁的孩子们时所表现出来的自如，那些滔滔不绝的字词从我的口中消失了。等到我发问时，我问他们上学吗？"上啊。"他们说。他们有的在寨子里上学，有在阿坝州上，有的在成都上。说自己在寨子里上学的是那个穿红背心的男孩，叫李陶，他告诉我寨子今年新修了学校，有三名老师，都是刚刚毕业的大学生，来这里支教，他们不仅普通话讲得好，还会讲英语，字也写得漂亮，还和我们一起捉蝉。李陶指着这群孩子中最小的那个男孩说，他最幸运了，老师带他睡觉，还做饭给他吃。因为他父母都去广东打工了，家里爷爷奶奶生病了。另一个男孩抢先说。

他们告诉我，现在是一年最好玩的季节，他们几乎天天都会来捉蝉，有时还会去树上捉爬蝉。捉到的爬蝉，有的会拿去卖钱，有的会用盐和各种佐料腌起来炸着吃。说这话时，有孩子吞咽了口水或舔了一下嘴唇。"昨天我捉了一篓子爬蝉，今晚我们家一定会有炸蝉吃。"李陶说。其他孩子都争相告诉我他们昨天收获的战利品。

"你捕过蝉吗？"李陶把他手中的树枝给我时，特意交代我跪在他的凉鞋上，这样不会弄脏我的膝盖。我试过两次，很不利索地往洞外拖树枝，不是太快，就是太过于谨慎。

"不要害怕。没有什么特别的窍门。"李陶说。他长着一头浓密乌黑的头发，有一双清澈纯净的眼睛。他看着我的时候，我心里闪过一些奇妙的感觉。我又接着试了几次，我的手僵得比树枝还要硬。我便爬起来，把树枝交到他手，那才是它该待的地方。

山上传来乌鸦的叫声，狗也叫得异常，李陶说，这样的叫声不吉利，村里要出事了。

到了该吃晚饭的时候，一些我听不懂的呼唤声从石头墙里飘了出来。山坡上那座城堡里也传出来粗犷洪亮的呼唤声。小孩子们很听话，一个个将手中的装备收拾好，陆陆续续走进了石巷，隐没在我看不见的巷子深处。

"你脚受伤了？你的鞋子呢？没事吧，要不要去我家？"李陶说这话时已经迈过了水渠，他光着鞋，蹦跳在石板路上，凉鞋只是个摆设。我犹豫着，却又有着无法回避的慌乱。

上城堡的坡有些陡，我弓着身子往上爬。天色沉得很慢，像我往上攀爬的脚步和迟疑的心思。我以为我是属于这里的，像以往那样一踏上城堡的石头就甩出了脚。可我已经习惯了穿着鞋走路，这儿不属于那些不习惯光着脚亲近石板与大地的人。或许，我压根就不属于这儿。

再次爬上城堡时，我竟然呼哧呼哧完全喘不过气来。照理说，一直旅行在路上的我不至于体力这么虚弱。我知道，是别的看不见的东西压在我身上，让我爬坡的身子弯成了一把弓。我想到自己刚才有可能摔下护坡，有可能死亡，心思就更浓了，仿佛刚刚的"险些"是在谴责曾经发生在我身上的不可饶恕的错过。

李陶在我身前蹦蹦跳跳，一路吹着让人惊叹的口哨。他先于我爬到坡顶时，口哨声戛然而止。很显然，他看见了些东西。我知道是我的画板和那个几乎比他还要高的旅行背包。

正当我想向李陶解释些什么时。一条青灰相间的狗出现在我面前，我认识它和它认识我是一样的情分吗？它围着我，前爪几乎要攀爬上我的脸了。它是想用它的舌头舔舐我的脸，以此表达它对我的欢迎吗？可它显然做不到，因此发出令人恐惧的焦急的呼哧呼哧声。李陶站在那，有些不知所措地慌乱。

直到李秋佳出现。李秋佳并不高大，从头至脚，精瘦挺直。他浑身看上去与狗的颜色相近。灰色的棉麻对襟衫，青色的小圆帽下面是灰白的头发，胡子也是灰白色的，脚上的布鞋也是灰色的。嘴唇和眼睑都呈现青灰的感觉。光看外表，说他有八十岁都有可能，可我知道，他还只是一个六十出头的老头。

"今天晚上的爬蝉味道应该不错。"他说。先看了李陶一眼，再看了我一眼，眼神里有不加掩饰的敌意，但这种敌意马上被压了下去，转成克制地不动声色，接着说："这一向都是大好的晴天，捕蝉的好时光啊。"

李秋佳随手从核桃树上摘下颗青核桃，捏在手里来回晃动。狗围在他身旁，期待得不能自已，上蹿下跳，来回走动，眼睛炯炯有神地盯着李秋佳的手。待青核桃被扔向城堡的坡下时，狗吠几声，也将自己往陡坡下面掷去，一会儿就没了身影，只听到些欢愉的吠声。没过多久，吠声传递出不一样的信号，李陶走到城堡陡坡边沿，朝着青核桃的方向扔去石子，李秋佳和他站到一起，他们大声喊道，往右一点，往下一点，加油。狗总是能敏锐地改变方向。

"你怎么来了？"李秋佳说这话时，没有看我，望向露台前面的核桃树。核桃裹在青皮里，没有成熟。不像青脆李，看着青涩，吃到嘴里是酸甜的。李秋佳身旁的竹篓里盛着青脆李。他招呼我吃，说，莫看样子青，味道乖着呢。我那老婆可乖咯，样子乖，味道也乖。不是说李子吗？李秋佳怎么说到他妻子了。他说这话时，不看我，也不看身旁的李子，依旧的目光，拉成细丝，抛出落在更远的核桃上。

李秋佳五岁时，父亲领着他栽下了这棵树。那时的树干和他一样瘦弱，树高与他齐肩。六十年过去了，它蔓延枝干葱茏一方天地；一年又一年，它铆足劲，结出果实，无以累计。果实长了脚，去了遥远的地方，将美味与思念钻进亲人的心坎。

我望着他，一时有些不知所措。

"时间过得好快哟！"他突然收回目光落在我身上，说，"一起吃晚饭吧，就我们三个人。"

我下意识地四处环顾。我想寻找谁呢？

眼前，那亭台楼阁，那石桌石凳，那石梯石窗上，流动着一些不一样的光影，光影里裹着些不一样的情分。石桌上的花纹是细雕细做的，窗台上的月季、爬在石墙上的藤蔓、摆在石阶上的多肉、撑在墙顶的仙人掌，以及绿帘样植在厨房崖壁上的藻类，是某些藏不住的心思。从初次见到起，李秋佳城堡的感动与朝夕有关，与尘土、阳光有关，而更多的来自最为日常的情景，这感动不是磅礴的气势，而是一点一点累积起来。这是有声息的感动。

去洗手间得从露台走进客厅，客厅里靠南面有一张四人坐的红得发黑的实木沙发，西面靠窗有两张灰白色的布沙发，两把沙发中间是一张柚色的小圆茶几，靠茶几的墙面呈梯状依次挂着女人用的外套、围巾、手套，看起来像是刚刚洗过的样子，但颜色已经不新鲜了，北面墙边的木柜上摆着台 17 英寸的老电视机——几乎是我熟悉的样子——继续往里走，再经过一间客房，走到过道往左拐直行五米，便是了。

返回时，我走了另外的通道。七拐八拐，经过神龛时，神龛上没有罩着黑纱的照片，只有飘摇的青烟，直面向我扑来；厨房里，看见那里堆积被灰蒙住的大盘小碟；穿过书房时，发现吉他上有了灰尘，挂在背光的墙上，电子琴放在靠窗的小方桌上，上面也蒙了一层灰；楼下所有的床铺都是空的，夕阳透过窗口，落在床板上，在这抹即将消逝的余晖里，尘埃起起落落。我的脚忽然软了，心里像伸进出一双硕大的手，仿佛要掏空一切。我不知道为什么会这样。这房里的女人呢？她们都去哪儿了？

接下来吃饭的时候，我们聊得很少。我几次夹菜时不小心把菜掉在了石桌上。我也只嗫嚅几下，并没有发出更多的声音。唯独李陶，像只欢雀，叽叽喳喳说个不停。他现在上三年级，要开始写作文了。

写作文时要记得把自己想写的话先说出来，说出来了，说得通了，再照着样子去写，肯定不会差。记得一定要先说出来。李陶对着我和李秋佳说这些时，带着些让人想笑的老成。仿佛他是胸有成竹的老师，我们成了懵懂无知的少年。

他还会吹口琴，吃完饭他就吹给我听。学校还教他们如何在灾难中逃生，当遇到火势比较大时，首先要判断危险的方向，从而找到逃生的方向，尽快地逃离此地，不要漫无目的到处跑、来回乱窜，以至于错过最佳的逃离时间，造成灾难。如果不幸遭遇泥石流，一定要抓紧时间往高处走，千万不要背道而驰。说到地震时，他看了李秋佳一眼，迅速转换了话题。他有自己的捕鼠器。都是被大人们用过废弃的，他和小伙伴们修好并改装了部分设备，这样做的目的是让捕到的松鼠不受到致命的伤害。他现在养了三只松鼠，是去年和伙伴们一起去山上捕到的。

"我们的陶陶有捕猎的天赋。"李秋佳说，"我早上五点起来的时候，他基本起来了。我早饭还没烧好，他和狗就已经从山上溜一圈回来了。"

"我在成都的时候，"李陶说，"没人会在六点以前起床。我得自己给自己煮早饭。不过，那儿有大熊猫，我二姨还带我去都江堰看过两次。"

吃完饭后，我们从石桌旁边站起来，李陶很快收拾好了石桌上的碗筷。李秋佳走进客厅，打开电视，他开始看天气预报，后来调到倪萍主持的寻亲节目，都是些失散多年的亲人重见的场景。李陶拿着口琴，微笑着站在李秋佳的身旁。李秋佳看了他一眼，起身关了电视，往左拐进靠西面墙的那张门。出来时，他抱着吉他，说："好多年不弹了。痛风，手都变形了，只怕声音也变调了。"

他坐下来，把吉他放在大腿上，李陶倚着他的左臂站着。这时候，当年李秋佳手弹吉他的神采又来了。他们唱的不是羌语，也不是汉语，是属于这儿的方言。我庆幸还能听懂这腔调。

歌声停下来后，我们三个都一时很不自然，一些沉甸甸的东西压在我们肩上。过了一会儿，他俩都有了动作。李陶坐到客厅里准备写作业。李秋佳起身招手让我一起去他的书房。他把吉他挂在依旧的位置后，说："十年没有摸过这东西了。玩不动了。"

我趁他挂吉他的时候打量房间，那张柚色小方桌似乎颜色变深了，靠在墙边的书桌还是原样，吉他旁边并排挂着三张照片，一张是李秋佳年轻时脖子上挂着吉他的照片，一张是李秋佳和他的妻子，妻子手里抱着他们最小的女儿幺妹的照片，另外一张是李秋佳和妻子带着四个女儿照的全家福。

此刻，沉寂的房间里什么声音也没有，又似乎生出千万声响。四个女孩追逐的声影，女人的呼唤声，烧柴煮饭声，爬梯时的脚步声，夜里欢愉时的喘息声……

我张了张嘴，想说些什么时，李秋佳对我摆摆手后，走进另一个房间。我似乎并未感到意外，他出来时手里多了一个盛着液体的可乐瓶子，我也同样不意外。我知道那里面装着青稞酒，一种喝着喝着就让身体迷醉的液体。他把电子琴搬到书桌上，用嘴吹了吹桌面，又用袖子扫了扫，才把青稞酒放在那张柚色小方桌上。又取来两个玻璃杯，各自倒满。

风吹过山谷的声音通过树叶的滑动听出来。窗户上的空格子有时候也会发出呼呼的声音。乌鸦的叫声比我刚来时听到的还要嘶哑，狗也叫得热烈！

"2008年，李陶不到两岁，"李秋佳先开口了，"幺妹和她娘去映秀她外婆家，她们没来得及留给我和李陶半个字，就埋进了废墟。我将李陶带到五岁的时候，琢磨着他应该去更好的地方，接受更好的教育。他三姨那会儿也正生孩子，大姨才动手术，就把他送到成都的二姨家。二姨刚结婚不久，二姨父是个好人。也不知怎么了，李陶走了不到一个月，我就茶饭不思了，整夜整夜睡不着。总之，一切都不对劲。我起初带他时还说，这孩子只怕以后是个拖累。"

李秋佳喝了口酒，接着说："李陶去了他二姨家后，那也是不得安宁啊。你想他一个在山里野惯了的孩子，怎么受得了城里的拘束，再加上人生地不熟。不久，他二姨就捎信来，说有个同学要从成都去理县开会，会把李陶捎回来，要我去理县接他。我准备第二天一早就上理县去接孩子。可那天晚上不知怎么了，所有的事情都不对劲。城堡几十年没有断过水，那天突然没有水了；山上的乌鸦叫得异常凄惨，狗也一天不得安宁，挂在门口的灯泡被风吹落在地上，差点酿成大灾。第二天，我遇到的第一件事就是扭伤了脚。寨子里的老人都劝我不要上理县，我怎么能不去。我几乎是爬出寨子的。理县长途客运站的人告诉我，成都那边下暴雨，晚点了。后来我听到广播通知，说从成都过来的路上出现了泥石流，其中上午 9 点发出的班车已经遇难，上午 11 点 20 分发出的班车可能会滞留在汶川车站。我一时慌了神，心脏"扑腾、扑腾"地往外跳。我抱着活要见人死要见尸的念头，在路上搭了顺风车赶到汶川。车站不时有车进进出出，我死守在进站口，一看到成都两个字时，我就大声叫李陶的名字。我看见了，他坐在靠窗的位置，朝我死命挥手。接到李陶时，我一把抱着孩子瘫坐在广场上号啕大哭。"

"有些事，还真是邪了。李陶原本要乘坐上午 9 点那班汽车回的，出门时，他突然拉肚子，结果错过了 9 点那趟车。那个捎他的叔叔还一脸不高兴了。想想都后怕，9 点的车，出事了，无一人幸免。"

李秋佳给我添了酒，他自己也满上了。

李陶不知什么时候上楼睡觉去了，他有意压低了脚步声，让我们没有察觉出他的动静。

李秋佳突然停住不说了。可我已经知道，他的妻子和女儿走后，他一直拒绝在家里摆上妻子和女儿的遗像，他从来没有觉得她们离他而去。我想到那些挂在客厅墙上的女人的衣物，分明是一种陪伴。在李秋佳眼中，她们依旧生活在这里，不是幻象。

去 南方

三个女儿都劝李秋佳带着李陶离开这里。他哪里也不想去。拒绝她们时，像是复读机里播出的声音：我走了，你娘一个人在屋里，日子难熬。幺妹自出生起就一直生活在这，她又能去哪里？劝解的心，谁都有，可没有人开口。仿佛一开口，就背叛了某种约定。

书房里异常安静。我什么也说不出，我的头有点晕了。我依然自顾自地给自己倒满，虽然这酒、这酒杯都是对面这个老人的，这里的一切都是他的，可我曾经属于这里，甚至收获了这城堡里所有人的信任。

十年前，我刚从中央美术学院毕业，经不起几个同学的撺掇，骑着自行车，沿着213国道，寻到了这座有城堡的老寨。我们想通过手中的画笔描绘出这里的独特，我们甚至假想自己能像吴冠中老师发现张家界那样，世人知晓这里是因为我们的画。当然也想借此获得些名声。

我又一次把酒倒进嘴里时，李秋佳起身去了外面，我跟跄着站起来，也跟着去了外面。山寨里的风迎着我们吹来，我们解手时只能背着风站着，否则，风会将尿液推着扑向我们。即便这样，我仍旧能闻出山风掠过果树时携来的清香，能看清天空的星星明亮纯净，能听见对面山坳里碎石向下滚动时发出的摩擦声。我也想将自己裹成一团，逆着风，像扔一枚石子一般将自己朝着山谷扔去。

再进屋时，我和李秋佳早就商量好了似的，各自朝着自己的卧室走去。我睡觉的房间与我十前年前的没有多少变化，浅蓝格子床罩、碎花盖被，枕头上的鸳鸯还是当年的样子，鸳鸯下的白底子已经泛黄，房间里有股久不通风的陈味。我扶着扭动的窗格子，风吹动它发出吱吱呀呀的声音，山上吹下的石子滚落在瓦上发出叮叮咣咣的声音。我仿佛听见了幺妹在叫我，甚至听见曾经发生在这屋子这木床上的欢愉。

我掀开被子时，身子像是被另外一股力量牵制着。睡在隔壁卧房里的是我的血脉，他发出来的细致均匀的呼吸声像不断辐射过来的某种磁波。我多想推开眼前那扇通向他房间的木门，走进去，对着他喊出我一直压在心底的呼唤。

窗外的风，呼啸着，在黑暗里也能找到它们的归属。它们咆哮或低吼都与我无关，就像那些细致均匀的呼吸一样，没有谁是因为我而存在的。没有一个声音在呼唤我。如同那年幺妹呼唤我不回一样。

窗外有流水声，在我听来，成了另一种水声，是幺妹躺在我身下时流动的声音。

幺妹上完初中后就死活不上学了，并非她比三个姐姐愚笨，她说她不离开这里自然就成了城堡的女皇，这里所有的石头自然就成了她的千军万马。我在抵达这座城堡的当晚，在那棵枝压城堡的核桃树下燃烧的篝火旁，俨然成为一个诗人。我高声吟唱：

> 这城堡，仿佛集万千宠爱于一身的王者
> 无论途中牵绊有多少

去南方

目光所及，心思所想

都集中到了城堡上。又仿佛途经多少是非与艰辛

最后的抵达方是心灵的庇护所在

我眼里的炽热因为幺妹而更加热烈，一团火把我和她燃烧成了没有彼此的一体。

那年灾难，我没有来。我去了法国，一场我认为更重要的画展让我打消了回来的念头。此后我没有这里的一点消息。

伤痛与遗憾从来没有离开过，如同污迹与灰尘裹在城堡上，会掩埋住它原本的光泽。可城堡就是城堡，它的筋骨不会变。

有鼾声从楼下传来。我依稀记得，再过五个小时，李秋佳就会起床，咳嗽几声就会上灶房生火。

我轻轻回到床上，碎花被盖裹在我身上，我拥紧它像拥紧当年的幺妹。青稞酒的后劲汇成一股强烈的力量涌动在我身上，黑暗压着我，我却依然无法入睡。

我多想再回到那年来这城堡的光影。或许我该走到隔壁那张小床前，蹲在他面前，告诉他，我亲爱的儿子，抛弃这里只会无聊嘶叫的知了与充满凶险的石头，与我回到那个有无数美味的城市，我将带着你去看法国的埃菲尔铁塔，埃及的金字塔，敦煌的莫高窟……又或许我应该藏住所有已知或不曾看见的痛苦。

我知道，所有这些，织成了记忆的密网，想象的幻影

——囚禁在网里——你是我城堡的国王。幺妹那晚对我说的话也成了幻影——时光隧道在十年前我转身离去的那刻就对我封锁了我最想抵达他的那条通道。

次日，我很早就起床了。李秋佳正在灶房里烧水。我看向他，却又并不看他，说，"我今天就走了。"我有意在"我"字上停顿了一下。

"吃了早饭再走吧。"李秋佳似乎还想说点什么，可他的嘴唇像筛沙子般抖动了一阵，一个字也没吐出来。

"不了。"我知道，再过十几分钟，李陶就会起床了。

"谢……谢谢你！"李秋佳说这句时，嘴唇又筛沙子样抖动起来。"我不知道……你……你知不知道我说这话的意思。"

"我想我明白你这话里的意思。"我的声音嘶哑得像走调的琴键发出的声音，"我希望我能帮到你，或许你需要的时候，打给我电话。"我把事先准备好的名片放在离李秋佳最近的灶台上。

"会有这一天到来的。"李秋佳这样说时并不只是在敷衍我，带些早已明白的坚决。

"给陡坡的石阶装上护栏吧。"停顿了一会，我还是说出了心里的担心。

"再见！"我们再次道别时，都有意压低声音。我仔细听了一下，楼上没有轻微的走动声，李陶应该没有听见我们刚才这番谈话。

知了还未从晨曦中醒来，小渠依旧发出昨日的奔腾。从远处悬崖上，传来乌鸦的嘶叫，如同一个咒语。李陶告诉过我，这样的叫声出现时，一定会有不好的事情发生。我差点从十多米高的陡坡上摔下去。这个诅咒是否在我身上得到了验证呢？

护坡下传来狗吠。很快，李陶和狗出现在我们面前。他什么时候起床了？

"今天山上很干净，什么也没有捉到。"他走到我面前，一脸惊讶，"你就要走了？"我点了点头。他上楼去了，下来时，手心里躺着一颗核桃，颜色酷似黑玛瑙。

"好美！"我大声说。

"你喜欢？送给你吧。"李陶看我的眼神含着迫切。

我伸手去接时，转头看了眼李秋佳，他正俯下身子抚弄狗的毛发。

我一连说了几声谢谢，别的字一个也说不出来。

我抬脚离去时，再次打量这里的一切，李秋佳的目光依旧，神情自然。他送我到城堡入口的陡坡时，我才发现他的不舍和眼里的落寞——他送别三个女儿先后去读大学，他送别妻子和幺妹去另一个世界；他送别人来车往，送别所有一切，包含眼下的我，一切都只是过客。唯独一人——他那十七岁就嫁给了他的妻子——停留在他心里，活成永恒。而我在幺妹的心里，和她在我心里又是否成了最长的相思呢？

"我走了。"我说这话时，李陶和狗都不见了。

我走下护坡，走过水渠。走到昨日李陶捉蝉的地方时，我在那里停留了一会。回过头时，一双小手从城堡的窗户伸出，朝我使劲挥动，"再见，再见！"声音生脆。阳光从山顶投射出来，照在李陶身上，他站在那，我看不清他的鼻脸，但我能看得清楚，一个被阳光包裹的，明亮、通透，没有杂质，没有污染的生命在向我挥手。

"再见，我亲爱的儿子！"我挥动手，只喊出了"再见"两字。然后转身拐进网状的石巷，像我来时一样简单地原路返回。

（《青年作家》2018 年第 7 期）

去坝洪村那天

想去坝洪村，并非我一个人的想法，还有一个叫路的男人。他说他一年有300天在路上，就把父母取的名字改成了路。我独自出差在云南，只是在某个夹杂熟人与陌生人的聚会上提及，我有一天的空闲，想去坝洪村走走。所有认识或不认识我的人都盯着我问，坝洪村是哪里？比大理、丽江更美吗？有酒吧有音乐有美人吗？那只是一个即将消失的深谷老村。这句话我藏在心底，没有说出口。

路是那晚唯一没有就此发表观点的人。

深夜的时候，路打电话给我，说，他愿意陪我去坝洪村。我问他，为什么？他说他刚刚百度，得知那是一个即将消失的古村。是好奇吗？我问。周围都太脏太吵了，不知那儿怎么样？他说。我有车，他又说。仿佛把这当成能博取与我同行的筹码。我沉默了。电话里挂断了般没有一丝声响。几分钟后，他说，可以吗？好吧，我同意了。便挂了电话。

这世上竟然还有人和你有一样的执念——浪费时间去寻找鸟不拉屎的破地方。那晚我做梦了，梦见了墨非，他对着我说了许多。醒来时，什么也记不住。唯独记得他在梦里说过这句话。

在百度地图上，能搜到去坝洪村的路，这一点证明了它并非与世隔绝。让我陷入荒野求生的是通往坝洪村的那条羊肠小道。用羊肠小道来形容这条路，似乎带有抱怨的情绪。可路宽着实只能容纳一辆车。左边是悬崖，右边是峭壁，没有路肩，兴许一个大幅度甩方向盘，就会招来灭顶之灾。我装作很镇定的样子。路一直安慰我，说他车技很好，开过盘山公路，穿行过沙漠、包括崎岖的悬崖小路……那些来自他的遥远陌生的词条，敌不过眼前看得见的风险，我开始后悔自己的任性。直到车停在了谷底，一条泛着银珠的小溪似玉带盘缠在葱茏如冠的灌木面前，我那悬着的心才放下来。

坝洪村到了。路说这话时，并没有看我，声音里裹着得意，带些挑衅的意味，似乎在说：我是值得信任的。我没有搭理他，却分明有了另一份此刻才自心底升腾起的笃定。

还没有见着村子的模样，一个行人也没有。越过小溪，沿着一条有着明显足迹的泥道，穿过屏障似的绿篱，眼前的空旷令人豁然开朗。几棵三人合抱不拢的芒果树，卫兵似的，守候在村口。引起我格外注意的是中间那棵主干上有一个树洞的芒果树，洞不小，看上去能容纳两个大人。我回头时，恰巧撞见路的眼睛，带些令人茫然的诡异。他说：你听过关于树洞的故事吗？我的沉默让他愈发兴奋。他继续说，从前有个国王，一有心事就躲到一个树洞里去说。后来树洞上的每片叶子一看到国王就发出声音——国王有心事……

他怎么看出我有心事。我望着眼前高大茂密的芒果树，阳光透过叶缝将光线洒在地面形成彩色的光斑。潮湿的落叶上有水雾在袅绕。满腹的心事突然往外挤。憋久了，是会生病的。路抓住我的眼神，直直地盯着我，说出了这句话。

我躲闪着，将眼神投在泥地上，一群蚂蚁有条不紊地往前爬，如同这里的一切——井然有序——通往村里的路，是土石相拌，夯实而成，纵横交错，四通八达；没有明显的石阶，却有攀爬之处；一丛低矮的房屋，全是泥砖垒成的泥土本来的颜色，一栋一栋，并非规划，却是有序地依着小路两侧排立。

我和路行走在仿佛只有两个人的村里。四周很安静，能清晰听见犬吠、鸡鸣、鸟叫，甚至牛哞。所有的小道，我们一条一条去走。累吗？枯燥吗？路试探着问我。其实我也在担心他有没有厌倦。

拐过墙角，一窝小鸡，"叽叽喳喳"声，脆生生的，仿佛迎接我们的到来。

迎接我们到来的还有沿路的火龙果树。躲闪着缀在枝上的火龙果像羞红了脸的花。我一直以为火龙果是高高挂在枝上的。见到它矮矮地挂在满是针刺的枝上，心里竟有一丝说不出的惆怅，仿佛贴近泥土的必是承受了生活的重的。而望着高大挺拔、叶冠阔如庭院的芒果树，我又生出不同于此刻的敬畏——原来芒果需要攀爬方可获得。

攀爬，让我对这个词有着切肤之痛的是那个叫墨非的男人。自二十三岁认识他的那年起，我便在爱情的长河里攀爬了七个年头。我没有像过去那样困在回忆的沼泽地里。如同一个闯入仙境的小精灵，和百年老芒果树对话，话落进芒果树深凹的纹路里；和挂在枝头，发出清香的芭蕉细语，声音如牛奶涂在芭蕉的表皮上。多少时日困扰我的轻——如脱飞的蒲公英。似乎有既定的方向，又仿佛失去了一切——它们此刻去哪了。

不知什么时候，路牵住了我的手。在这静得能听见彼此心跳的古村，牵手仿佛成了生命的支撑。我的脑海里令人无法理喻地出现别的画面：每天上班必走的路上，一直安静清扫街道的中年女人，她当街哭了，如同天空的哭泣。雨连续下了好几天了，像是要冲刷掉那团窝在人们心里的污物。女人哭得很伤心，许是真受伤了，中年承载之重，日复一日，如同扫地时愈来愈接近土地的背脊，又如被空中飘浮的尖锐刺破的气球，没了轻，只有重，重到只能贴近地面。我竟然羡慕这个敢于当街大哭的女人。不像我，听到墨非说出"分手"两个字时，只敢躲在无人的角落或流水哗哗的厕所大哭。任苦痛堆积在心中结成阴雨天的霉，任一年一年的韶华逝去或滞留在我眼角织成网。看见那个老人——一个站在几百年的芒果树下，发黑眼青的阿婆——我突然惊醒，阻隔自己接纳任何对我有好感的男人的心理障碍是"害怕"。

我感觉出，路握着我的手心里积着汗，湿漉漉的。他在害怕吗？我没有问，心里却分明起了轻视之意。要离开坝洪村时，路说，幸好雨没有落成，出村的小道是经不起雨的。我见过坝洪村里贴着的地质灾害警示牌——这里时常有洪流——我发现自己又犯了自以为是的揣度的轻。我想到了父亲，及他的话——你还年轻，人性永远是你不应该去自度揣摩的，需要深入地去寻找、去发现。我仿佛才发现，存在于路额头上的川字纹和双眼的忧郁里有一种重。

在遇到阿婆之前，在确定每扇门都紧闭的时候，那些明显标示在土墙上的防洪标语或是洪灾逃亡时的引导标识让我恐慌。我以为我和路陷入一座刚被遗弃的古村，仿佛一场灭顶之灾即将来临。

笃定来自阿婆，及她的眼神。阿婆个子不高，五官精致。她头发灰白，轻盈地从额头往后梳，细心盘起，靠颈后一枚银钗固定。她的眼睛依然黑白分明，如同此刻的天空，蓝白分明。她的年龄不好判断，光看外表，五十到七十都有可能。她身着蓝色土布上衣，拦腰围着一条黑色底子起五彩绣花的围裙，脚上穿的是一双浅口雨鞋，不曾在市面上见过的样子，独具特色。她是从分河边芭蕉园走来的，我从她手里提着的紫色芭蕉花判断出她的来处。相遇在那棵几百年的芒果树下，她看见我，和我们看见她，有着相似又区别的惊喜。她惊喜于还有人来这里，我们惊喜于这儿并非被弃。阿婆能听懂我们的语言，但阿婆因为天生有发声障碍，我们只能靠猜测听出她说些什么。交流并没有因为艰难而变得无味。

阿婆告诉我们，村里人几乎都搬走了，现在留在这儿的只有三户，都是喂牛的。她今年七十，老伴七十五，喂了二十头牛。飘荡在古村上空的各种气味里，最浓烈的当数牛屎气，我进村时就闻到了，可我和路都没有因此生厌。被那些飘荡在城市上空的汽车尾气窒息了的我们，仿佛对这种原生态的自然之气心怀久违的欢喜。树叶、瓜果落在泥里腐烂的气味；青色的小芭蕉珠链般垂吊在芭蕉叶丛中散发的是青涩的香气；芒果在六月份就全摘光了，可香甜仿佛还拢聚在树间空气里……

到了吃饭的时候。一只并没有遭到呵斥的雄鸡从村子高处发出嘹亮的叫声，像是一种约定。如同我的家乡，一到饭点，就会响起的广播或是女人们粗鄙的呼唤声。这次，阿婆嘴巴动了动，却没有发出声音。即便我仔细聆听，的确什么也没有。算起来，到村里约莫半小时了，可除了眼前口齿并不清晰的阿婆之外，我们还没有见过其他人，小孩子也没有。我和路站在那里，有些不知所措的茫然。我和路都有了想同阿婆告别的意思。

我先发现的，阿婆朝着坡上更远的方向张望时，一脸喜悦。我顺着阿婆所看的方向望去。一个男人和一条狗突然出现了，出乎我们的意料。男人个子不高，但很健壮，他的穿着与我家乡的男人的穿着没有两样。他戴了顶米色的草帽，帽子底下的头发全是白色的，不知几天没有刮的胡子也是白的，他的眼睛也是黑白分明。光看外表，同阿婆一样，他的年龄也不好判断。

去我家吃个中饭吧，我们家就我和老伴两人。大叔站到了阿婆身旁，摘下粘在阿婆身上的芒刺。他们是夫妻，两个上了年纪的老人，身子相连倚在一起，看着我和路。在他们眼中，这两个年轻人，也是夫妻。路靠近我，抓住我的手，与我的身子连在一起，我想挣脱路的手。太多虚无的际遇让我觉得自己恍若膨胀到了极致的气球，就连裹在风里的蒲公英都可能让我化为灰烬。难道需要向两位老人证明些什么吗？路将我的手握得更紧了。我悄悄向路使眼色，表达我的反抗，他一脸灿烂，望着两位老人，假装浑然不知。

并非每次都有这样的好运。去朵海时我遇上一连三天的暴雨；租车时遇到宰车客；在单廊海边碰到家乡人，向她们打招呼，招来的只是一双冷漠的眼睛；包括我这次出差的任务——帮公司讨回合作单位拖欠的余款，明明说好马上结清，拖了一周，还在说等两天再给回复。只是两天吗？兴许一周，一个月，甚至更久。

墨非一次又一次推迟回国。我比谁都清楚，一切的美好成了过往，遮掩在所谓爱情上面的是一层他知我知的谎言，碍于没有戳穿，我依然独自裹住这团谎言，如同阳光下那团彩色流动体，看得见摸不着，更无法靠近或是进入。只待一阵风或雨的冲刷，一切就没了形迹。像风扫荡街道两旁的梧桐落下来的那一地枯叶，只有在深夜才能看见它们肆意的样子，白天它们会迅速被扫进黑色的垃圾袋运到垃圾站甚至更远的地方，化为腐朽。

我的手不再挣扎。被他牵着向前走时，突然想哭，我隐忍住了，将手握成拳头缩在他手心，身子依然与他相连，甚至靠得更近了些。

顺着村道，从前面的第一个人字路口左拐，走到一栋矮房门口，阿婆、大叔和狗拐了进去，我们也跟着进了门。

门是木头原本的颜色，经风历雨后成了褚黑色，上面的铁挂锁在无数次触摸后磨得非常光滑。进到门里，是厅堂。我看见墙角的竹筐里堆积着红色的火龙果，很新鲜。两双雨鞋整齐地摆在竹筐旁的木板上。东面土墙上钉了一排长铁钉，分别挂了斗笠、雨衣、外褂……最惹我注意的是那串芭蕉，大约有我身高的一半长，下面的芭蕉已呈黄色，上面的还是青绿。阳光透过屋顶的玻璃瓦落进房里，停留在各种家什、用具上，折射出斑斓的世界。西面墙上有扇门，挂着蓝色起红花的布帘。我仔细辨识过，红花是这座城市开得最热烈的三角梅。门外也有三角梅，阳光照耀下，那些带些妖的紫的花瓣，似乎又和粉红扯得上关系，而天顶纯净的蓝天，透亮的白云将所有花瓣衬得又有几分仙气。仿佛我那年在大学校园里遇见墨非的心情，和当初对爱情的憧憬。

穿过厅堂，从南面墙的侧门往里走是厨房，厨房很小。这里烧的是沼气。靠墙有一张桌子，配有四张手工编作的圆柱形蒲团，材质是我小时候经常见到的稻草。我们把它编成绳，用来跳或用来荡。桌面罩有蓝色的土布，上面已经摆好饭菜。饭是铜锅洋芋饭，菜有红烧鱼，炒芭蕉花，煎出来的洋芋饼，和一锅清水苦菜汤。

阿婆招呼我俩先坐下了，大叔问路，喝两口吗？路说下午要开车。接下来吃饭的时候我们话很少。感觉还是要喝两口。大叔说。起身去了挂着蓝色起红花布帘的房间，出来后抱出一只瓦罐，黑褐色的身子。阿婆取来四个土色的粗瓷碗。今年的青苞谷酒。大爷给每个碗倒满了。路本想把手扣在我的碗上，我拦住了他。一碗酒下肚后，一股浓烈的冲劲穿过我的胃，散播向我的大脑。外面起风了，听得见落叶沙沙的擦地声。路起身，端起瓦罐给大家加酒。阳光让我们温暖，酒让我们开始兴奋或忧愁。风依然在吹，挂在墙上的钟敲了十二下。

碗又被斟满了。

"村里大多数人都搬到新村去了，这里要改成旅游景点。说是城里人喜欢看古村。会在分河上修条索道，不用划船，从对岸直接就索过来了。"

大叔又倒了酒。"现在只剩下三户人家了。"他说，"我生了三个女儿，一个去广东打工嫁给了四川人，一个去大理要跟着北方人走了。他们住得远，回不来了，就算探个亲也不容易，可能两三年能来住上一个礼拜。最小的幺妹儿留了下来，嫁给本村人，现在也搬到新村去了，就是你们来的路上，大水库旁那栋有蓝色玻璃的房子。她倒是每周会来一次，听说也想上外地打工去，今年的甘蔗没人来收，只能枯烂在田里，一年的辛劳打了水漂了。"

打了水漂的还有我。七年的守候，如同一场无比漫长的马拉松，我在自以为无比强大的意淫中为自己喝彩，仿佛自己是一个举着贞洁牌的烈女，为我的初恋男友墨非保持节操成了我参与这场马拉松的唯一意义——没有人知道我一直独身的理由。包括去澳洲留学的墨非，在他微信留言中，我看出了他对我苦行僧般的坚守是反对并嘲弄的。他甚至怂恿我从堡垒中走出去。这才是我的悲哀，如同我对早已不复存在的故乡过于痴迷的留恋。

大叔起身，从南面墙的侧门往里走，穿过厨房，那里有间小小的茅厕。我能听见解手时大叔扬起的抛物线落进马桶的声音。路也起身了，顺着相同的方向去了那。不久，我听见了更加有力的声响。那一定是根值得骄傲的抛物线。

我给自己倒酒了，抛物线也从瓦罐流出来。阿婆切好紫红的火龙果放在我面前。一片片，弯月的样子。我有些头晕了，看到的全是红红的嘴唇。

大叔揣着裤头走回来了，嘴里在碎碎念：都离开了。老邻居也走了。隐约能听到从墙角传来的呜咽，阿婆在那捡拾火龙果，一个一个装进袋子。大叔坐回来时，打翻了他的酒，我听见了哭声。他们失去的只是一个日趋破旧的老村。这里交通不方便，暴雨来时会让人直面死亡，出村爬上十几里山路有整齐列队的修好的新村。

离开时，我已经走不稳了，路抓着我的手让我不至于身体摇晃。我们向阿婆和大叔道了别。

村前那片芒果树，围着树根，厚厚的枯叶铺地，踩在上面，"嘎吱嘎吱"作响，枝上却依旧青叶繁茂。路在那片厚实的枯叶上铺了一张防湿垫。阳光正好，路说。看样子，他打算在这里睡个午觉。青苞谷酒的后劲沉重而强烈，压在胸口上让我异常难受。我所听所见的声音与光影全成了幻象。我看见墨非向我走来。

九年前，在返校的火车上认识了墨非，他就读的大学与我读的学校在同一座城市。阻碍我对墨非一见倾情的是他脸上密密麻麻的青春痘印。可很快，我发现我的心跳加快了。因为他的两片嘴唇，准确地说是从嘴唇上滚落出来的声音。两年后，他去了澳洲留学，而我留在国内一家上市公司上班。送墨非去机场的路上，的士上的电台正在讲一个关于负心出走的爱人的故事。

所有这些只是记忆的墙，想象的星火瞬间扑灭在墙上。

路睡着了。他的呼噜声勾出我的忧伤。我在后悔什么？人若是能在知道答案后再做选择就好了。万能的神，你能告诉我，我若选择去澳洲，结局会是什么呢？

今天，我跟这个男人来了坝洪村，又会有什么样的结局？没有人知道这些。

这是我第一次来到坝洪村。路也是。却仿佛一个久别故乡的人回到了他最初的留恋，来到了他纯真童年的唤醒处，来到了他生命中最真实最赤诚的那端。

这里真好！路醒了，像是在梦呓。接着又说，好久没有遇见这么干净的老村了。

"干净"两字像某种咒语，引发我的诗兴，力量与灵感来自许多不同的角落，而路的眼神，及他眼神中五彩的样子，让我着了魔。乘着酒兴，我吟诵起来——

坝洪村

不是我的故乡，甚至

只是我生命里一个陌生的他乡。

我不知我为什么要去探访他

是因为网络上的一句话——一个即将消失的古村？

古村是一个让我害怕的词

意味着那里必然有拥挤的人群，有临街兜售声，有千篇一律的青石板路、木板房……

可我依然无法摆脱内心对坝洪村的向往

如同无法割舍对故乡的思念

故乡早已不见

它带走的不只是青山，绿水，更多的是曾经的无邪与内心的安宁

如同蒸发的水，一点一滴从我的世界里消失，时间

愈流逝

　　它消失得愈彻底

　　……

吟诵停下来，一时间，我们都很不自在地坐着，情绪沉甸甸地压在我们肩上。直到一只白鹭从分河边飞来，它扇动闪亮的翅膀，仿佛微风推云，留下美好的轻松，而那些并不牢固的盘踞心头的沉重也给扇走了。

路从北方来，我也是异乡人。眼前的一切，纯蓝的天、透亮的云；青山、绿水；鸡鸣，犬吠，牛哞，甚至路看我的目光，汇集成一条飞毯，载我回到童年，回到故乡，回到曾经拥有的爱情。墨非答应过陪我来，我一直坚守着这份他人无法给予的承诺。我梦了它许多回，却从来没有像此刻那般有种虚脱的穿越感。我一时恍惚，不知哪里是梦，哪里是真实了。一个星期前，墨非支支吾吾，说，回国的时间又推后了。这是他第几百次说到"回国推后"，我记不清了。恰巧单位要我来云南出差，天赠良机。我掩藏好这项蛰伏心中的任务——去坝洪村，去寻找我心中最后的净土或是最后的宁静。

路已经将身子交给了这片土地，他像个久术吞食的饥荒行者，贪婪地沐浴在正午的阳光下，土尘在五彩的光线里上下循环，形成一个看不到尽头的彩色流动体。路指着芒果树下那个彩色流动体，说，我期待进入到这个流动体内，去洗劫一身的污垢，及灵魂深处的肮脏。我也恍若回到了温暖而自由的怀抱。这种信任越来越多地在人的身上失去了。穿着紫色内裤的路，将身子铺展在防潮垫上写成一个大字，我脸红得像个羞涩的少女。我跑起来，踩着落叶，向着阳光充足的方向，像一只欢快的小鹿。

坝洪村背靠群山，前有分河，一条从山上落下的小溪如同玉带将它束在中间。阳光给山体涂上了一层金色，也给我的身子涂上了一层金色。河水与溪水都泛出金色的光波。路从阳光里醒来时，我发现他像一个灵魂得到洗涤的人，整个人，浑身上下散发出圣洁的光辉。我被吸引了，甚至像是被一股神奇的力量给指引了，我开始归依到他的各种指令下。

路说，其实他带来了便当，一早起来准备的，放在后备厢里。不声不响的体贴，让我的身子有了裂缝。感动，一点一滴，慢慢地沿着细缝爬进了我的身体。

新的恐慌是在电闪雷鸣出现在坝洪村上空的时候。来时的规划被我抛到哪里去了？这里的一切，眼前的一切，占据了我——在村里待得太久了——我甚至怀疑这是路的圈套。他看出了我的担心，说，你不相信我？我并不想回答这个问题。仿佛这是所有男人想在自己心仪的女人面前表达自己无比高大勇猛的方式，而我不再是一个猫咪般乖巧或纯洁懵懂的小女生。当一根白发出其不意地混杂于我的青丝，几条细纹以侵略的方式盘踞我的眼角时，我更多的是选择相信自己。路拽紧我的手，盯着我，说，放心，一切交给我吧。这该是多大的信任，他承担得了我的这份给予吗？缓解我身上恐慌的，是一个片段——突然从我脑海里钻出来的——路在和阿婆交谈时，他反复问了阿婆关于洪灾的问题。没事的，一旦出现大雨，不要出村上山路，应该顺着村里的避洪指示路牌往村子最高处走。我在这里生活了五十年，没见过山洪冲垮房子，也没见过淹死人。

原来他早就有了心里的笃定。

只是一场虚惊，雷电像是故意要考验些什么，扑腾两下，一滴雨也没下就走了。

我的手腕被路拽得鲜红。我看见过被洪水席卷的城市，被泥石流淹没的山村，见过漂浮在水面上的各种生物。除了牲畜，还有人和植物。一股莫名的力量像洪流在冲刷我的身体。白鹭大叫着扇动翅膀飞离了这里，阳光没有从云层透出来，我茫然而恐慌地杵在落叶铺地的芒果树下。墨非对我说出"分手"两个字时，我有同样的感觉，似乎一切都离我而去了，心底里只剩下巨大的空。我愈发想离开这里了。我在害怕什么？

走吧！路说这句话时，用力抱紧我的身子。我伏在他胸口，眼泪滴在他没来得及扣好的衬衣上，浸染在他袒露的胸脯上。我擦干眼泪，说，走吧！

天空中的云，往下落的样子，缓缓沉到山的下面，融入泥土，没了形迹。当夜完全黑下来时，坝洪村与天与地融为了一体，连空气也阻隔不了它们。似乎一切都不存在了，或者成了两个世界，明与暗，有声与无声。它们以它们独立的形式存在于别人进入不了或暂时放弃的世界。照原路返回到山顶时，我说，停一会儿吧。我站在车旁，沿着小道延伸的方向，看到了这一切。

路什么时候又拉住了我的手，我不记得了。我的手没有握成拳头，伸展开温暖地扣在路的指间，他倚着车身，我倚着他。山顶的风吹在身上有些寒，两个人的身体自然就连在一起了。

此刻，这里的天空黑得像透明的玛瑙，铺在上面的星星，异常明亮，像是把我生活的城市上空的星星洗过后再挂在这里的。

一万年才能遇到这么一处了！路说。

幸好来了，我说。

我们互相倚靠着，静静地站在山顶，能听到分河流水滚滚而去的声响，偶尔还有鸡鸣，犬吠。我们去过的阿婆家在村子的左侧，远远地只能看到个大概了，可在那里的一切所见，一切感受，如同此刻挂在天上的星星那么清晰。我看到路在看我，他的样子在我眼中，成了最亮的星星。我迎着他的目光，不再躲闪。

（《滇池》2017 年第 7 期）

两只铃铛

　　父亲下葬那天，沙漠上空沙尘飞扬。母亲沿着父亲走过的路，在沙漠里走了两天两夜，回来时突然失去听觉，恍若世间一切都消失了。而我，生出身陷沙坑的惶恐，常在半夜惊醒后独自抽泣。

　　这是三十年前的景况。可现在，我有时半夜醒来，依旧会诚惶诚恐，怕自己睡过了头，而父亲正独自爬行在沙漠的陡坡。那个原本可以支撑他爬上陡坡的我，去了哪里？幻觉里，父亲越来越疲弱的身子兀自消失在沙漠里。醒来，听见风吹得窗格呜呜作响，窗外有狼嗥叫，风推动沙漠咆哮。我才意识到，沙漠里没有人在等我，沙漠陡坡处也没有拐杖等我去捡拾。

　　这种时候，能陪伴我的只有烟和那些从烟灰缸里溢出的灰尘。它们见证我的人生，目睹一个个生命的消失，又在静默中等待下一个生命的扑灭。我害怕此刻的孤独，更害怕与死亡独处。我故意扭动身子，吞咽自己残留一宿的痰液，清清嗓子，发出奇怪的声音，又走到院子里，打开水龙头，我喜欢这时的寒意，让我能瞬间看清眼前的一切，也想到远在十里外的沙漠上的现实。我重重地往地上吐出口里的痰，院子里只有我和母亲。她已经听不见这些声音。

写到这里，我想告诉你，我家背后是沙漠，以前那个沙，种不了庄稼，一刮风，天都刮黑。从我家往沙漠里走，只有一条路。在这条路上，有棵大树。这棵树是30多年前的春天，父亲和母亲一起栽下的。继续沿着这条路走，有块十万亩的沙地。经过我们家两代人，30多年的治理，现在变成了树林。

30年多后，我在这里种树。而一些场景成了平常——

每天早上5点，我会对母亲说，我要去后山了。

母亲问，你要去种树了？

我说，嗯。

母亲问，现在就走？

我说，现在就走，你回吧。

母亲送我出屋后，从她衣摆下面的裤襟上摘下铃铛，对着我摇晃两下。

我回头对她摇晃另一只铃铛说，你回吧。早上天凉，你回吧。

是我发现的，母亲什么也听不见了，可她听得见这两只铃铛发出的声音。

　　我走几步又回头对她挥挥手：你回吧。早起天冷，你回吧。有时我说这些时看不见母亲，眼前只有父亲的样子。我也听不见她对我说的话，唯独能听见铃铛发出的声音。那一刻，我才真正走进母亲的心田，感知到这个声音的奇妙与珍贵。

　　父亲是什么时候决定种树的？我记不清了。那时候我还很小，刚刚懂事。

　　母亲记得很清楚。她说，在你很小的时候，出了我们那村子就是沙漠，靠沙漠北面，方圆上百公里，没有任何植物。每到春季，刮风时，风变成了刨子、斧子，村里人种植的庄稼，刚长出来，有的就连根拔起，有的拦腰截断。

　　父亲做了噩梦，眼看着沙漠变成了专吃土地的大怪兽，一寸一寸的土地被它吞噬，整个世界消失了，只剩下漫天黄沙。醒来时，父亲满头满脸是汗，浑身湿透，口里不要命了般大声喊叫，完了，完了，全完了。

　　"我要种树。"父亲醒后说。

　　"为啥？"母亲问。

　　"如果再不加紧种树，沙漠会延伸过来，以后咱们连这个家也难保了。"父亲看出母亲的惶恐，又说，"只要种树，这一切都不会发生。"

　　那年，刚好国家有规定五荒地允许个人与集体承包治理。当时，买一棵小树苗是两分钱，大树苗是五分钱，一亩地要栽二十株，一万亩下来，光树苗钱就是一万多块。母亲能算清这笔账。夜里睡不着，翻来覆去。睡吧。父亲这样说时，母亲就不再翻动身子。

很多亲戚朋友知道后，纷纷来我家劝父亲。村里人还说，过得好好的，干吗往沙漠里砸钱？有的甚至说他是傻子。四个哥哥也没拦住，因为这事是父亲和母亲商量好后决定的。

可我希望父亲种树。父亲把我扛上肩膀，往沙漠深处走去时对我说，你想象，我们把这个沙漠治好后，沙漠不见，全是树林。咱们可以在这里种植花果树木，养殖鸡鸭羊牛；春天鸟语花香，夏天知了鸣叫，秋天果实挂枝……我坐在父亲宽阔的肩膀上，听他大步前行时脚踩在沙子上发出的声响，听他喊出粗犷的歌声。空气里有沙尘的味道，父亲身上也有，从他的胶鞋到他黝黑的脸到他灰白的头发，都能闻出沙尘的味道。

这是我第一次深入沙漠植树，我不知道自己身在何处，只感觉自己走进了茫茫天际，天与地在遥远的两端连成一片，阳光照得到处闪耀着金色的光泽。回到家里，母亲和大哥觉得我这么小就能深入沙漠植树，认为这非同小可。他们问我：“你觉得植树好玩吗？”“你觉得树能在沙漠里活下来吗？”“你植了几棵树？”没有一个问题离开了“树”字？当时，我就知道，植树这件事，在我们家是多么重要。

而对母亲最初的记忆，是父亲一大早去了沙漠，哥哥们都上学去了，屋里只剩下我和母亲。母亲不怎么管我，她有事。她不是在为父亲数树苗，就是在准备父亲去沙漠植树要带的便当，又或是缝补他在沙漠植树时磨破的衣服。大概黄昏时，父亲回来了，母亲就问："唉，今天植树怎么样？"这是我嵌在记忆深处的第一个问题。"唉，今天植树怎么样？""唉，今天植树怎么样？"

一万亩地，有多大，这是幼小的我无法想象的。父亲给这片地取了个名字，叫佳园。"佳"字有双重含义，一是取母亲名字中的"佳"字；二是"佳"与"家"同音。

如今我说这些，好像我当时什么都明白似的。其实，关于父亲为什么要种树，一万亩地到底要种多少棵树，胡杨、红柳的抗风沙能力又如何，它们能活下来吗？我什么也不知道，也学得很慢，而时间却流水般一逝而去。

我最先学到的是如何与风沙打交道。我生下来那天，大风扬起风沙一捧一捧地往门窗里钻，沙子混着小石子还能打碎窗玻璃。沙借风力笼罩天空，整个村庄顿时变得昏天暗地。母亲说，她只好用衣服蒙在我头。我的大多数时间都与风沙有关，不是在躲避风沙，就是听父亲在谈论风沙。

父亲是村办小说的教师。他说，种树和育人一样，急不得，也等不来，要付出汗水和真心。母亲在家里干活，她打点家务像父亲对待学生·样付出了真心与汗水。家里所有的东西都井然有序，看不见一点沙尘。

母亲个子高大，皮肤黑里透着红，总让人觉得她充沛的精神里满是力量。尤其是她年纪大了之后，老让我想起高尔基笔下母亲的形象。四个哥哥和我，她让每个人都吃饱穿暖，食物由她准备，衣服也大都是她亲手做的。她养了五十只鸡，一百多头羊，种了许多枸杞。天气好时，她会独自走几十里去集市，就为给家里买些青菜，而起风沙时，她会在门窗封得严严实实的厨房里给家人炖羊肉。没有人相信，因为母亲，我们家成了村里唯一的万元户。来村里的人都会将目光停留在一栋带院子的土房上，那是我家。

我家共有十间房，四个哥哥住东西厢，每人一间，父亲母亲和我住上房。种树以后，父亲单独住在靠近厨房的那间房，有单独的门出进。他的屋子里有三样宝贝，一样是关于种树和治沙的书（也有历史、文学方面的书），一样是种树的铁镐，还有一幅手绘的我们村的平面图。平面图挂在父亲的床头，用不同的颜色标注出哪里是水田，哪里是树林，哪里是沙漠。像是有意保持某种警惕，父亲从不打扫钻进他房间的沙尘，也不允许母亲给他打扫。沙越积越厚，如同一场较量，长期在门外咆哮的大风，并没有因此而退缩，它将更多的沙推进了父亲的房间。

父亲的床靠着窗，望得见沙漠，床上的被子滚作一团倚在床头，父亲常靠在上面看书。床边有一张方桌，上面摆着一个收音机，一个手电筒。床上有好几本书都翻开反扑在枕边。烟灰缸放在床边的地上，有些烟头兴许还没有燃尽就从指间滑下，地面有烧过的痕迹。

自我五岁那年起，母亲就再也没有在父亲那里过夜。母亲鄙视父亲住的这个房间和这个房间里被沙尘裹住的一切。

91

母亲鄙视的其实是杂沓，不管是房间的杂沓，还是人生的杂沓。如同一场灾难，母亲的咒骂声也就从这样的杂沓里开始。

父亲将目光投向母亲喂养的鸡群和羊群时，我们家已经吃不上白面馍了。烈日下，我和那些炙烤的蔫头耷脑的小树苗一样，身子萎了，脸色黄了，眼神开始涣散。

"把鸡和羊都卖了吧。"父亲说。

"不行！"母亲很少反对父亲。可这次她态度坚决。

"不卖不行了。"

"孩子们以后吃什么？"母亲哽咽了。

"孩子们以后吃什么？"父亲重复母亲的话后，又接着说，"再往后，只怕得吃沙了。"

"那你把我也卖了吧！"母亲想死命扛住这块最后的阵地，可她终究抵挡不了父亲的攻势。看着父亲一车一车将鸡和羊运走，再换来一车一车的树苗，她没有哭，可她变了个人似的，不爱说话，仿佛经受了巨大的打击。

母亲不再允许我的四个哥哥跟着父亲去植树，哪怕只是跟着去沙漠玩耍，也会遭到拒绝。只有等母亲派他们去给父亲送什么口信时，他们才有机会过去。他们并不着急完成任务，即便完成了，也会磨磨蹭蹭，他们从不害怕。若是母亲在这里，她一定会时刻提醒他们小心蝮蛇。而父亲总会说，不会有事的。或者说，比那凶险的事多了去了。

哥哥们陆续上初中高中了。他们像是突然发现了父亲房间里的书似的，一个个陆续走进这间房，有时一待就是一个上午，有时待到深夜还久久不愿离去。母亲一旦发现就会骂个不休，还时常动怒。她有时骂，别往那沙堆里钻，弄得家里到处都是沙。有时她还骂，尽看些没用的书，眼看就要考试了。记得有一天夜里，我最大的哥哥被父亲房里的一本历史书给迷上了，深夜还不想离开。母亲冲进去，直接甩了大哥一巴掌，她用力如此之大，乃至第二天哥哥去上学时，脸还肿着。我那时还小，母亲经常忽略了对我的管束，我能自由出入父亲的房间。

大哥并没有因此就不敢进父亲的房了。对抗已经形成。他有时还和父亲讨论关于植树的问题，甚至还说到"环境保护"这个词。母亲怕这种力量蔓延到其他三个哥哥身上，她趁父亲去沙漠植树的时候，给每个哥哥使些她够得着的力气。虽然她本人只有小学文化，但有时她也能引用经典名句来加强她说话的分量。"你们不好好读书，就是在浪费时间，浪费时间就是在浪费生命。"有时她干脆就十分武断地说："没有钱是万万不成的。你们吃的，穿的，哪一样不花钱。"如果父亲恰巧回家，她会将声音说得更大，有时还会取下她裤腰上的铃铛，一边说一边摇晃，仿佛这样就更有说服力。父亲通常什么也不说，他在家的时间，不是在吃饭就是躺在床上看书，或是听收音机，有时父亲也会将收音机的音量开得很大。

自此，母亲一旦遇上不顺心的事，她就取下挂在腰间的铃铛，不停地摇晃。

不知从哪天起，学校里那些课本已经提不起几个哥哥的兴趣了。大哥甚至旷课跟着父亲去种树。大哥的行为已经让母亲很生气了，父亲丝毫不加阻拦更是让母亲火上添油。她觉得自己快要失去一切了——她的生活方式，她的家庭，她的儿子，她的爱人。有时，她会细心细气地对父亲说："我不知道我的儿子们怎么了，他们的兴趣怎么都不在正确的事情上？"有时，她也会暴跳如雷，对着父亲大声咆哮："等到有一天，你的儿子们全都像你一样，穷得叮当响，你就如愿以偿了。"

从来没有见母亲说过这样狠的话，不只是措辞，说话的语气更是让人难受。躲在厨房窗台下，我从窗缝里看进去。父亲正要回他的房间，母亲的话一说出，他站住了，猛然转过身，瞪着母亲。他灰白的头发如冬日霜打的枯草，鹰钩鼻几乎要贴在母亲的鼻子上了，褐色的眼睛正放出让人恐惧的亮光，双手握成了拳头。他已经五十岁了，平日看上去又黑又红的脸上显得灰暗憔悴。他穿着工作服在烈日下干了九个小时，疲倦从他身体里流出来。我脑子一片空白，却无端生出疑虑：此刻，若是父亲杀了母亲，我会冲进去吗？可是父亲转了身，走进房间，打开了收音机，音量调到了最大，他躺在床上看书，直到深夜他都没有走出这间房。

我十岁那年的秋天，有一天上午，大哥哥带来七八个外地人，他们是来这里旅游的，看见我家房子大，想投宿在此。

"我们不接待游客。"母亲说。

"他们不白住。"大哥哥用方言小声对母亲说。

"我们没有吃的可以提供。"

"他们可预付住宿费和伙食费。"

母亲是个会划算的人。她觉得这是个让家里人能吃上白面馍的好机会。

大哥有意把父亲说成一个传奇式的人物来勾起这些外来人的好奇心。他们一听说父亲在沙漠里植树，一个个变得异常兴奋。他们跟着父亲去沙漠，走进父亲的树林时，他们称父亲为英雄，还拍了许多照片。

告别前夜，他们从母亲手里买了一只羊，还买来许多啤酒，他们想举行篝火晚会。他们很喜欢父亲，邀请他一起参加篝火晚会。面对燃烧的篝火，陌生的面孔，和架在火堆上的肥羊，父亲喝了许多酒。喝到微醉的时候，他开口唱歌了。

母亲正在清扫这些客人带进家里的沙尘，她扫到父亲门口的时候，父亲开始唱了。我从来没有听父亲唱过歌，一切既熟悉又陌生。也许我听过，只是我还小，不记得了。又或是父亲一直在唱，只是我没听见，或是没有在意去听。一种过去从来没有过的感觉在冲击我的胸口，既新鲜又骄傲，仿佛时光回到了没有植树前，我们一家人围坐在一起，有说有笑，有唱有跳。幸福的眼泪流在我脸上，可害怕与惶恐也在我心间游荡，我想看到母亲，看她眼里是否有喜悦、眉间是否已舒展。母亲消失了般，没有出现在我的视线里。一种无法诉说的惆怅在我心头挥之不去。

游客们有的在录视频，有的在拍照，父亲成了整个晚会的主角。他一唱就是两小时，似乎一开口就没有停下来过。

他唱最古老的民歌，唱那时的美景良辰，也唱那时的民风淳朴，更唱那时的丰收与喜悦，还唱蓝天下的草原与牛羊。夜深了，父亲最后还唱了些来自他父辈们的歌，唱他们的勤劳与艰辛，唱他们的爱情与甜蜜。父亲的铃铛什么时候解下来了，他一边唱一边摇晃铃铛。扶父亲回房间时，我听见母亲在抽泣，而父亲房间里的沙，仿佛被一场风卷走了。

说起来，还是母亲先看上父亲的。她二十五岁嫁给父亲时，比父亲小五岁，是远近出名的美人。母亲的家人原本想把她嫁去遥远的平原，可母亲说，她属于沙漠，那种一眼望不到边的辽阔让她觉得自己看到了全世界甚至更远的天地。

客人走的那天，母亲又走进父亲的房间，在那里留宿到第二天清晨才出来。她又买来鸡和羊，数量比上次更多，方法更科学，喂的饲料是外面买回来的，饲料袋上有些我看不懂的文字。

日子过得飞快，哥哥们先后离开了沙漠，离开父亲。我这样说，好像我的哥哥们都是一般大，都是同时离开了他。其实不是。不过他们的确一个个先后走了，去南方、去北方、去中部城市。召唤他们的，是那些山清水秀的江南水乡和城市的繁华，更多的是那里能快速赚钱的机会。兴许，他们已经厌倦了这里的生活——不是谈论植树，就是聊些和沙漠相关的话题。父亲没有咒他们鼠目寸光，只是对母亲说，这种树和育人一样，急不得，也等不来，要付出汗水和真心。

说起来，真是幼稚可笑。我那时不到十二岁，以为我的日子就可以这样一直无拘无束地过下去，以为自己是永远也长不大的小学生，以为父亲和母亲会永远陪在我身边。

谁也没有料到，父亲会晕倒。其实父亲早就得病了，骨质增生。他依旧在沙漠里干活。直到他晕倒在沙漠里，我们才知道。他的病恶化成了癌症。

母亲在父亲的房间里哭了一宿，声音是含着的，又像是使些暗力将声音埋进了沙里，沙漠在风中咆哮，声音异常凄厉。

父亲瘦得厉害。母亲也急剧瘦了。

父亲的眼神不再像当初起念植树那样果敢坚毅，他的身子拖在夕阳里像棵不断往下沉坠的枯树。我又听见了母亲在夜里抽泣。

"没有什么过不了的坎。"母亲对父亲说。

"这次怕是跨不过去了。"父亲说。

母亲是个乐观的人，她会将痛苦与眼泪藏在我们看不见的地方。她用一些我们看不见的力气，迫使父亲答应她，坚持去医院治疗。父亲一共住了九次院，做了七次手术。最后，他的左小腿截肢了。

我又听见了母亲在黑夜里抽泣，还听见母亲在夜里唱些我听不懂的老调，让人奇怪的是铃铛也一直发出声音。

母亲告诉过我：多年前，父亲除了是村办小学的老师，还是村里舞狮队的引狮郎。他手里的绣球原本是要带引狮子的，可鬼使神差，他竟抛给了一个姑娘。这个姑娘家境殷实，人俊俏而心灵手巧，追求者很多，可是没有一个人得到她青睐，以至于二十五岁了还没嫁人。在她那个年代，这已是很大的年龄；家人都为她的终身大事着急，唯独她不慌。父亲像是原本就认识她，从狮子的服装上摘下两个银铛，径直走到她面前，大的挂在自己腰上，小的挂在她身上。一个月后，她走进我父亲家，一年后，生下了我大哥。

银铛的故事，我早已知晓，可藏在铃铛身上的深意，直到这样的黑夜，才从母亲口中得知。母亲问我：花一辈子去植树，比永远自私地活在个人的小世界里要勇敢多少倍，你计算得出来吗？我回答不了母亲。但我说："母亲，我不读书了。"

"你明天就回学校。"母亲还说，"你父亲是个有理想的人。"

"我已经决定了。"我说得很果断，"这样的生活是我喜欢的。"

"决定不是这样做的。"母亲说，"你心里果真是这样想的也不行。"我生气地摔门而去时，母亲在后面追我。我猛然停下来，对她大声说，我已经长大了，我能自己做决定了。我心里很清楚，我不能离开她，因为一旦我也走了，她肩上的担子不知会有多重。

不久，我在母亲手里看见了父亲房里的那柄铁镐。四个哥哥也回来了，他们已经陆续娶妻生子，父亲房间里的书越来越多，许多是他们寄回来的，多数和植树相关，可他们的妻子和儿女将永远不会真正认识沙漠，更谈不上对它的爱了。哥哥们像一群受到召唤的秃鹫，他们噬啃的不是父亲也不是母亲，是这片沙漠。仿佛沙漠成了父亲，他们想在沙漠上付出真心与汗水，以为那样就能保住父亲不死。

我不知道癌是个魔鬼，母亲交代我在家守着父亲，不准他上沙漠时，我像个受到嘉奖的士兵，以为这样会得到更多宠爱。可父亲跟我说，咱们偷偷去，我忘记了母亲的叮嘱，觉得这是另外一层宠爱与信任。

挂着拐杖上沙丘的时候，父亲把拐柱给我，让我扶着他爬上去。到了下沙丘的时候，父亲就不用我扶了，他把拐杖往沙丘下面一丢，像刺猬那般裹着身子，滚下去。我也学着他的样子，滚下去。说起来，我当时是何等的愚蠢，我以为这是一场游戏，却没有看见我父亲脸上的痛苦，也感知不到他身体里的痛苦。

父亲能掩饰好一切，他会赶在母亲收工之前先回到家里，把自己身上的沙子洗干净。为了不让母亲发现，父亲还一直叮嘱我，咱们爷俩一直在家里，没出去过。别告诉你母亲，也别告诉你的哥哥们。父亲还对我说，你想象，我们把这个沙漠治好后，沙漠不见，全是树林。咱们可以在这里种植花果树木，养殖鸡鸭羊牛；春天鸟语花香，夏天知了鸣叫，秋天果实挂枝……父亲说这些话时，像是向我施了咒语，我能立刻看见春天鸟语花香的样子。

去南方

日子越来越艰难。我读初二那年，父亲一下子老了许多，身子瘫了般让他走不动了。整个冬天，他一直躺在床上看书，都是些植树方面的，有时也听听广播。屋外，寒风呼啸，冰雪覆盖了整个沙漠，整个村庄从地球上消失了。

"树受罪了。"父亲望向窗户那边说。

窗外，风肆意敲打在玻璃上，一切都即将被它捏碎，成为另一些飞扬的沙尘或飞雪。

"粮缸见底了。"母亲也看着窗外说，"咱们明天吃什么？"

"树已经成材，一棵就能卖到两至五元钱。我们家能卖的可能有十多万棵。能卖好几十万，甚至更多。"母亲像是在自言自语。

"我为什么要种树，你说说看。"父亲的声音像是从胸腔里挤出来的。

母亲回答不了父亲。

第二天，突然出现的太阳照在雪地里，像是想挽回些什么。父亲从床上起来，走出屋子。母亲和四个哥哥去了沙漠。母亲交代我照顾好父亲。父亲拄着拐杖往前走时，铃铛在腰间晃荡，叮叮咚咚。我悄悄跟在父亲后面。我听见了，他在向村里人讨要米糠。

村里人问父亲，你要米糠干什么？父亲含着泪说，家里所有的口粮都用在植树这件事情上，我们没有吃的了。只能依靠米糠来充饥。

好好的家，全被你毁了。村里人用手指着父亲骂，你就是个既自私又固执的家伙。

我五岁时，家里不仅让我吃白面馍，还天天煮鸡蛋给我吃，现在，我不仅吃不到鸡蛋，吃不到白面馍，甚至玉米馍也吃不上了。

回忆与对比这些时，我肚子里正发出"咕噜咕噜"的声响。我饿了。不只是此刻，昨天，前天……明天也会饿。第一次，我对"植树"这个词生出厌恶；第一次，对父亲之前向我描绘的美景生出怀疑。一个奇怪的小丑跳出来告诉我，那个让你吃不饱、穿不暖的人就是他。

我哭着跑回去。那夜，我没有走进父亲的房间，没有像以往那样倚在他身旁听他描绘未来的美景。我甚至想跑去沙漠一根一根地拔了那些树。

到了来年的五月，母亲又开始穿梭在沙漠里，她没有再交代我守在家里陪父亲。父亲走了。我站在她的影子里成了她唯一的跟班。

五月初八，是父亲的祭日，四个哥哥都回来了。他们成一字排列开，站在父亲的坟前，没有声音，个个表情复杂，看不出爱与恨。母亲站在一旁，什么也没说，泪流了一脸，仿佛要冲刷掉两腮的高原红。送别哥哥们时，母亲一句话也没对他们说，只是不停地摇动手里的铃铛。

日子艰难得连风都能刮倒我们似的。母亲并没有因为听力的消退而失去她原本保持的战斗力，也没有因为眼前的贫穷而变得懦弱，相反，母亲走向沙漠时像个重拾信心的战士或重返青春的少女。而在夜里，她独自倚窗远眺时，不管是深雪披地的冬日，还是酷暑难耐的夏日，或是满目橙红的秋日，她只是一个人望着，偶尔也会摇晃两个铃铛。

无法面对的是一些变化。父亲走后不久，母亲的头发全白了，从沙漠里往回走时，她的步伐也变得拖沓了，背也弯了。于是，有天晚上，我问母亲："父亲选择植树是否真的值得？"

母亲听不见了，我想说什么，都得写在纸上了。没有纸时，我就在她手心里写，她也能猜出几分意思。

母亲停顿了好一会儿，说："你父亲的选择是正确的。我相信他做的事也是正确的。我们必须坚持干完，干下去。"

那夜我辗转反侧，不知道在我的人生中到底要做些什么了。可我整夜都在梦里。父亲、游客、篝火、清晰的对话，像一团迷雾般扑腾跌进我的梦里。

"你一定觉得我很可怜吧？"篝火旁，父亲对坐在他身旁的游客说。

"不。我觉得你有自己的目标。我确信有一天，人们会看到你描绘的美景。"游客说。

"我也希望是。那你呢？你的目标呢？"

"我的目标？"游客的目光越过篝火投向无边的黑夜，接着说，"读书，长大，然后结婚，生孩子，再有孙子，变老，然后死了。"

"真残酷。"父亲说得很轻。

"但是在大学时，我是学绘画的。我还有个工作室。"

"很好啊！"

"很多次，我喝醉了。我总是和同学说起我开工作室时的事。后来我成了商人，是我的父母想要的。"

"我有五个儿子，有一个能留下来植树，我就很高兴了。"

"谁会帮我实现梦想呢？"旅客说。

"某些人，某些事，在某个地方。"父亲看向天空，说得有些神秘。

有时候，当我早上醒来的时候，我突然无法呼吸。我就会想起那夜的情景，想起那番对话。也许这就是我决定留下来的原因。

我独自种树的头一年，很多方面都如意，很少有风暴，我的皮肤和父亲一样，黑里透着红。我和母亲每天去沙漠，在去沙漠的路上。母亲给我讲胡杨的故事；而不植树的时间，母亲除了喂养她的鸡和羊，还去村里帮别人家打短工，一天五块钱。晚上帮村里人做鞋，两晚上做一双鞋，卖两块钱。她还编柳筐，这些别人看不上眼的细活，她都干。她说：大钱有大钱的用途，小钱有小钱的实在。

我以为植树这活已经在我的掌握之中，却发现很多我看了许多年的东西，如同第一次接触一样陌生——新栽的树苗突然死了三成。这意味着三成的收成、三成的真心与汗水都打了水漂。一直找不到原因，却总觉得哪里不对劲。

"种树的技巧我都掌握了，为什么还是成活率不高。"我在纸上写下这句话给母亲看。

"有时候太过于技巧也不行。你要用头脑来种树。"

我看着母亲，一脸茫然。

母亲用手点了点我的脑门说："你太着急了。你要学着安静下来，像对待孩子一样对待植树。"

"怎么做？"

"把树植入土里，只是第一步。树能否活下来，是你对大地、对树的爱，这里包含着你的灵魂，这就是为什么你植树时要饱含纯洁的爱。"

仿佛一股原本存在却又没有勇气突破而出的力量在此刻生成。我对母亲生出从来没有过的爱。出于爱，花一辈子去干自己并不真心喜欢的事，这比那些自私地活在自己的小天地里的人要勇敢多少倍啊。我知道，我永远也不可能离开她，因为这样，她就只能独自承受村里人扎向她胸口的匕首，说她和父亲是失败者，忙了一辈子的事业，五个儿子，一个也留不住。

"你常对我说，把这个沙漠治好后，沙漠不见，全是树林。咱们可以在这里种植花果树木，养殖鸡鸭羊牛；春天鸟语花香，夏天知了鸣叫，秋天果实挂枝。"我站在父亲的遗像旁，说，"你一定会看见这一幕的。"

"我希望你能记住你今天说的话。"母亲取下父亲的遗像，端详了好一会儿，又放在原处，她还那只原本属于父亲的铃铛挂在了我的裤腰带上。

母亲说得很轻，却仿佛给我的身体注入了一种魔力，我第一次怀着虔诚的心向沙漠走去。一个人在沙漠里，沿着父亲生前常走的那条路，往它延伸的方向走，一直走到树林深处，在那里走来走去。然后再躺在树林里，说些莫名其妙的话，像小时候躺在父亲身旁时他对我说话一样。我说话时，父亲的影子在我眼前飘荡，那双拐杖也在那里；他的呼喊，他的哭泣，都在我耳边。可我知道，只是幻影与回声，像沙漠里的海市蜃楼，又像是旧时光里的记忆。

那天，我起晚了，母亲独自去了我家的树林。她昨晚说今天要早些出门，新栽的树苗要趁早浇水，还叮嘱我出门前记得把父亲的铃铛系在裤腰带上。

母亲什么也听不见了，我心里害怕，发疯般朝树林跑去。铃铛系在裤腰带上，身子带动它发出清脆的响亮。母亲回头看着我说："来了。"

"娘，你怎么不叫醒我？"

母亲指了指耳朵，又摇了摇头，什么也没有说。

"村里人都说，你的前途葬送在我们手里了。他们都说你干不了多久会逃离这里。"母亲突然对我说。

我什么也没有说，却有意让铃铛发出声响。

"但是，儿子，你一直在这里，真的。"母亲叹了口气，"你身上有了你爹的灵魂。对于我来说，我的生命已经结束了。我已经种植了三十年的树，我该退休了。"说完她从衣摆下面的裤襟上摘下铃铛。她高举铃铛，对着天空不停地摇晃，像是要向某人告别，又像是在唱一首动听的歌。

（《鹿鸣》2021 年第 10 期）

闯入者

一

托尼是个技术高超的旅游大巴司机。他开的这辆车,接待过德国的足球队。今天他接待的是一群来自中国的游客。这辆车还很新,行驶在路上,让人感觉不到任何颠簸,当然这与他精湛的车技分不开,也因为这一点,他往往能得到更多的小费,或是更多的夸赞。

一群乌鸦从高速公路旁边的树林里飞出。田野一眼望不到边,有绿色,也有金黄色。刚刚收割过的稻茬修理得矮矮的,非常平整。挺立在田地里的一棵树,像电影《山楂树》中的那棵山楂树,突兀、独立、挺拔,分明藏着童年的光影,又仿佛期盼某个人归来。他们的房子造型、桥梁结构,坚持着自己的风格。托尼喜欢这样的风格,不只是怀旧,甚至时有热泪盈眶的感动。

去南方

此刻，托尼正透过后视镜看向坐在左边第四排的那个中国女人，她叫景欢，他想她一定正在发愁，刚下飞机，行李箱就被人偷了。遇见这种事情，不是第一次，托尼一点也不意外。意外的是这个女人对这件事也不意外。她没有哭喊，甚至都没有惊慌，好像她做好了被偷的准备。道路两旁是矮脚葡萄，自动洒水器正有序均匀地将水喷洒下来。这里已经有一个月没有下雨了。

这天住的酒店有些偏远，托尼得开上两三个小时才能抵达，其间有很长一段是崎岖的山路，他不动声色地转动方向盘，即便在最陡峭的拐弯处，也没有踩急刹，或是让车弹跳起来使游客感到不适。他喜欢自己此刻的发挥，又瞟了一眼那个女人，她一直看向窗外，像个扭了脖子的人，只能这样僵硬地杵着。平时，他心情好时，还会吹几声口哨，这份得意，他自己知道，有些游客也知道。今天克制了一切，不想让那个女人以为他是个轻佻的男人。油表仪提醒他油箱里已经没有多少油了，刚才经过一个加油站没停，他想加到更便宜的油。他想好了，把这车游客送到酒店，就先去加油。这座城市第一次来，但他知道哪里可以加到最便宜的油。

抵达酒店已是晚上九点，却给人黄昏的错觉，天空将橙色的光芒涂在城市的墙壁上。这是一座温暖的城市，道路边的鲜花各色交织，让这里呈现出清新与独特，窗台上的天竺葵不骄不媚。

景欢喜欢这里，托尼也喜欢这里，可他没有时间去欣赏，首先他得打开行李车厢，替所有游客搬下行李，然后要清理车厢，把垃圾倒了，整理椅子，拖洗地板。不过，后面这两项他想加完油再去完成。有些饿了，可他知道车子比他更饿，必须先去填饱它。

搬完最后的行李，托尼看了一眼景欢。她不需要搬运行李箱，独自站在那里，显得格外孤单。他走过去，对她说："你还好吗？"景欢牵动嘴角，有些勉强，可还是笑了。

"你想坐我的车去加油站的便利店买些东西吗？"她听到他这样问时，脸忽地红了，仿佛他说出的是一件难以启齿的事情。

"我先和导游报告一下，好吗？"显然，她是个谨慎的女人，在机场时一定是太困了，这都是时差的原因。

"没有问题。"他很高兴她没有一口拒绝，甚至能断定她一定会坐他的车去便利店。他觉得这是一个好时机，属于他和她单独相处的时光。

她再次回到他身旁，跟着他上车，他克制自己，没有流露出兴奋来，借故咳嗽了一声。他从事这项工作四年了，接待的中国游客不下千人。他知道中国女人不喜欢陌生人过于直白地示好；如果你和她们熟，或是她们一眼看上了你那另当别论。眼前这个女人几个小时前才遭遇偷盗，她一定在心里对更多的外国男人竖起了心理屏障，或许认为这儿没有什么人可值得信任。她坐在他右手边第一个位置，他们能看见彼此。最后，还是她打破了沉默："谢谢你！"

"不客气！"

车开进加油站停好，快要跨出车门的时候，她回过头来看了他一眼，又说："谢谢你！"

托尼很喜欢景欢说出这三个字时的表情，有些甜美。碰上这种会笑的女人，他总是有些心动。她走出车门，经过一片长满蒲公英的草地时，竟然蹲下身去，伸手抚摸那些蒲公英，又轻轻地向它们吹气。能看出来，她对他的戒备心解除了，恢复到了自然的自己。面对突然的失窃，他能理解她内心的愤怒。在这个岗位上工作了这么久，各种各样的人他都遇见过，由于突然的不测，他们会在愤怒之后变得异常暴躁，或是做出各种失态的行为。虽然自己经历过更大的不测，可他没有因此变得暴躁或是对生活失去信心，也从不因为自己只是一个旅游大巴司机而觉得卑微，更没有不珍惜眼下的工作和生活。等待加油时，他将目光投向便利店，在心里猜测她的年龄。

她看上去像三十五岁的样子。这样的话，他们应该是同龄人。可是对于会保养的亚洲女人，你很难猜准，她们时常会比这更大。托尼耸了耸肩，摆出一副无所谓的样子。

他早就注视过她，她的头发呈现浅咖啡色，松散地披在左肩这边，眼睛是深褐色的。因为她穿着宽松的裙子，只能大致猜测她的体形，显然不胖，至于三围嘛，不好判断。但是从她甜美的笑容中可以看出，她独立冷静的表象后面还有招人怜爱的一面。

"我可以加你的微信吗？"车子加好油，重新开进酒店的停车场，他问她。他觉得这时候发出这样的请求不能算轻率。

起初，她似乎没有完全听懂。他赶紧掏出手机，找出自己的微信二维码。

"噢，"她犹豫了一下，说，"可我不喜欢聊天。"

"没关系的。"他鼓励她。

她摆了摆头，把头发从左肩甩向后面，同时，脸上露出娇羞的笑容。这一神色让他心头一热，他敢肯定，她一定比三十五岁更年轻。

他看她扫二维码时，发现她的左手上有块浅粉色的胎记。她一定发现他在看着她，为了打破此刻的尴尬，开口说："你是哪里人？"

"克罗地亚人。"他还主动告诉她，"我叫托尼。"他看向她所站的位置，让人以为他在看她，实际他在看更远的天空。那个方向再往北走，就是他的家乡。

"噢，"她的目光停留在他脸上，像是在寻找什么，"你们国家的足球队真棒！"她看见了他眼里的忧伤。

"你笑起来真好看。"他忍不住赞美了她。他不敢说更多，看着她的笑，竟然有一种让人心安的归属感。

听到这句话后，她的表情变了，没有再说什么，扭身走进了酒店。他有些懊恼，关好车门，走进酒店独自去了餐厅。他饿了，需要去吃些东西。他本想邀她一同用餐，可他放弃了这个打算。

他要了三块牛排。那块最大的，切开时，能看见鲜红的血，他不喜欢，就像不喜欢那些时常涂得血红的嘴唇。他不由自主地想到她的嘴唇，只是浅粉的颜色。他舔了一下嘴唇，一口气喝完了一杯冰啤酒，觉得还得喝一杯，续杯回来时，他感到眼前一亮，他看见她走进了餐厅，坐在他斜对角的位置上。

"你还没有吃？"他走过去问她，注视着她的眼睛和嘴唇。她的头发一定是才洗过，闻上去有一种淡淡的清香。

"我不是很喜欢这里的食物，但饿了。"她慢慢说出了这句话。

"来一杯？"他指着自己手里的酒问她。她先是摇了摇头，后来又点了点头。他说，"我可以坐过来吗？"她有些局促不安。餐厅里只有她一个中国女人，一对本地夫妇正在看着他们，那个会说中国话的女招待也在看着她。她并不希望在这里遇见他，她不想说可以。可他不等她同意就坐了过来，又立即起身帮她去买来一杯啤酒。

酒有时是个好东西，他们的话多了起来，尤其是她。

"若是在中国，会有人告诉你，你接近我，就等于惹上了麻烦。"这句话有点复杂，她得依靠翻译器。

"为什么这样说？"他一直看着她的眼睛和嘴唇，仿佛那里藏着更多的秘密

"克罗地亚也是个旅游国家，你在自己的国家，也应该会有很多机会的。"

从她说出的这句话里，他听出其他意思。她没有等他说出什么，起身说，"我想出去走走。"他跟着她走出了酒店。这里是法国边陲小镇安纳西。法国启蒙思想家卢梭曾说，他在安纳西度过了一生中最美好的十二年。

"你不害怕我？"她告诉他，在国内，她的亲人和朋友都在背后说她是"毒妇"。说到这，她停住了脚步，安纳西湖边有成双成对的天鹅，他看着她的眼睛，心想，这个女人怎么和我一样的忧郁？他生出冲上去抱紧她的念头。

"你真是个特别的女人。"他伸出的手僵在空中，又装作无所谓地耸了耸肩，补充说，"那天在机场，你丢了行李，我看着你的眼睛，以为你就要哭了，可你没有，当时我就觉得你是个与众不同的人。"

"不，"她说，"我只是个心如死灰的人。"她看出他并没有完全听懂她这句话里的意思，知道他更不可能理解她此刻想表达的心思。他和她遇到过的许多巴士司机确实有所不同，他看上去阳光帅气，她敢肯定，他穿在身上的衣服的整洁程度是无可挑剔的，而且上面没有任何污渍。也许，连她周围的同事（她曾经是个服装设计师）都没有谁的衣服穿得这样有型。可他过于热情，而且总是关注她，这让她感到压抑与不安。过去，她经常外出旅行，很少有司机会关心她从哪里来，他们只要确认车上的客人都到齐了，只要确认她是她就行了。他们知道，只要不少人，他们就不失职，只要把车开好了，游客就不会投诉他们。

　　这次，她之所以选择独自来欧洲旅行，就是不想和更多人说话，不想让别人打搅她这趟旅行的宁静。尤其在这样特别的时期——这里没有人知道，她的男人四年前吊死在自家客厅里，她一直不明白丈夫自杀的真正原因，但有一点可以肯定，他放弃了她。那个说一直要陪她到老的男人就这样选择了离开，而她却要独自面对他留给她的一切，包括各种风言风语。更让她痛苦的是无论走到哪里，总有人问她，你男人吊死在自家客厅里，你害怕吗？当她说不害怕时，那些人就会露出鄙夷的神色，仿佛是她杀死了自己的男人。

　　他们沿着安纳西老城的石板路往前走，这里以前是关押犯人的地方。想到犯人，她有些走不动了，不知道自己是不是丈夫的犯人。如果她是个好妻子，能够看懂丈夫的心思，又或是她足够温柔体贴，他又怎么会选择以那样的方式离去？那天早上，她还对他咆哮，"你怎么了，觉得自己了不起吗？可以这样随意践踏别人的自尊，我看你还能风光多久！"那天下午，看到丈夫一脸平静地垂吊在客厅里时，她不能原谅自己，觉得是自己的咆哮让他下了最后的决心。她没有号啕大哭，独自坐在客厅里，久久地端视他。那是一张成熟英俊的脸，尽管他已死，但是从那张脸上，依旧能看出他昔日的魅力。可很快她就害怕了，从来没有过的恐惧。

　　"你怎么了？"他问。

　　"我很好。"她有意扬了扬眉毛。

　　"我能再请你喝一杯吗？"他指着路边的酒吧问她。

"不能再喝了。我们明天很早就要出发，你不能睡太晚了。"她说得很慢，仿佛在做一个严肃的决定。

往回走时，他们几乎没有说话，两个人各怀心事，仿佛谁先开口就会暴露自己此刻的心思。

"明天……你明天请我喝一杯，可以吗？"走到酒店门口时，她停下来，眼睛看向他。

"明天见！"他给她推开酒店的门。她看着他脸上的笑容，心里生出一丝久违的温暖。

第二天，车程比前一天更长，她不时看手表，担心他是否承受得了。他今天中途休息的时间也比昨天要少，他已经连续开了三个小时，按规矩早就需要休息了。导游也一直没有问游客是否需要停车休息，他们一定是昨天就商量好的，她担心他有意在赶路。

那晚，她在餐厅没有看到他；又有意在酒店内外游荡，也没有恰巧遇见他。已是夜里十点，这里和安纳西一样宁静，她推开窗，星星和昨夜一样明亮。她想了想，还是主动给他发了条微信：你在哪里？

等了一会儿，他回了微信：我累了。我想我需要一个按摩，你能帮我吗？

这语气，这措辞。她一时又惊又喜，可很快否定了一切。你怎么可以这样要求我？她看了看自己的双手，她曾经多少次为丈夫按摩，丈夫总夸她有一双神奇的手。不知从哪天起，丈夫说她太辛苦了，决定去中医院做按摩。这样不是更好吗？她不应该那么仔细的，也不应该去跟踪丈夫。她不是有意跟踪，是她和朋友相约在一家咖啡厅见面，意外发现丈夫和一个女孩走了进来，那天是情人节。她敢肯定现在为丈夫按摩的人是那个女孩了。她装作突然有急事的样子和朋友道别。回到家，她看着挂在客厅的巨幅婚纱照，想一拳擂碎它，却将拳头擂向自己的胸口。丈夫从来没有对她不好，甚至比以前对她更好，好得有些让人感动。现在想来，他是想掩饰自己。她不想突然失去一切，自然也包括富足的生活，她掩饰自己，和丈夫一起，成了这件事情的合谋者。

鬼神差使，她敲响了他房间的门。

托尼太累了，回到酒店，他没有去餐厅，早早上床了，他的身子散架般异常难受，他渴望有双手能在他的背上推动他的肌肉。他回忆妻子在他身上抚动时饱含在手指间的深情，他回忆妻子在厨房准备食物时飘散在房间里的温馨。他时常深陷这样的回忆不能自拔，也常常只有依靠这样的回忆才能让身体获得某些难得的愉悦。他把每一次回忆当成与妻子相处的最美好的时光，也格外珍惜这样的时光。可此刻，回忆让他异常痛苦，但是他必须借助这样的苦思才能减少来自肉体的痛苦。"你在哪里？"这是他妻子经常会发给他的信息，他以为是在给妻子回信息。当他意识到对方是另一个女人时，感觉轻率后的羞愧，就在他准备向她道歉时，他听到了敲门声。

他并没有她想象的那样疲惫。他给她倒了杯啤酒，邀请她坐在房间南面的阳台上，风将酒店四周开得灿烂的天竺葵的清香吹送过来。他们静静地坐了一会儿，她朝他瞥了一眼，端起酒杯，喝了一大口。"在克罗地亚没有旅游巴士可开吗？"不等他回答，她又问，"你妻子同意你离开自己的国家出来工作吗？"

他并不直接回答："干我们这行的，只要哪里游客多，哪条线路人气旺，就往哪里奔，或者哪里人手不够，我们的机会就来了。"他停顿一下，"有家可能还是个负担。"

"你喜欢现在的工作吗？"她问。

"当然。"他的语气和神态都呈现出骄傲，"我从小就喜欢开车，选择这个工作，是因为我可以去更多的地方，可以和不同的人打交道。"

"你为什么一个人来欧洲？"他问。

她咬住自己的嘴唇，抬头看向天空，"我想把自己置身于一个完全陌生的世界，想获得真正的清静。"

接下来，空气有些沉闷，两个人陷入各自的心思之中，谁也没有先说话，直到喝完杯里所有的啤酒。

她起身去洗手间，出来时，他冲上去一把抱紧她，"有什么我可以帮助你的吗？"他闻到了她身上散发出来的淡淡的香水味。起先，她没有挣扎，就那样让他抱着，任凭他用下巴磨蹭她的头发，很快，她挣脱他，什么也没有说，飞快跑出了房间。

他站在那，仿佛她依旧在他的怀里，依旧能闻到她身上的香味。他回味她的笑，真甜美。他扑倒在床上，一双女人的手正爬上他的身子，缓缓地沿着他的背脊往上推去，哎哟，真舒服！他不得不承认，她身上的气味真好闻，她的模样在夜色下显得更美丽。此刻她在想什么呢？和他一样辗转反侧，难以入眠？她不会在这时候画点什么吧？他看见过她在旅途中画画。或许她已经入睡了。他翻了个身，想努力回忆那些和妻子一起度过的夜晚，可是，什么也进入不了，眼前心里全是她的笑脸，她的气味……

二

旅行的最后一站是阿尔卑斯山。

随团队一起去爬阿尔卑斯山时，所有人选择坐索道去山顶，唯独她选择步行。她想碰碰运气，看沿途能不能遇上蓝色的鸢尾花。她甚至在心里打算，如果有幸摘到了蓝色的鸢尾花，今晚她会去他的房间，会留到更久。

"我可以陪你走走吗？"按计划，他要五十分钟后才工作，这段时间他可以自由支配。

她没有点头，也没有拒绝。两个人一前一后，就这样慢慢地往前走。他看到一只野兔从草坡上穿过时，吹了一声口哨。他想试着去和她谈论对未来的憧憬，可她总是回避。她却对他常年这样开车在路上的生活极为好奇，她问他去过哪些地方，想知道他在哪里遇见最美的风景，最难开的路段在哪里。"一年 365 天，你有多少天在车上？"她反转身问他时，身子撞到他身上，差点摔倒，他及时抓住了她。

走到半山腰时，他几乎获得了她的信任，她和他说了许多。她告诉他她的男人吊死在自家的客厅里，她告诉他，因为害怕，家里通宵达旦开着灯。她还说这房子是她亲自设计装修的，几乎倾注了她所有的心血，可他糟蹋了这一切。她想卖了这房子，可人家一听说这里吊死过人，吓得连门都不敢进。"有时候，我想算了，就这样待在这房子里，守着他的阴魂，过一天算一天，就像一只地鼠躲在这黑洞里，直到死去。"

回来时，他带她走另一条路，像是某个预谋，他突然指着一片蓝色的鸢尾花对她说："你真幸运！"她顺着他的手指看过去，看向那片鸢尾花，一时激动得浑身发抖，她以为所有的好运离开了。"他为什么要选择这样的方式来囚禁我？"她抬头这样问他时，泪水流了一脸。

"他应该是没有地方去了。"他想到自己的妻子。妻子和他最后相处的那一年，她经常对他说，要是没有战争多好，我的父母就不会都死了，我也不至于成为孤儿。那时他和妻子都还年轻，刚刚生下孩子，妻子本来坚持不生孩子，她说，若是自己哪天意外死亡了，孩子怎么办？他从来都不知道怎么去安慰妻子。那场战争发生时，他已经懂事了，他看见了那些尸体，一具压着另一具，堆成山。他的父母死在哪里，他不知道；他的兄弟姐妹消失在哪里，他也不知道。

　　此刻，他想说出更多安慰她的话，可他牵动嘴角嗫嚅两声，一个字也没有吐出来。他想走上去抱紧她，用最虔诚的方式向她表达爱意；他想带着她回到他的家乡，或者和她回到她的国家，他会重新找回另一个自己——建筑设计师。他看着阿尔卑斯山上的白雪，看着眼前无比珍贵的蓝色鸢尾花，觉得一切都是天赐的美好。可他什么也没有说，他不敢确定自己这样做是否会吓跑她。

　　那天夜里就住在阿尔卑斯山下的酒店。让人意外的是，从山上下来后，他一直没有联系她，而导游竟然主动约她出去喝一杯。起先，导游和她聊沿途所见的风光，聊他带过的各种客人，聊他去以色列时趴在哭墙上的感觉。酒过三巡后，导游说："美女，你要小心点。你是我带出来的客人，我们公司对你的安全负有一定的责任，我提醒你离那司机远点。"

　　"为什么？"她的语调变了，仿佛别人偷窥了正在洗澡的她。

　　"我也是听其他旅游团的跟团司机说的。"导游掏出香烟，问她抽不抽烟，她摇了摇头，他独自点了根烟说，"他原来是个建筑工程师，杀了人，蹲过几年监狱。从监狱出来后，就来这里开大巴了。"导游吐出的烟圈，像一个个蓝色的气泡，她用目光追逐它们时，发现托尼正坐在对面，就是导游后面的那个位置。她差点发出惊叫，可她端起酒杯喝光了所有。

　　"他平时很少说话，也没见他搭讪过客人，八成是看上你了。"导游并没有注意到她的变化，继续说，"几天前，我看见你们在一起吃晚餐，是 AA 制吧？外国人就那样，你和他再熟，关系再好，一旦触及经济问题就分得很清楚。你是你的，他是他的。"

"你说的这些，他都告诉我了。"她越过导游看向托尼，看见他喝光一杯啤酒后，又要了一杯。

"你不介意？"导游意味深长地看了她一眼，似乎在说，难道中国男人都不适合你？

"我也是个让人害怕的女人。"她没有说出这句话。她不想再待在这里了，起身准备离开时，托尼径直走过来，坐到她的位置上。导游一时有些尴尬，可他们立马就用英语聊上了。声音密集，像是在争议。她想到夏天的蝉鸣，想到那些在她背后指指点点的声音。匿名举报丈夫受贿的那天，她来到江边，沿着江堤，自南向北走了二十里。几次她想直接扑进江里，怎么活成了这样，我竟然成了丈夫受贿的举报者。丈夫的财产、女人、前途全被我毁了。可我呢，连自己都没有了。她不想这样做，更不想置他于死地，她只是想逃离他。丈夫一定猜到举报者是她了。她回忆他垂吊在客厅的样子，没有一丝痛苦，像是在得意地向她宣布，你别想逃离，这一切的烂摊子都得你来承担。

这个歹毒的女人。丈夫的女人开始将各种谣言散布出来，死了的人（一个逃离法律制裁的人）成了弱者，成了值得同情的人，而她成了躲进黑暗世界的地鼠。

她没有同导游和托尼打招呼，一个人朝着酒店的方向走去。从阿尔卑斯山那边吹来的风，落在身上，明明感觉出冷意，可她心里却似有团火在燃烧。

"你冷吗？"托尼追上来时，说的竟然是汉语。他会说汉语。这个男人和我相处了近半月，他竟然会说汉语。她感觉自己像根木头，杵在那里，一脸愤怒。

"对不起！"他试图拥抱她。她挣脱他的手，继续往前走。

"你知道吗？"他跟在她后面，声音显得急促不安，"看到你的第一眼，我就知道，你几乎快要塌了，这种感受我清楚。"

我后天就要走了，你和我说什么重要吗？她在心里这样想。

"你后天要走了，"他像看穿了她的心思，"我不想你难过。可你一定要明白，现在我不得不继续在这里工作。"

"对的，"她用冷漠的眼神看了他一眼，"所以，说什么还重要吗？"

三

停留在这里的最后一夜。

她走出酒店，独自朝着幽深的公路走去。

天色已黑，有些害怕，可她很想走到更开阔的地方，去看看对面的阿尔卑斯山。她不知道，那些山顶上的积雪所发出来的白色亮光，是否已被黑夜覆盖？

她不时回头看看，像期盼什么人出现似的。昨天夜里入睡时，她就在想，如果托尼真的说喜欢她，她还能怎样拒绝他。她在心里决定，回国后就搬出去，是时候和别的男人交往了。

昨天是她抵达欧洲的第十四天。之前游览了法国、意大利，瑞士是此趟旅行的最后一站。她高兴极了，因为她在阿尔卑斯山上寻到了蓝色的鸢尾花。她敢肯定，她和托尼的故事还没有结束。

"你好，"托尼正从她右手边的山坡上走下来，他径直走到她面前，"你想去那边走走，是吗？"

她想说，你能陪我走走吗？可她说不出口。她站在那里，左右不是。

和托尼一起走下来的还有这次随团的导游。她希望导游说点什么，或是对托尼说我们还有工作要谈，可导游意味深长地看了她一眼，吹出一声长长的口哨。

她觉得导游的眼神在她身上停留的时间有点长，他一定又想提醒她什么的，可他犹豫了，一副欲言又止的样子，最后走了。她没有搭理托尼，兀自向前。她走得很急，他追上她，"我能陪你走走吗？"

"你说什么？"她故意这样问。他没有重复，摊开手，耸了耸肩。她不置可否，继续往前走去。

沿途有许多怒放的三角梅，花瓣红如鲜血。他扯下一片，递给她说："它们得到了更多的阳光。"

她对他的出现感到欣慰，可仍旧没有开口说话，却接过花瓣，放在鼻前嗅了嗅。

"你怎么了？"他用探寻的眼神打量她。

"我怎么了？"她反问，语气怪怪的，可她感觉自己没有刚才那么紧张了。

"能说说你自己的家庭吗？"他掏出香烟，问她要不要。她接过来，并不点火。

"你母亲最近还好吗？"他接着问。

"我母亲？"她反问，一脸惊愕，可总得说点什么，她索性由着性子说，"我母亲，她特别希望我能嫁个有钱人，过上衣食无忧的生活。"

"你也想吗？"他用手指挠了挠头发。

"一言难尽。"她问他，"那你呢？"

"我怎么了？"他吐出烟圈，一脸不在乎。

"我喜欢你的手表。"她看向他的左手说，"看上去有年份了。"

"是的，是一个礼物。"

"谁送的？"

他没有马上回答，停顿了一会，说："我妻子去世了。"他还没有明白怎么回答她，这几个字就从嘴里说了出来。

她想不继续这个话题。可一时又不知如何避开这个话题。

"五年前。"他继续说，频频看她，眼神变得忧郁。

"对不起。"她说。

"你让我想起了我妻子。"他盯着她的眼睛看。

"这是件好事吗？"

"起码不算坏事。"

他们没有再说话，凝视对方，然后继续往前走。

阿尔卑斯山上积雪很厚，风从那边吹来，落在身上能觉出寒意，她双手抱在胸前，似乎要将自己抱紧，可还是不由自主地打了一个哆嗦。

"你感觉很冷吗？"他问。

"不！"她回答得很干脆。

前面是一处凸字形的观景台，凸出的部分像一把悬空的长勺。他们自然地走进去，倚着那些木栏杆，看向对面的阿尔卑斯山。

"这一切，太美好了！"他说这句话时并不看她。可她知道他说的除了阿尔卑斯山上的雪光，还包括山下水平如镜的蓝色图恩湖，和湖边那些星星般连缀的白色小木屋，以及那些从木屋里透出来的星星般闪烁在夜空的灯光。

"这里……"他还想说出更多内容，可突然哽咽了。

她站在那，不知所措，甚至尴尬，试图安慰他，可能说什么呢？一个一无所有、只身来到异国他乡、连开口和陌生的男人搭讪都费劲的人，又能说出多少安慰眼前这个男人的话呢？也许他需要一个拥抱。她站在原地，手伸出来，悬在空中，又缩了回来。她想不出拥抱一个陌生男人的滋味是什么。他深陷的眼睛正盯着某个确定的方向，好像在等待有人发出信号一样。

公路上偶尔有车辆驶过，都是一闪而过。行人经过时侧目看他们，会微笑着说"Hello"。继续这样站着，总觉得有些奇怪，他们不由自主地沿着公路往前走。

"你经历过战争吗？"他的脚步声压得很低，说出的话也很低。

"有生活就有战争。"她突然讨厌自己。这是停留在这里的最后一夜了，她不应该允许这个白皮肤蓝眼睛的高个子男人来陪她散步。她走得飞快，仿佛要甩掉他。她看向路边的房子，希望有声音从那里传出来。

突然，她一个急刹停下来，转身问他："你经历过战争？"她的额头几乎碰到他胸脯上了。她记起来了，她在飞机上看过一部电影叫《代号55》，当时并没有被故事情节感动，可还是对克罗地亚独立战争期间发生的真实事件有了深刻的记忆。

"是的。"他侧头看向对面的阿尔卑斯山，站在那里，身子僵硬得如同中了魔咒。她看着他，他的眼神纯净、孤冷，如同对面的雪光。

"那年我才八岁。你知道卢卡·莫德里奇吗？他小时候曾在随时可能踩到地雷的地面上踢球。我们也像他一样，什么都不怕。"他大声说，仿佛要让对面的阿尔卑斯山也听到。

夜色逐渐变浓。阿尔卑斯山顶的雪光像是从天空中发出的光亮，山脚的图恩湖被黑夜浸染成一块浓郁的墨布，从湖边木房子里透出的灯光连成一片，如同橘色的织锦，勾勒出让人憧憬的温暖。

"好美！"她喊出了声，如同一个无知的少年朝着受尽磨难的旅者吹出的口哨。

"对不起。"她很快意识到了什么。

他没有回应。她感到羞愧，想逃离此刻的沉闷，她沿着公路往前跑，沿着山坡往上跑，抛下他有多远，她一直没有回头去看。

"我能……"他追上来，站在她面前说。她注视他的眼睛，里面充满憧憬。她感觉他的目光如同悬在空中的灯火，将对面的雪光和湖边的灯火连成一片。她追随这些灯火，等着他往下说：我能喜欢你吗？或者伸出双手做出拥抱的姿势说：我能爱你吗？

怎么会有这样的期待？她感觉身体突然缩紧，嘴唇也咬得很紧，手掌不受控制地抖动，心脏似乎要从胸腔里跳出来了，可他的喉咙像是被什么卡住了，没有往下说。

她一时有些恍惚，盯着他的脸，又看看四周，什么也没有听见，除了风吹过树林带来的声响，乌鸦发出的苍劲嘶哑的叫声。公路右边的山坡上明明有房子，房子里也有灯火，可看不见人影晃动，也听不见有人发出任何声响，哪怕幼童的哭声。这里，这片山地，这条公路，这里所有的一切只属于她和他，也仿佛只有她和他了。

去南方

他看向阿尔卑斯山，目光有些飘忽，似乎眼里的灯火被山上的风吹动了。她不由得好奇：

"你怎么了？"

"我们拍张合影，怎么样？"他指着阿尔卑斯山，"以那里为背景。"她看到他的眼睛睁得很大，嘴唇咬得很紧，仿佛说出这句话需要很大的力气。

起初，她和他站在一起。他们的肩膀紧挨着。当他把手机摆在他们面前准备拍照时，她闪开了。她开始咳嗽，很明显，不是感冒引发的咳嗽，是为了打破某种局面而故意发出的声音，或让人以为这是不得不要先去做的事。她把手捂在嘴唇上，试图让咳嗽延续得更久些。两辆小车呼啸着开过来，应该是去参加派对的年轻人，车上放着音乐，看见他们时，有人大声问，要捎你们一程吗？她牵扯嘴角，勉强挤出微笑，挥挥手做出不需要的动作。他却说，祝你们有一个美好的夜晚。她继续往前走，也只想继续往前走，觉得这样就一直在路上，一切没有开始也没有结束。

她能感觉到他紧跟在后面。他是那个会说喜欢我的男人吗？她这样想时，有些紧张。她不想去回忆过去，愈发压抑，过去愈发清晰，一时，她感觉自己快要晕了。她走向路边的护栏，担心自己站不稳，她倚靠在它们身上，双手还紧紧把在上面。

他仔细打量她：眼前的女人神情恍惚，倒不是特别伤心。

"我是一个有心理问题的女人。"她说，"四年前，我几乎连母语也不会说了，更别说英语。初见我的人以为我是哑巴，并非我不能说话，是我封闭了自己。四年里，我说过的话加起来也没有一百句。一半的内容是'是的'，或是'不是'……"她说了许久，声音不大也不急，像是在说别人的故事。他认真地看着她，最后耸了耸肩，连续说："对不起，对不起！"

"没有关系。"她自言自语，"你一定认为我是个疯子吧。"

"会好起来的。"他说，也像在自言自语。

她张了张嘴，想说出一个与爱有关的英语单词，又停了下来。还想试着讲些简单的对他有好感的句子，仍旧办不到，感觉心里压抑着什么，一些东西在挣扎，似乎就快要从束缚它的禁锢里冲出来了。她努力去想些别的事情，不停地看向四周，让自己沉浸在眼前所见的美景里。

她回忆他看她的第一眼，那时的她为什么会害怕，为什么想躲避？而这时，她又为什么想久久看着他？她感觉心灵深处所受到的感动愈来愈强烈，她扭头看向他，他也正盯着她看，他们凝视对方，似乎想看到各自的心灵深处。最后，他们的目光打成了结，连着远处橘色的灯火和阿尔卑斯山的雪光，成为天上的街市。

"谢谢你。"她向前迈了一步，把头搁在他的胸前。就在这时，她听见他用英语说："我喜欢你。"她倚在他怀里，声音清晰，她没有听错。

"这里，我并非第一次来（记忆在慢慢复苏），在法国留

去南方

学的第二年，我在这里待了整整一个月。我爬过少女峰，为了寻找蓝色的鸢尾花在山上辗转逗留了两天。当然，更多的时候我在这里当导游，为中国游客介绍这里的风土人情。我的父母只是普通的商人，他们倾尽全力为我提供最基本的学费和生活开支。第一年，我经过老佛爷（巴黎老佛爷百货商店）时，连看都不敢多看一眼，仿佛那样就会暴露自己的虚荣。我嘴馋多吃了一块马卡龙，就得从下餐的生活费里省出来。他是我导游的最后一个中国客人，认识我的第三天，他就对我说他喜欢我。认识我的第十天，他就向我求婚。那年我二十岁，大学还没有毕业。我把这件事告诉了我父母，他们打越洋电话给我说，你这么努力是为了什么，不就是想过上锦衣玉食的生活吗？我妈妈围绕这个中心讲了足足五十分钟。我爸没有像过去那样，总是在我妈还没讲几句时就催促，好了，好了，挂了，电话费挺贵的。不久，我弃学回国，成了他年轻美丽的妻子。"

他亲吻着她的头发，眼睛半睁半闭。然后她从他怀里钻出来，来自天空的灰色的亮光落在她脸上。她栗色的头发蓬松散乱，有些垂在肩膀上，他看着这一切，心里涌出久违的甜蜜。

"我不应该打她的。"他突然这样说。

"她是谁？"

"我妻子。"他停顿了一下，"我们都是孤儿，父母都在战争中死了。本以为我们这样的两个人生活在一起，可以更加

130

容易理解对方，也更懂得珍惜生活。"

"结果呢？"她看着他，他的皮肤比刚才更显苍白，他眼里含着泪。

"从生下第一个孩子起，她就患上了抑郁症。我不记得是什么事情诱发的。她已经很难感知到真正的幸福，她总是会无缘无故担心我们会死去，担心孩子会成为孤儿，她不去上班，不参加任何朋友聚会，总是寸步不离地守在孩子身边。她会在幸福中突然生出绝望，或是在平常生活中反复强调幸福再也不会属于她了。我带她离开城市住到乡村。"他突然指着前方说，"看上去和这里很像，蓝色的湖、白色的房子。"说到这，他开始抽泣，"我再也受不了，我打了她，不是想打她，我只是想告诉她，你还有我。可我的确打了她，她当天晚上就消失了，孩子也不见了。找到时，她和孩子漂浮在湖面上，像两片枯叶，她的脸上没有痛苦，像是找到了最后的归宿，获得了解脱。"

"我能……"他换了一种语气，她看着他，等待他往下说，他准备说什么呢？她看到他的牙齿松开了，"你的眼里有泪水。"

她以为自己听错了。

"你的眼里有泪水。"他又重复了一遍。"你的眼睛会说话，像阿尔卑斯山顶的星星，带给人希望。"

泪水？希望？她揉了揉自己的眼睛，感觉那里像过去一样干涩。她甚至一度怀疑自己不会流泪了。她希望眼前有面镜子，急于看见此刻的自己。

他意识到了，赶紧掏出手机，"照片不会骗你。"

这次，她站在他胸前。准确地说，是被他牵到他的怀里。他拍照时，她倚在他胸口，那么近，甚至能听见彼此的心跳。

她不敢看照片。怕什么？怕眼里没有泪水？还是怕泪水流得太尽情？她藏好一切，却又瞻前顾后，蹑手蹑脚。她感觉自己就像一个浑身长霉的人。出来这些日子，她不涂防晒霜，不打太阳伞，穿最少的衣裤。她还做好了打算，回去就到海边晒太阳，像她在地中海边看到的当地的外国人那样，躺在海滩上，四仰八叉。

"过去许多事情，我大都记不起来了，"她说，"可是，有时，记忆又像被突然打开的闸门。"说到这里，她心里一阵发冷，仿佛某些远离她的灾难又从黑暗里钻了出来。她的身体变冷了，脸上的表情也变得异常冷漠。

有好一阵，他们几乎不讲话，就这样站着，俯瞰下面的图恩湖，或是远眺对面的阿尔卑斯山。风一阵一阵吹过来，她感觉愈发寒冷，他往她身边靠了靠，还把自己的外套脱下穿在她身上，帮她拉好拉链。还是什么话也不说，两个人都陷入了沉思。

丈夫是怎么死的？她记得很清楚。他已经很久没有在家里和她一起吃晚饭了，起先她偶尔还用心准备晚餐，想着他若是回来也会感动于她的一片苦心。可他一次也没有在家里吃过饭了。有时，她觉得这样也好，省心，愈发自由了。慢慢地，她开始害怕独自在家里吃饭，于是一个人走到街上去，看到什么想吃就吃什么。那天，她从外面吃过晚饭回家，走进客厅时，看见他的身子像片树叶悬在空中，那正是通往卧房的过道的上空。警察来时，她缩在飘窗上，像一团捆紧的物体，随时都可能坠下去。他的股票跌得厉害，还面临着不理想的人事调整。他干什么事都没有心思了，包括夜里爬上她的身子。虽然他仍旧显示出很着急很想要的样子，可他坚持不了一分钟，就会从她身上滚下来，倒下的声音像一截潮湿的木头那般沉闷。这种时候，谁也不会说话，仿佛谁先开口就在责怪对方。她问过自己，要不要安慰他两句，或是劝他去看看医生，可她什么也没有说，躺在他身旁，也是多一事不如少一事了。而他死活不愿承认自己不成了。

她不想在此刻回忆这些，可记忆堆积在一起，像一堵墙，扑腾倒向她。想伏地痛哭，可她压抑一切，包括抽泣。因为过度压抑，她的肩膀剧烈起伏。她所有美好的憧憬，都在四年前了。

"看见你的第一眼，我就知道，你能理解我。"他看向阿尔卑斯山。很快，他的目光又回到了她脸上，深深吸了一口气，站在她对面，直直地看着她的眼睛，仿佛要看进她心里。

"我敢说，你一直在有意观察我。"她说时神情呆滞。她想到昨天：从阿尔卑斯山上下来，导游一个劲催促他们，上车了，要走了，快点过来，不要再拍照片了。她却跑去更远的山边，看着从阿尔卑斯山上流下的雪水，她想喝上一口。

她走近河堤时，脚底一滑，差点跌进急流，拽住她的竟然是托尼，"你为什么这么不小心？"她看着他，忘记了刚刚的危险，也没有道谢，却脱口而出："麻烦来。"他的语气听上去很不耐烦，样子看上去很凶，眼里却有忧伤。她死死盯着他的眼睛，直到他扭头看向别处。

"我有东西想给你看看。"他扭身指向一个地方，隐约能看见他白天开的那辆白色的大巴士，"我相信你会非常感兴趣的，但你得在这里等我一小会，你急着回酒店吗？"

她一时有些不知所措，搓了搓手说，"不，我不急。"

"确定？"他一脸迫切，她肯定地点了点头。

"好的。等着我，就几分钟。"

她正陷入无边的思绪。"你准备好了吗？"他戴着面具，穿着斗袍走来。在威尼斯时，她在一家面具博物馆里待了一整天。此刻，她能说出这个面具蕴含的深意——勇敢、坚强。他又变魔术般从身上掏出两听饮料，嘴里叽里呱啦。

"这是什么意思呀？"她完全听不懂他在说什么。

"敬爱情。"他用汉语解释时高举饮料。

"和其他的灾难。"她紧接着举起饮料说。

"敬美好的光阴，敬蓝色的鸢尾花。"两人的饮料碰到一起，一饮而尽。

"理解某个人是很难的。"他深深吸了一口气，又舔了舔嘴唇，"我能……"他咳嗽了一下，清了清嗓音，牵着她的手，用清晰的语气继续说，"我能吻你吗？"

他要吻我？像是被一个磁场给圈住了，又犹如被一道闪电击中，一些消失的感觉从她身上那些细小的裂缝里钻出来了。它们伸长脖颈，像春天新生的藤蔓，延伸着想攀附上他的身子。她缩紧闭合身上的每一个细胞，想控制一切。她用力太大，也过于着急了，眼泪从她的眼眶里流了出来。

丈夫为什么打她，她也想不起来了。现在她隐约感到恐慌，托尼只是个走南闯北的旅游大巴司机，就像流浪的吉卜赛人一样，随遇而安，他会对陌生人说爱，会将种子留给无辜的人。她挣脱他的手，反复这样提醒自己。仿佛这样就能获得力量，从而逃离某种让人渴望而又害怕的场景。

摇荡的鸢尾花，在她眼前出现。昨天该是多么幸运啊，她竟然在阿尔卑斯山上遇见了一丛蓝色的鸢尾花。那年，她为此而来，鸢尾花却消失了般寻觅不见。仿佛一种暗示，她还没有完全为幸运之神所抛弃。此刻，就连那一直嘲讽她软弱的灵魂，也悄然归来，它不再是一个旁观者，一个高傲冷漠的嘲弄者，它和她的肉身合而为一，再次组成完整的她，一起面对命运，并做出决定。

丈夫走后不久，家人就把她送进了省里的脑科医院。出院还不到一年，她足不出户，社区定期派义工来她家里了解情况，免费提供心理援助的电话多次打到家里来。旧时的同学也隔三岔五找些理由来家里坐坐，虽然他们口口声声说希望她早日走出去，早日融入社会。可她轻易就能感觉出他们怀揣的好奇多于表面的善意。她真正走出家门的那天，邻居们又开始过分关注她，她能在任何地方感觉到有人在对她指指点点。过了一段时间，她已经记不起最初自己是怎么走出来的，也不愿提及支撑自己走出来的力量是什么，更不在意自己今后到底要去哪里。

那天夜里，她喝多了水，凌晨起来解手。客厅里没有亮灯，隐隐约约有抽泣声。听出来了，是父亲躲在客厅里哭，声音压得很低。她躲进厕所，坐在马桶上，把脑袋压在两腿之间，咬着嘴唇哭。正是天亮前那个寒冷的时刻，她回到卧室，坐在地板上，记忆变得清晰，她回想起了很多事情，她告诉自己，你需要出趟远门。

决定来阿尔卑斯山时，她的灵魂嘲笑她：连门都不敢出的人，怎么有勇气抵达那么远的地方。"下定决心要取得胜利的人永远不会说不可能。"她用刀笔把这句话刻在橡皮章上。她把橡皮章贴身藏好，如同护身符那般。

像是一次朝圣，她来到阿尔卑斯山。那里有干净的雪水，有英雄的故事，有蓝色的鸢尾花。而热爱自由、真挚善良的少女海蒂，就像阿尔卑斯山上的太阳，温暖、明亮，轻易就能穿透她的躯体，慰藉她的灵魂。那些是她说给家人听的理由，而真正的意图，是她想在这里与丈夫告别，与所有的过去告别。

不知从什么开始，她的耳边响起了歌声，是托尼唱出来的。开始她听不清他唱了什么，听着听着，她听清了歌词：

沿着白线，一直往前

那端谁在等你

阿尔卑斯山顶的雪光和图恩湖

纯粹，如同赤子

我看过蓝色的忧郁

我看过十五天走过

我一直在这儿等你

我努力不哭出来

你假装不认识我

但是你的眼睛就是谎言

在最明亮的星光下

整个天空都属于你

现在我是刚刚升起的星星

撒下蓝色的忧郁

我很好奇我被谁束缚在哪里

我在哪儿

你在哪儿

……

在这个寂静的小山坡上，所见的一切沐浴在银白的夜色里。坐落在山坡上的木房子将它们笼罩的光影投在公路上，沿着墙根跃枝伸向天空的三角梅，摆在窗台上的天竺葵和矮脚牵牛，正散发出清香。在这个夜里，似乎有一群精灵在舞动。

她开始深深呼吸，张大嘴尽情吸气，如同清晨沐浴在阳光下的枝蔓。她醉心于这夜色，这美丽的歌声是专为她而唱的，她陶醉了，一时竟忘记了痛苦。

她也唱了。从他嘴里跑出的音符爬上她的嘴唇，虽然声音很低，但她听见它们跳跃在她嘴唇上，像白天在琉森湖边看见的麻雀，整齐地排在湖边的树枝上，等着突然响起的声音而飞落。

不知为什么，她感到心虚，觉得浑身无力，只想找个地方坐下，哪怕就坐在这泥地上，待在那里，从眼前呈现的景物中去感受她曾经失去的一切，去感叹此刻她所拥有的美好。

从眼前望下去，有一大片草坡，沿着草坡中那条小径蜿蜒前行，能走到图恩湖边，能走近那些灯火云集的木房。她只想站在这里，看着与天相接的雪山发出亮光，看着山脚成一片墨色的图恩湖，以及那片让人眷恋的橘色灯火。她没有告诉任何人，今天是她二十八岁的生日，她以为那片橘色的灯火是为她点亮，为她唱着生日赞歌。那刚刚的歌声是专为爱情而唱出来的吗？

托尼离她越来越近。

可她又异常困惑，她用很长的时间去懂得的那个男人，以为自己有多了解被宠爱的那个男人，为何会将一个爱说爱笑的姑娘变成一个哑巴。而眼前这个男人，她认识他才十五天，为什么会让她的心在此刻颤抖。她的灵魂从来没有像此刻这般充满激情，可她的躯体呢，似乎累了，只想倚靠在他胸前，接受他的爱抚。

"你听见了什么没有？"他问她。

"听见什么？"她看着他，一脸茫然。

他若有所思地凝视前方，接着说："我看过一本法国作家写的书，书中说，当他身处阿尔卑斯山时，能感受到一种深邃的寂静，就像所有声音消失了一样，就在那时，他听见了声音。"

"什么声音？"她问。

"山的声音。"他并不看她，侧身倾听，仿佛声音正从某个他能确定的方向传来，"那种感觉就像聆听上帝的声音。"

之后，他们长久地对视，什么也没有说，好像他们看到了一幅画，迈步走进画里，于是只好变成了画中人。

突然，她记起来了，决定去举报丈夫的前一夜终究经历了什么：那天她去参加同学聚会，多喝了两杯，回到家时，刚推开门，还没有来得及开灯，就传来声音。

"还知道回来？"

"你躲在暗处干什么？"她喘着粗气说。

"今天一定很有意思吧？"

"你喝醉了。"她一边取耳环，一边朝着卧室走去。

"好，那我再重复讲一遍，今天一定很有意思吧？"他喝光了杯里的酒。

"不觉得。"

“我倒过得很有意思。”他说得很慢。

“你不一直是这样吗？”

“银行给我打了一整天的电话。”

“银行为什么找你？”

“你今天花了老子十万人民币。”

“我会用自己账户付款的。”她觉得身上的衣裙捆得太紧，只想一把全脱光了。

“你自己的账户？还不是我的钱！”他冷笑了一声。

“是你让我别去工作的。”她感觉胸口有堆火在燃烧。

“这根本不重要。重要的是，花我的钱就要先问我。”

“就像每晚问你回不回家？就像必须预约才能见到你吗？”

“我得努力赚钱。”他又倒满了酒。

“就像只有求你才能和你做爱？”她接着又说，语气越来越刻薄。

他哼了一声，扭身朝卧室外走去。她穿着内衣内裤追着他问：“你为什么不想和我做爱？”

“别再问了。景欢，别再问了。”他声音低沉，像是在求饶。他端着酒杯来来回回走动。

她追上去，一把抓住他的手。他正准备喝酒，酒泼洒在身上，“如果你外面有人了，就告诉我。”

“滚开！”他挣脱她，继续朝前走，走到酒柜前时，她又抓住了他的手，“我想知道，你每天晚上都去了哪儿？”她盯着他的眼睛，死死盯着，他们的鼻翼已经触碰到了。他的头向一边侧去，看上去，他想去吻她。

"告诉我，告诉我！"她突然发疯般朝他身上捶打。他抓紧她的手，她挣扎着，"回答我。"

"住嘴！"他推开她时，她趔趄着朝前扑去，他又往杯里倒满了酒。

"再给你倒上一杯，也许你就能想起去哪儿了。"她嘲讽他。

他果然受到了刺激，重重地放下酒杯，冲上去一把抓起她的胸衣肩带。他看着她，用一种从来没有过的眼神。

"啪！"她扬起手朝他的脸重重甩过去，几乎没有间隔，他反手甩在她脸上。

她尖叫着倒在一旁的沙发上，挣扎着站起来，和他扭在一起厮打。他的酒杯砸在地上，玻璃四溅。他扯断了她脖子上的钻石项链，他们变得疯狂，都只想置对方于死地。他们用最大的力气打对方，从一间房打到另一间房。

"那钱是你的吗？全是偷来的。"她突然咆哮，声音大到整栋楼都能听到。

都过去了。她试图结束回忆，可回忆如同一群闯入者，来势汹汹。突然，她的心脏跳得慌乱，浑身发软，隐约看见一张脸在不远处向她发出邪恶的笑。痛再次回到她身上，肝肠寸断、撕心裂肺。它与意识对抗，想占得上风，可意识不断提醒她保持理性，好让自己有机会挽救人生。然而，痛就像捕食的猛兽，撕咬着她，折磨着她。那天，要是丈夫不打我，而是抱紧我，给我一个吻，是否后面的一切不会发生了？她不知道自己为何还这样想。她看向阿尔卑斯山顶的星星，感觉到一种从来没有过的亵渎。

"我知道你很痛苦。"他冲上去一把抱紧她。他闻到了她身上散发出来的淡淡的香水味，她没有挣扎。他的嘴唇落在她嘴唇上时，她突然挣脱他，沿着公路向酒店的方向逃去。她不仅心慌意乱，而且羞愧难当。她不知道自己是否闯进了一个她根本无权进入的世界。

天已经完全黑了，阿尔卑斯山顶的亮光和天上的星星一样明亮。路边山坡上的房子里突然传出幼童的哭声，很快又停止了。

（《文学港》2023 年第 7 期）

去喀纳斯

一

摩托车还没驶进院子，泽西就听到声音了。金拓已从电信局线务段下班回来。她没有像以往那样躲在窗帘后，预备听到金拓在他宿舍楼下炫耀般喊出她的名字，才将略带羞涩的笑容完全呈现给他。

摩托车的马达声比她预期的响得更持久。她将头探出窗帘一角。前夜的秋雨，打落院里满树的桂花。车子在楼下，轮胎压着金黄色的花瓣，没有熄火。马达声令她异常焦躁，她感觉身上的血液像那马达般奔腾着想往外喷涌。车上没有金拓的身影，那件经年不变的军绿色雨衣，像往常一样，匆匆被主人脱下，胡乱堆积在车尾；裹满黄泥的车轮在院子里划下两道显眼的车辙。仿佛一些虚无却又让人沉重的东西在她胸口划出的刀痕。

去 南方

　　她将手伸到背后，手机在她的牛仔裤后口袋里，她的手突然抖得厉害，手机跌落在地板上。手机是一周前金拓送给她的礼物。他加班多爬了上百根电线杆子的收入换来地上这部手机，这是他的骄傲。因为他能像猴子般爬杆子才谋到了电信局这份合同工。而它碎了。她摸着那些裂缝，想到金拓脚后跟那些旱田般纵横的裂缝；膝盖上因为频繁弯曲沉积的黑色，以及被秋风吹裂的唇角，眼泪哗地流了一脸。

　　楼道里传来脚步声，响声很大，很着急的样子，越来越近，她感觉胸口巴紧巴紧的。起先，她把食指按在开裂的嘴唇上，又伸进去放在上下牙齿之间，闭合嘴唇，越咬越紧。食指上深凹的紫黑色血印让她做了决定，在他进门前，将编好的短信发给他。她的手抖得愈发厉害了。来不及找到那条短信，一双手从背后搂紧了她。手上有陈年变色的多道刀疤。金拓小时候跟着福利院门口一个老篾匠学剖竹片，刮出了许多血痕。金拓织出的鱼篓精巧细致讨人喜爱，老篾匠破天荒打破了家传手艺不外传的先例。只有他婆娘看出了他的心思，生有三女无儿的老篾匠想守着金拓长大招为上门女婿。金拓没有看上老篾匠的女儿。老篾匠看见泽西双手环抱着金拓的腰坐在他摩托车后座时，嘴角抽搐，歪歪咧咧地朝地上呸了一口浓痰，压着声音骂道：心思都喂狗了。

　　泽西掰开金拓扣在她胸前的双手时，胸口像埋了马达，突突作响。她看着墙角那张往下沉坠的蜘蛛网，一周前才扫过。死灰复燃？那封信是征兆吗？诸如此类的情绪波及她，

144

让她想立即同他对质。可她什么也不愿透露。"不在沉默中爆发，就在沉默中灭亡。"她选择了后者，觉得这样更有力量，她想给他致命一击，想看到他的绝望甚至更激烈的行为，似乎只有那样，才能缓解她此刻所承受的打击。可她的心思全在那里——在一封发黄的信和一张老照片上。

天气真是糟透了。金拓看着摆在桌上的蛋糕，十分懊恼。交定金时，明明说好只在蛋糕上铺九朵红玫瑰，老板却仅在蛋糕上铺了一层水果。

窗外那根耷拉着头依附在樟树上的丝瓜藤已经枯萎，叶子全掉光了。而樟树依然绿叶葱葱，仿佛它的生命里只有春天。金拓扳转泽西的身子，搂紧她。她没有拒绝，同时羞愧或是悲哀地发现，此刻她依然非常渴望来自他的爱抚。一个不知来自何方的声音闯进她的耳朵：两个不同的物种，即便缠绕在一起，也改变不了彼此。而院里，那只失去伴侣的雄猫的叫声，犹同钝了的锯口切木的声音。另一个声音是从她的胸口发出来的。她不仅能听见，还能清晰地感觉到，那里，挖出个天大的窟窿。

出什么事啦？脱口而出，声音很细，仿佛在问自己。她恨自己为什么说出来的不是另外的话。那封信为什么要藏在那儿？裹在信里的合影是什么时候拍的？那些像蚯蚓般蜿蜒的文字在说些什么？为什么要欺骗我？她甚至希望从嘴里飞出来的是子弹。可一堵从来没有过的无比坚硬的墙立在那儿，隔着他和她。

去南方

月亮坡所有线路被大风刮断，孤儿院老妈妈的办公室电话已经打不通。等我回来。金拓说完将嘴唇贴在泽西的后颈上，咬了咬，匆匆离去。

金拓从来没有说过我是他的初恋，也从来没有说我是他唯一爱过的女人。上当了。可我也从没有问过他呀。事实胜于雄辩，藏着的照片就是证据。她掏出手机，寻找一条短信。楼下传来摩托车的喇叭声，这个声音，她天天能听到，也能听出些不平常来：整齐有节奏的三声是我爱你、轻缓拉长的一声是等我回来、长串整凑的声音是我就想要你……今天的声音又长又乱，她听出一些异常，她想跑到窗口喊住他，问他照片上的女人是谁？可她的骄傲拴住了她的脚。

大约过了五分钟，泽西砸碎了摆在床头的两人合影。泪水和那碎成渣的玻璃一样，落到哪里都折射出金拓的样子。从那堆碎玻璃里扒出照片，一点一点撕碎，越撕身子越轻，越撕越后悔。她后悔了，怀疑自己过于心急看花了眼。可照片里的人是金拓。兴许看错了，兴许是一个与金拓长得极其相似的人。

正当她像个疯子，在碎玻璃渣里，在挪动的柜子和桌子四周拾掇撕碎的照片时，两个男人走了进来，他们和金拓穿一样的工作服。其中一个说，你是泽西吗？是的。她答。金拓遭车祸，死了。另一个说。她站在那里，像另一个柜子。来送信的人以为她没听清，又把原话重复一遍。

她认定是刚刚发出的短信起了作用。这种认定让她觉得自己就是凶手。一路上，金拓的两个同事架着她这个"犯人"，一左一右，坐在她的身旁。她的耳旁在轰鸣：倒唱歌，倒唱歌，河里石头爬上坡，左一钩，右一尖，长得像个月亮钩；倒唱歌，倒唱歌，左一拐，右一弯，汽车马车拐上坡；马倒了，车翻了，鲜血流满地，马儿断手臂……原本是镇上老人扯淡时的散巴流水，不知什么时候起，成了女孩们跳橡皮筋时用来传唱的歌谣。原来诅咒一直都在，如同无法更改的宿命。泽西恨自己为什么没像往常一样将身子压在他身上，撩拨他，让他停留下来，在她身上消耗他的体力。这样，他就会去得迟些，车开得慢些，就不会碰上那辆车……

到了事发地，她下不了车，双腿僵直，形同冰箱冻结的火腿，接她的那两个男人用抬木头的方式将她抬到金拓身旁。"啪"一声撂在那儿，喊一声"哦嘀"，拍拍手，散工。任务完成了，加班费月底会装进他们的裤袋。

金拓死了。浑身是血，眼里没了光芒。泽西没有哭，像是站在悬崖上，突然有人推了她一把。她扑倒在金拓身上，搂紧他。她本想大声骂，我恨你！可她哑了，使出浑身力气也发不出一点声音。没有人敢碰她，仿佛轻轻一触便会让她化成碎末。围观的人，都只敢轻声说：可怜了这姑娘。

没有人注意到，眼前那摊凝固的鲜血里裹着一枚戒指。一个星期前，金拓上县里参加业务培训，特意上百货商场买了这枚戒指。其实这算不上正儿八经的求婚戒指了，他们早就领了结婚证。父亲刘坚强知道女儿生米煮成熟饭的事实后，气得躺在床上三天没有吃饭。

泽西也没有发现它的存在。她其实什么也看不见，什么也听不见了。

货车司机是个年近五十的男人。此刻，他泪水掩面，跪在金拓面前，将额头磕得血肉模糊，嘴里反反复复：孩子，我对不住你……泽西没有阻挡她。

天快黑时，苍蝇穿梭在金拓眼周，试图叮咬。她依然紧抱他，身子和金拓的一样冰冷，眼神也一样停滞。所有人都以为她活不下去了。

送信给她的那两个人又来了，拖起她，将她抬上来时那辆工具车。月亮从马路对面的岩石后升起，恍惚间，她看到一具棺材悬在那岩石上，金拓从棺材里探出头来向她招手。她赤着脚跳下车，仿佛垂直跳进那具没有上盖的棺材，拥着她的爱人，并排躺进那具还散发着新鲜木香的棺材。

那两个人用了些蛮力才架住她，一个骂骂咧咧，另一个阴阳怪气——他们不喜欢金拓，他多爬的杆子是从他们手里抢走的——她双脚抵地不肯前行会消耗他们更多的体力。他们白天爬杆子赚钱，夜里插杆子寻欢作乐。而她与他们的白天黑夜都无关。

回到娘家，她只说了一句话：不要有光。便蜷缩在被窝里形同僵尸。

前来探望的乡邻，男人出于敬慕——月亮坡里男人死伤无数，大多数男人的老婆或未婚妻会将精力集中在赔款金额上，只有她完全沉浸在痛失爱人的哀伤里只字不提赔款一事。女人大多出于好奇，想从她母亲葵花口里打听点关于赔款金额的事或是她有没有身孕。有女人说出"可怜的泽西"时，她们就窃窃私语。她们相互说"你们果真认为人家可怜？""当然啊！人家年纪轻轻就失去了自己的男人。""她这么年轻，又有一笔大赔款，可怜什么？"这句话说出来时，她们把手捂在嘴上，声音压得很低。

泽西的闺房黑如紧闭的棺木，没有人可以看见她，除了刘坚强和葵花可以进入。

一周后，镇上所有人都认为泽西疯了。虽然没有人说出来。

她娘葵花谋合两个舅舅向金拓的单位申讨合理补偿。不知谁在唆使葵花，说，金拓是电信局的合同工，死后可以补偿一大笔钱。两个舅舅都不是好鸟。大舅年近五十没娶堂客，爱好打牌赌博，偷鸡摸狗，爬寡妇的床；二舅是酒醉癫子，打跑了堂客，扔下五岁的细崽给他爹娘，自己五湖四海游荡去了，两三年活不见人死不见尸。前两天回来时，破烂裹身，胡子拉碴，头发枯生。金拓是孤儿，唯一的家属是她。这话落在葵花心里，就像钉子入了木。刘坚强是镇办企业的会计，他已经算好，赔偿金非常可观。舅舅俩一听说只要在县政府门口拉拉横幅耍耍横，就有好酒好菜伺候，两个人恨不得当天便开工。

葵花提醒泽西后天一起去县政府门口拉横幅。"不去，不能去。"

泽西决定去新疆旅行。这个想法起初让她害怕，可很快
她就开翻箱倒柜，她找出从前的一堆书和地理图册。

新疆有个喀纳斯湖，它是中国最美的湖泊，金拓告诉过
她，还说过等他们攒了一笔钱，找一个空闲的时间，就带她
去那里。那时，泽西就和他开过玩笑，那里的姑娘也一定很
美吧，不会去了那里你就舍不得回来了吧。金拓深情地说，
你在我心里是最美的，只要我活着，我就永远不会离开你。
泽西还说要把他的话刻在墙上。

泽西躲在被窝里咬了一夜指甲后，理出了头绪，先筹路
费，再规划路线。拉开抽屉，每天能看见的钱包不见了，慌
了。所有的抽屉都拉出来，摊在地板上，衣柜掏空了，衣服
胡乱摔在地上。那张照片，那个陌生的女人，也摊在地上。
墙角，柜底，床下，甚至连墙旮旯里的老鼠洞也没放过，寻
出来的，只有一堆毛票和五角的硬币，还有一张五元钞票。
她上班的大同镇上有火车站，只有最慢的车才在这儿停留，
这里的钱，连大同镇也出不了。

刘坚强骂葵花是红漆马桶，胸大臀宽生不出崽，没用。
泽西没有考上大学，刘坚强没有骂她，只撂下一句话，去南
方打工就打折你的腿。两年了，她的腿没有折，倒是腰椎与
颈椎都在向她声讨，尤其肛门。泽西跟着刘坚强在镇办企业
学会计，坐的时间真是多啊，一天连着一天。而夜里她经常
梦到自己在奔跑，一直往前，往遥远的地方跑。此刻，她肛

门依旧胀痛，双手交织在一起，大拇指反复上下搓动，嘴唇不可控制地抖动，身子抖得更厉害，而眼神凝固了般粘在那张照片上。

照片上的女人，眼神独特。泽西站在镜前，仔细端详自己。我是唯一存在的。说完这句话，她感觉浑身充满力量，像是被挑衅了，去新疆的决定坚不可摧。

她并不勇敢，也不坚强，作出决定时像是有人用利器在撞击她的身子，身体撞碎了，一片一片飘荡在空中，所有一切都让她害怕。如同寒流来袭，她浑身发抖，缩作一团，搬出排在柜里的棉被，裹在身上，身子依然发抖。她拖过挂在床边的长条形毛巾缠在手臂上，紧咬它。这是金拓用来擦身子的，上面还存有他的体味。

第二天，她在枕芯里掏出一把折成星形的百元钞票。不算多，但够她出发了。她记起了这钱的来历。金拓说，既然起了去新疆的念头，就要有行动，他每月从工资里抽出两张让她攒着，说是等攒够了就出发。

我要去新疆。这是泽西走出黑屋子后和葵花说的第一句话。细细的声音，却让葵花慌得打掉了手中的茶碗。那不行，我们只有你一个孩子。刘坚强说得斩钉截铁。泽西，听你爷老倌的没错。葵花附和说。

我一定要去！泽西想由着性子说出来。可更大的悲伤或是悔恨盖过所有的情绪，她在心里诅咒自己：不就是过个生日，作死作。

买菜回来途经花店，望着那丛白色的桔梗，双脚像沾了沥青，移不开。犹豫了一会，走了。没走几步，又折回来，买了五朵。家里有个装酱菜的瓦罐，上半身裂了线，漏水，闲置在厨房液化气灶下，通身油渍。泽西把它拣出来，用瓜瓢使劲擦洗至它露出原本的釉色。她想把它摆在朝窗的东边。起了这心，就寻思把西边柜子移到东边，东边吃饭用的桌子搬到西边。移柜子时，她前后脚拉成弓箭步，弯下头，顶住柜腰，往前推。她不该往柜子后面探，那里有恶魔，吃掉了她的男人——她发现了一封寄自新疆的信——衣柜后面有颗钉子，钉子上挂着黑色塑料袋，信就藏在袋里。信封里有几页发黄的信纸和一张金拓与女人的合照。女人看上去比她大一两岁，或者更多。信纸上的内容，除了认识落款日期，她看不懂其他所有，它们蜿蜒在那里，如同蚯蚓。写在信封上的字她倒是认识，知道新疆这么个地方，其他的也只是认识字而已，甚至她在地图上也找不到它们。看完信，她怎么也闻不到桔梗的香气，她扯下每一片花瓣，捏紧成团，放到鼻下，却嗅出腐臭。她去街上游荡。街口的蛋糕店老板换人了，7号门面的理发店门口挂上了歇业装修的牌子，一切都在改变，她也变了。待行走在她周围的吸烟男人嘴里发出的口臭与女人身上的狐臭，及其它浊气灌满她一身时，她回到了金拓的宿舍。望着窗外那一地被雨水打落的桂花，浑身无力。她扑倒在一个月前买的碎花沙发里。胃病又犯了。

过了年，我就带你去新疆喀纳斯，路费也攒得差不多了，年终奖省一半下来可以用作路上的开支。正好那边有个朋友，她家有治胃病的家传秘方。金拓的声音，仿佛想要挽回些什么。她堵住耳朵，决定立刻提出分手。得先折磨他，必须以牙还牙。

"你说我背叛？谁背叛在先，你到底对我隐瞒了什么？你想过我的痛苦吗？"泽西梦呓般说了一连串，直到葵花连连摇晃她的身子，才梦醒似地跌回现实。

打小没出过鸡笼门，你去得了？刘坚强像个局外人，说这话时正用锥子戳去指甲壳边角的倒刺。他一直不喜欢金拓。独女再嫁个孤儿，连个亲家都没有。他不敢暴露心底的某种窃喜，装作有些悲哀或同情的样子劝说女儿，人死不能复生。心里却在怒骂，娘卖乖的，老子燕子垒窝般把你喂养大，一个光身子男人就把你生吞了！

去了一趟镇里，问清楚了，哪里能买去株城的火车票，株城可以买去新疆的火车票，是过路车，停车时间短暂。

从镇上回来，进村前，泽西心里生出异样，这次与以往不同，眼前的村落已经成了告别。她依然哭不出声，却开始止不住地流泪。泪水模糊了她的视线，却依旧能清晰地看见那条在阴雨下升腾雾气的小河。河流两岸有茂盛的芦苇和簇拥的野菊，白色的芦花和金黄的野菊花浮在河面，没有残花败柳的苦痛，欢愉地随着流水去了另一个世界。这条承载她童年欢颜的河流，不宽，此刻在黄昏的光线下蛇曲远去。而家门前的池塘，东边的一侧是五棵刘坚强几年前栽植的垂柳，

去 南方

一丛高笋的叶子将绿色从水面延伸到堤岸。池塘里游着一双麻鸭，几只颜色各异的蝴蝶扇动翅翼上下穿梭，透过翅翼的光线如同她眼里流出的亮光，隐隐约约。这一切，静静地立在那儿，落入眼里，分明将一种她能领略的希望传递给了她。

到哪里去了？葵花这样问泽西时，声音嘶哑，眼睛红肿。泽西知道她娘在担心什么。她没有吭声。刘坚强坐在屋前坪里抽烟，看两只公鸡对斗，也没有吭声。第二天起床后，葵花就不再上地里干活，也不提上县里拉横幅的事，整天守在家里。

傍晚，大舅来了，和葵花躲在楼上密谋，内容是明天去县政府门口拉横幅要在村里叫多少人，每人要开多少工钱。泽西听不见这些，只感觉身子轻得像风。听见大舅突然高声喊出"金拓"两个字时，她心情异常复杂，仿佛金拓只属于她，揉捏或践踏也只属于她，别人是丝毫都不能伤及的。于是，一股与他们相抵抗的更为强烈的情绪支配着她。可情绪像只被人有意刺破皮面的鼓，再激烈也发不出丁点儿的声响。她将力量凝聚在眼里，直直地看着窗外街沿与前坪连接处那丛从石头缝里生长出来的凤尾蕨。心里愈发笃定。

葵花不识字，等到刘坚强回来时才认出。摆在床头枕边的信纸上写着：我去新疆喀纳斯了，不要担心我！女儿泽西跪别！字迹模糊。刘坚强心想，女儿写这行字时一定哭过。

屋里，比之前更加安静，葵花没敢哭，捂着胸口瘫坐地上，双手交替搧在胸口。刘坚强没有出声，葵花是不敢先出声的。刘坚强抱着头蹲在屋檐下，能听出把烟斗敲在石头垒就的街沿上的声音里的撕裂。其实，刘坚强很想跳起来破口大骂一顿，可只要他咆哮，葵花就会哭嚎，女儿离家出走的消息就会迅速向村里散布。刘坚强抬头，看见停息在屋檐下的那双灰燕已经飞走。它们去温暖的地方过冬，等待来春气候回升时又会飞到这里，在这屋檐下一直待到秋末。他望着那条自村口延伸向远方的泥路，雨水让路面变成了可以留下印记的画板，那些交错重叠的脚印里，有女儿的。他期待女儿能够像往常那样，只是去金拓那里。可很快他的后背就湿了，仿佛才醒悟过来，金拓死了。

二

连绵的阴雨一直持续着，似乎从她被那两个人送回家那天起，雨水就没歇过。通往镇里的路，连拖拉机也没法进出，除非去镇里看病，否则，没人会在这样糟糕的天气里出行。村口，有个外乡人，他在破口大骂，他的长筒雨靴陷在泥淖中，费尽力气也拔不出来。除了他，她是路上唯一行走的人。她索性脱了鞋袜，赤脚往前走。泥地太寒，她埋头往前跑，直到隐约看见被雨雾滚成一团的集镇。

镇是有名字的，叫大同，她去镇上的火车站询问火车票时，第一次把镇说成"大同"，陌生，也在这一刻生出，仿佛原本属于她的，与镇相关的人和事，都随着那一声"大同"，

成了另外的世界。这里不属于我了，她这样想时，在一口水
塘边洗脚，穿鞋袜，继续上路。

就这样，不管不顾地上路了，正如一年前为了和金拓结
婚而不管不顾一样。她没有出过远门，高中毕业时，她倒想
过去南方闯荡，可她爹放出狠话，去南方打工就打折她的腿。
刹那间，她仿佛洞悉某个秘密——从父母的世界逃离去金拓
的世界。金拓呢？他也想逃离吗？好像只要是个男人，随便
什么男人，都可以把你拐走似的。刘坚强对她这样说时，咬
牙切齿、双目充血、身子颤抖。他不是随便什么男人，他是
唯一存在的。可我呢？我是唯一存在的吗？她用力掐自己的
大腿，还咬破了嘴唇。

泽西去大同镇上打听火车票回来那晚，刘坚强叮嘱葵花：
女儿失心了，要看管好，赔款的事先放一边。葵花并不贪图
钱财，只是她兄弟对这笔赔款的热情感染了她。她也清楚，
看与不看都是一样的，女儿总归是要走出去的。

站在株城火车站入口，看着进进出出的人流，泽西想到
了自家墙根下受惊的蚂蚁，那群蚂蚁，慌里慌张，四处乱窜。
进一候车室……进二候车室……播音员正在卖力嘶喊，声音
并不甜美，有些像菜市的兜售，又有些令人害怕的威严。她
问自己：我要去哪里，哪个候车室才是我应该进入的？你去
得了吗？刘坚强那声吼叫响起，从来没有过的恐慌让她胆怯
起来。

杵在人流中，他们推搡她，像误入竹篓的小鱼，被动地

走进一间候车室。到处都是人，都是嘈杂声。她问身旁一个男人，排在这儿候车的人要去哪里？

挂在男人腰间的手机刚好响起，他不耐烦地丢给她两个字——北京。

她赶紧跑去别的入口。去云南，去山西……哪里是去新疆的？她拼命跑去一个又一个入口，迷失了方向。

谁在追赶我？她慌了，心脏跳得异常激烈。一个身穿铁路制服的车站管理人员走过来，是个肥胖的女人，用冷漠的眼神扫了她一眼，不知出于什么目的，盯着她的眼神流露抗拒之态。也只是扫了一眼，然后别过头，看向嘈杂的人流，仿佛在看一出免费的大戏。泽西一贯与人交流困难。刘坚强说，会计这行业，不需要动太多嘴，很适合她。她想摆脱不说话的自己，就像这会儿，她一次次深呼吸，鼓励自己去搭讪，可那道眼神，从那个肥胖女人眼里投射出来的冷漠，让她害怕，心跳加快，仿佛一开口心脏就会爆裂，再次陷入困境。她收拢眼神，身子也缩紧，站在那里，有那么一会儿，什么也没说，只是站着。

回镇上的车还有最后一趟，她可以选择走到售票窗口，买一张去镇上的票，从眼前这股令人窒息的人流中逃离。这样，她又可以面朝她来的方向，像她来时一样简单地原路返回。

她却走进三号入口，下了十六层台阶，经过长长的潮湿的地下通道，走完二十层台阶。她一直盯着前面那个穿米色

去 南方

风衣的男人。广播里通知寻人启事，她也在寻人，像是某种暗示。她想喊"金拓"，声音明明到了嗓子眼，却被什么卡住了。站台上，人更多，所有人的步子又急又紧，她把身子压缩成片也挤不过去。一群背着蛇皮袋的民工，如人墙，横亘在她和他之间。她靠近不了他。要死，这话她脱口骂出。火车就要开了，她眼睁睁地看着他消失在 7 号车厢门口。不能丢下我！她疯了一般往 7 号车厢门口挤。乘务员拿着大喇叭对着人流催促：快点上车，车马上要开了。可人流凝固了般卡在车厢门口。不能再怂了，她攀爬人墙，踩在他们的身上、肩上。爬进车厢后，她大口喘气，舌头伸长，与老家那条狗的样子没有区别。

从车头寻到车尾，又从车尾寻到车头，厕所一间一间排队去寻，货架上，凳子底下，没了他的踪影。乘务员和乘客都注意到了她的反常，她不是癫痫病患者，可她倒在厕所门口了，身子在抽搐。她已经十几个小时没有进食。车厢内起了骚动，有人吹出口哨，轻佻，拉长，更多的目光投向她，甚至有年轻男人故意推搡同伴倒向她，她在惊慌中听到有人说，广州站快到了。

广州站？她拽住离她最近的那个女人的手，问，这车去哪里？

你是瞎子啊。女人的手被拽得生痛，横着眼骂，神经病！一个干瘦的老男人对她指了指车厢连接处，说，那儿有列车时刻表。泽西寻到列车时刻表。广州站，广州站……听到了一阵自远方飘来的嘲讽。掏出车票，上面写的是新疆。不，我不去广州，我要去新疆。离她一米远的车窗是开着的，挤过去，靠近那对母子，他们坐在靠着车窗的桌板上，她一把推开他们。被执念掌控的她，如同身躯突然被一口结实的麻布袋捆严实，眼看就要从窗口掷下去。窗外，除了黑暗，她还看见了金拓，他的身子像阵风，追随列车奔跑在涌动的山脊。她感觉自己正在变轻，越来越轻，似乎稍一用力就能飘到窗外。

最先拽住她的是那个先前坐在面板上的女人。女人的另一只手上抱着两岁左右的孩子，正在哇哇大哭。列车长闻讯赶来，他正和妻子通电话，妻子怪他不着家，心野了。他一把拽住泽西摔在车厢地板上，说，要死下了车再死。都是他妈的爱折腾。后面这句话他没有骂出来，一脸嫌恶，走了。

一出火车站，像是守候在这里迎接她的，各种人穿梭在她眼前，聒噪地问，住店吗住店吗，洗头吗洗头吗，按摩吗按摩吗，吃饭吗吃饭吗，搭车吗搭车吗，找工作吗找工作吗……

走开，走开！

泽西成了海面的漂流瓶，漫无目的。白白损失的火车票钱暂时不提了，怎么才能让漂流瓶靠岸，弄张回家的火车票，还是买去新疆的火车票？天快黑了，今天肯定走不成的，找个地方住下来的问题已居首位。路边烧饼摊的香味向她扑来，吞咽了唾液，撇开烧饼摊，走进小巷深处一家面馆，她接连吃光了两碗面。

口袋空了，补完广州的车票，只剩下最后一张纸币，也被她吞咽了。她舔掉嘴唇上最后的面汤，短暂的满足才在嘴角，茫然就爬上了眼角，她咬紧嘴唇，以此抑制一无所有带给她的恐惧。

夜幕下的天空，金光裹在云堆里，若隐若现。不知怎么就想到火焰，想到金拓，想到他洗过澡向她走来时的眼神，里面埋着火焰。

泽西舔了舔嘴角，像在驱赶残存的犹豫或软弱。去新疆！她知道，做出这个决定并不意味着能马上去火车站买票。

工作并不好找。镇上的女人是在吹嘘吗？她们说，这边的钱，满地都是，弯弯腰就能捡一箩筐。大街小巷到处贴着洗脚按摩住店的广告，招工广告也多是这些行业的，像是商量好了，试用期都不给工资。泽西需要现钱。她朝着最后一张能看清楚的招工广告吐了唾沫，暗暗骂道，吸血鬼。

街灯照得四处亮如白昼，快晚上九点了，在老家，村里早就熄灯困觉，一片漆黑。深更半夜还在外面的，只有守门狗和下井挖煤的人。此刻，她看见天桥下，垃圾站，地下通道都有无家可归的人。她倒是有过在野外过夜的经历。山上树林里，垫着枫树叶，看着未长成的水杉、藏在低处的地衣、攀爬向上的刚健的蕨类、蔓延交错如神经的苔藓。即便偶尔能听见豺狼从林子深处传来的叫声，不远处公野猪亲近母野猪时发出的短促温柔的声音，她也能睡得踏实。可那是浪漫，是属于她和金拓的美好时光，此时是什么？落魂，像流浪狗，四处晃荡，无家可归。

火车站成了旅社吗？到处都是人。座位上不是坐着就是躺着人，地上也是。泽西看见，靠近厕所的垃圾桶旁边，有一个空位。她以为自己格外幸运，原来上面全是呕吐的污物。一条满面污垢的流浪狗走过来在垃圾桶里拱了拱，除了方便面盒里残存的汤汤水水，更多的是塑料包装袋、涂着作料的竹签、用过的卫生纸团。没有寻到饱肚的食物，它疲软地趴在椅下。一个同样披满污垢的流浪女走来，头几乎钻进桶里，还是一无所获。她看着泽西，嘴里碎碎念着，倚着椅子，坐在地板上，吃着不知从哪里捡来的半个馒头。她正对的过道，通往厕所。一股复杂的气味从那散发出来，经由她，抵达人群。

又累又困，泽西学着流浪女的样子倚着椅子坐到了地上。

孩子，你怎么睡在这里？细细的声音，听上去像她娘，泽西心里一慌，抬头一看，不是葵花。葵花是平胸，眼前的女人是巨乳。再往上看，发现脸上的慈祥是相似的。一时脆弱，泪流一脸。巨乳说，我可以帮你找到工作。工作？泽西眼前一亮，脱口而出，我不想找复杂的工作，只要能赚到去新疆的路费就行。

放心，活轻松，用不了多久，你就可以上新疆了。声音像是从棉里走出来的，又像她胸前裸露的脂肪般细腻，遇到了好心人，泽西暗自庆幸。

　　泽西随巨乳回她的家。在路上，巨乳问泽西，为什么来广州？泽西想说自己搭错车来的，可她忍了忍什么也没有说。进屋后，巨乳躲一旁打了几通电话，用粤语讲的。泽西只听出每一通电话的头句，问的是吃过饭了吗？等了一小时后，巨乳让她先去睡觉。卧室窗外是一片树林，能听见老鸹发出的凄厉的叫声。泽西总觉得哪里不对劲，不敢睡着。

　　有人进了客厅，正与巨乳小声地交谈。没过多久，客厅的门又响亮地打开了，能听见巨乳哼着小调，声音越来越远。泽西隐约感觉到了什么，却又无法肯定，一时心慌不已。她把随身携带的小刀紧握在手。

　　卧室的门打开了，一个男人朝床边走来。

　　别过来！泽西竖起小刀顶在自己的胸口。

　　你不愿意？男人连忙退后，说，巨乳说你急着赚钱去新疆？

　　泽西看着这个面目并不可憎的男人，心想，死活也就这一句话了。

　　叔，你没有女儿吗？泽西扑通一声跳下床跪在男人面前。

　　男人脸上的肌肉像是被什么牵动，颤抖得厉害。我女儿死了，他走到窗前，接着说，你见过窗外那片树林吗？我女儿死在那里，人们发现她时，一丝不挂。

　　泽西突然哭出了声，仿佛男人说出的是她的亲人。

　　这些给你。男人掏出一卷钱放在泽西眼前的小方桌上。桌上摆着些空饮料瓶和一个裹在卫生纸里的白色乳胶套，卫生纸不知何时散开了。

我不要!

你不想去新疆了?

空气凝固了,有轰鸣声从窗外传来。他们僵在那,仿佛被绳索捆住了。

男人又说,只要你不乱说,我保证你能从这里安全离开。

从巨乳家出来后,泽西又没了去处,站在混杂的人群里,望着被风刮起的广告纸和那些随意丢在路边的塑料袋,五颜六色,突然很想家,甚至想立马回家。

"那地方吃人不吐骨头!"刘坚强怎么来了,正站在泽西面前跳起双脚对她咆哮,除了愤怒,还有藏在更深处的痛苦。

手机欠费了。不远处有公用电话亭,她犹豫着走向它,在门口徘徊一会,还是走了进去,电话拨通后,手抖得厉害,一个字也说不出来。葵花在电话线那端连连"喂"了好几声,不见回音,意识到什么。"泽西,是你吗?"葵花的声音突然变得暗哑,像是被人掐住了喉咙。

扔掉电话!泽西命令自己。跑离电话亭时,泪流了一脸。小铁盒藏在身体最柔软的地方,经由它摩擦,发出奇异的光泽,像金拓看她时从眼里射出来的亮光。

照片上的女人,有时看出嫉妒,有时看出怨恨……眼神总在变化。今天,泽西看出来了,是挑衅,仿佛说,你怎么去得了那么远的地方。并非赌气,或是好奇,或是置人于死地的嫉妒。当看见那个婴儿,用棉衣裹着,扔在墙角的没有呼吸的婴儿，她有了别的感动。照片上的女人是这个世界上唯一存在的了解金拓的女人——甚至比她更了解——她像拽着一张通往某个神秘之处的船票，握紧了那封信。

回到火车站，她慢慢地看交通地图。她后悔没有学好地理，费了些周折才弄清楚去新疆的路线。按照路线，她又重新计算了一下路费。

三

广州火车站是煮开的饺子锅，横七竖八的人躺着坐着蹲着，倚着墙靠着栏杆，趴在地上猪一样拱着。想买票，泽西即便变成蜜蜂飞进去也会被密集的耳朵收了，淹没在一个叫耳屎的世界里。着急上跳也没用，没有人会同情她。不时瞟她的几个年轻男人也只是关心她的脸蛋与胸脯。要票吗？一个干瘦的中年男人走近她，悄声问道。

不要……不……要。泽西有些慌乱，干瘦男人没有听出她是要还是不要。继续问，要车票吗？要。泽西这次回答得很肯定。她甚至没有看清眼前这个男人尖嘴猴腮，脸色蜡黄，一副得了肝炎的样子。到新疆，多少钱一张票？原价上浮10%，我们排队很辛苦，赚点辛苦费。泽西看看长龙似的队伍，心里插了翅膀，脱口而出，我要一张。干瘦男人压低声音，说，你等我两分钟，我取到票就来。两分二十秒时，他跑来了，气喘吁吁，手有意放得很低，身子与泽西挨得很近，

164

仿佛一伙人。声音愈发低了，今晚十点的票，你把钱悄悄给我。泽西接过火车票象征性地看了几眼，又仔细地付了钱给他。干瘦男人接过钱，泥鳅般迅速滑走了。

这票是假的。在检票口，检票员说这五个字时的声音并不大，却异常冷漠。不可能，泽西说，我买的，花了高价买的。在哪儿买的？检票员表情依旧，声音有了些温度。在广场。那是票贩子，在窗口买才不会假。假的。这张票又泡汤了。

两天两夜，泽西守在火车站，只等那个票贩子一露脸，立马给他致命一击。你不想死？怎么的，还想祸害别人？泽西翻了个身，发出得意的狂笑。起来，起来，这里不是睡觉的地方。是城管。她吓得赶紧从地上跳起来，不要命地跑了。

横七竖八的电线悬在天空，成了一张网。她走到哪里，都在网里。胃病又犯了。想到那些被网住的鱼挣扎时被网刮掉的鱼鳞，痛加剧了。挣扎明明是隐藏在身体里的，可一个女人盯上了泽西。吸引这个女人的是泽西眼里的茫然，散乱的头发，和那些沉积在身上的汗臭。

妹子，你是大同人？眼前的女人，面相和善，穿着朴实，讲泽西听得懂的家乡话。发廊正招洗头妹，待遇不错，管食宿，工资当日结。打动泽西的是最后五个字。

到店的当日，泽西就正式上岗。她接待的第一个客人叫孙芒，是个三十岁出头的男人。孙芒来这里洗过几次头发后，成了泽西的熟客。他是隔壁公司的，具体搞什么，泽西也不好意思问。泽西叫他孙总。

只有泽西知道，孙芒长得像金拓。

那天，是下午五点，店里人少，孙芒说，你为什么不去厂里做事，小女孩在发廊，会学坏。又说，店里没什么事，去我公司看看？进了公司，遇见孙芒的人，都会停下来对孙芒说，孙总好！而看泽西的眼神多了些暧昧，有些甚至直接掠过她。泽西吓得连头都不敢抬。进到孙芒的办公室后，孙芒说，你怎么老低着头。泽西一脸绯红，更多的是害怕，她不知道自己为什么会来这里，一双女人的眼神跳了出来，逼视她。泽西感觉诚惶诚恐，心慌得难受。办公室在三十八层，从大玻璃窗往外看，人车远得像是在人生的另一端。泽西感觉她到地面的距离，如同她和孙芒的距离一样遥远。孙芒给她倒了一杯红酒，泽西吓得把手缩到背后。孙芒没有勉强她，和她谈旅行，谈这座城市，谈他的青春。像他曾经对每一个有好感的女孩说的那样。孙芒告诉泽西，他刚离婚不久。孙芒像张正在运行的 CD，不停地说，泽西安静地坐在那里，只是望着他，两人都在对方身上寻找什么。当孙芒说出"不只是青春，一种人生就这样结束了"这句话时。如同魔咒，泽西端起那杯放在离她不远的茶几上的红酒，把"一种人生就这样结束了"这句话重复一遍，一杯酒直接倒进了嘴里。孙芒走近泽西，他的右臂挨着泽西的左臂，右肩挨着左肩，两个都像独臂。孙芒右指头搭上了泽西的左指头。像琴键，渐次移上来，右手压在左手上，左手动了一下，右手暗地使了点力，左手变成小绵羊，安静地窝在右手里。

泽西第一次喝红酒，酒在胃里发作，她很想呕吐。她本是想寻找卫生间，却撞进了孙芒的休息室，里面有床，被子洁白如雪。孙芒跟着进来，从后面一把抱住了她。泽西闭上双眼，呻吟一声，一种熟悉的感觉上来了。待她再睁开眼时，她发现自己已经躺在那张床上。不要再去那家发廊了。在身体紧贴着身体时，孙芒发出的声音，让泽西记起他们之间始终隔着一个人，金拓。泽西呻吟着呼唤那个在虚无的空气里坚实存在的人。

床边柜上摆着一张全家福，泽西一偏头就看见了它。她明白了，那些见到孙芒点头哈腰的人投射在她身上的眼神里的暧昧包含了什么。她翻身时，一些硬扎的东西在硌她的左乳，那双女人的眼睛一刻也没有离开过，眼里除了一直有的嘲讽，还多了些痛苦。泽西一把推开孙芒，逃离时几次差点摔倒。

但泽西意识到，一切不可能就这样结束。果然，孙芒第二天又上发廊来了。想见你。泽西低头给他洗头时。他稍稍抬起头逼视她，眼神像极了金拓。泽西没能逃得过这双眼睛。她请了半天假，坐孙芒的摩托车去郊外的餐厅吃饭。那是深秋的晴日，风爽爽地吹在身上，泽西坐在孙芒后面，像曾经无数次那样将面孔贴在前面那个男人的背上，双手环抱着他的腰。空气里弥漫着青草的香气，摩托车像匹脱缰的野马，路旁有大片鲜花盛开的农田，橙红的太阳慢慢地沉向地平线。

意志被风撩开，一寸一寸地瓦解。仿佛一切都是真的，泽西突然觉得好快活。直到孙芒又把她带到他公司的休息室，孙芒走进卫生间发出流水声的那会。泽西站在窗口，夜色让玻璃成了镜子，她看着镜中的自己，很陌生。镜子里的房间也很陌生，或许床单换成黑色的缘故，颜色不对，太沉重。当目光透过玻璃往外看时，她突然看见玻璃上有团幽暗的蓝光在跳跃，有一双眼睛注视着她。金拓。泽西转过身。金拓坐在黑色的床单上，身上穿着事故发生当天的工服，头发上闪烁着一团幽蓝的光。他只是静静地看着，脸上没有任何表情。我不知道该怎么办？金拓。泽西说，我只是想离你近一些。那团蓝光淹没在涌出的泪水里。视线模糊，金拓消失了。

他的出现，即便是一个幻影，也是为我而来。泽西抱紧金拓刚才坐过的那团黑色的床单，试图拥紧那团蓝光。她像个傀儡般安慰自己，离他近一点，还有什么比这更重要吗？孙芒出来后，从后面直接压在泽西身上，泽西发出的痛苦呻吟，在他听来是召唤。突然下起的暴雨，砸在窗上，砰砰砰砰，伤口般的污渍留在玻璃上。一双眼睛，一张脸出现在玻璃上，泽西看着瀑巾似的血水顺着那张脸往下流，又顺着玻璃冲下去。她看清了，是金拓的脸，眼神是照片里站在金拓身旁的那个女人的。

让泽西逃离孙芒的，不是此刻看见的，是另外的刺激。在孙芒粗野地扯掉她的乳罩时，从乳罩里滚落出来的小铁盒正好落在他的脚下，他嫌弃地一脚踢开；而那封信，他几乎要揉碎。你想干什么？泽西跳下床，爬到铁盒边，拾起它，又爬到揉成一团的信纸边，将它细细理平折好，两者贴在一起塞进乳罩。孙芒以为泽西会回到床上，他喊泽西时，像个溺水的快要窒息的人。房间里只有他的声音。待他抬起身子时，房间里只有他的身影。

孙芒再也没来过发廊。不久，泽西登上了去乌鲁木齐的火车。

四

火车驶入新疆境内后，一切都变了，听上去，"咔嚓咔嚓"声更清晰了，可车子像只被广袤吞没的蚂蚁。

"旅客朋友们，非常抱歉地通知您。因前方道路起大风，此车行至哈密车站将不再继续前行。旅客朋友们可以选择原路返回或者在哈密站下车改道前行。"骤时响起的广播通知，让东倒西歪的人群辗转于方寸之内，成了困兽，焦躁与不安或者更多地对未知状况的恐惧同时降临。

泽西没了主意。不想下车，更不想原路返回。可哈密是什么地方？到了哈密又该怎么选择前行的路线？她再一次陷入迷途，一种更加深远的困境如同一张更加密集的网向她罩来。她走到车厢连接处，透过车门玻璃，夜幕下，山的脊骨如同舞动的幽灵。金拓你帮帮我，她在心里哭泣。身子好轻，她感觉自己变成了一堆泡沫。她下意识地摸了摸胸前的小铁盒。在那里。信也在。她双手扣在胸前，如同捂紧自己即将被风吹走的灵魂。

夜色让车门玻璃变成了镜子，能看出倚在对面那扇门上的是一个留着长发的年轻男人。白色衬衣上染有五彩的颜料，洗得发白的牛仔裤被各种颜色堆积成斑驳的样子。男人也在打量她。她收住目光投向窗外更远的黑暗，发现金拓如风般追随列车，沿着黑色的山脊奔跑。如果可以，我多想和你一起奔跑。她这样想时感觉身子轻成了棉花，不，甚至更轻，却又像溺入深水，身子在挣扎中愈发下沉。

你没事吧？倚在对面那扇门上的男人发现泽西的身子正沿着车门下滑，他赶紧转身上前抓住她的胳膊。

别碰我！泽西甩开他的手，跟跄着回到自己的座位上，她伏在桌上擦着车身将头埋进臂弯，只想夯实坟土般将金拓埋进脑海深处。

哈密车站到了！列车员的吆喝声像是往车厢内扔了一枚炸弹，原本只是在方寸辗转的困兽，此刻挣脱那些如藤般附在身上的侥幸、疑虑。咆哮、谩骂、推搡、挣脱、踩踏，所有能让自己发泄的方式都在人们身上呈现出不同而目的一致的景致。嘈杂声惊醒泽西。她不知道要去哪里，像裹挟在浪潮中的沙粒，尾随人流上了一辆卧铺长途汽车。

不知是不是车子经不起这些被愤怒填胸的人们的碾压，车没走两步，又胎爆了。司机骂骂咧咧驱赶人群下车。仿佛刚刚经历一场劫难，泽西一下车就蹲在地上呕吐，胆汁都要呕出来的架势，身子被掏空了般难受。

你怎么了？有人靠得泽西很近问她。她认出他就是曾在火车窗琉璃上窥视过她的那个男人。我叫胡杨。男人递给她纸巾。她推开他，甚至想藏在没有他的角落。谁也别想靠近我——除了金拓——可这个男人一直跟在她身后，如同无法驱散的幽灵。

车子抵达的终点是一座叫 A 的小城。为了摆脱胡杨，泽西躲进了 A 城一堆形状相似的巷子。也就是在这里，一群和她年纪相仿的男孩，吹着口哨，一字形排在她面前，如堵墙般挡住她前进的路。他们常年流窜街头，从她破旧肮脏的衣衫和发出酸臭的头发，以及脚上那双沾满污垢的白色运动鞋，能迅速判断出眼前这个瘫倒在墙根的女孩是外来流民。

天上有老鹰在盘旋，应该是饿了，它们越飞越低。泽西把头埋进胸部，她不是老鹰的猎物，可她成了这群男孩的猎物。金拓在就好了，她在心里对自己说，一遍又一遍。

泽西不记得自己是怎么从这条巷子里逃脱出来的，可她记住了一个本地老人的忠告，不再走人少的小巷。她饿了。见到街上有人卖羊肉串，凑过去看两眼；见到一个老乞丐在一堆垃圾中翻来翻去，也凑上去看两眼。她摸着口袋里那些钱，只有三个一元的硬币。来到一家拉面馆时，她走进去，点了小份的拉面。从面馆出来，走在街上，看着那个来回走动的老乞丐，她在心里告诉自己，我也得找钱、找食物。

眼前这条街，一眼望不到头，路边除了低矮的店铺就是

去南方

看不见绿色的虬枝，一辆卡车擦着她开过，卡车后面尘土飞扬，形成一片浑浊的烟雾。沿路的花坛里，稀疏地栽着几株花草，蔫头耷脑地杵在那里，一根根水管连接在花草的根部，血脉似的蜿蜒在泥土上。眼前这些，给人希望，又有无法确定的茫然。

泽西沿着街，一边走一边环顾四周，一切都在拒绝。几只老鹰在天空盘旋，飞得很低，她担心它们啄向她而有意压低头。她不知道，沿着这条街还要走多久才能看到希望。走到街的尽头，一个向西的路口，眼前一亮。一块竖在泥地里的指示牌，上面写着：前走 1500 米，急需小时工，工钱当日结算。她一时欣喜，心跳加快，又怕是无法预测的陷阱。沿着路边每隔 500 米竖在泥地里的指示牌提供的方向，走到了路的尽头。

眼前是一望无际的胡麻地，守地的是个高个子男人，他是这儿的工头，看穿戴能分辨出他不是汉族。他仔细打量泽西，仿佛她是市集上一头他权衡是否购买的耕牛。他的目光落在她如葱的十指上时，态度恶劣，甚至对她咆哮，这里不要婊子！她很反感他说出"婊子"两字时的腔调。碰到这种"以貌取人"的男人，她心里很不舒服。她小心翼翼地向她说出自己的状况，她觉察到他对她持有戒心。

看向一旁劳作的工人，除了两个裹着面巾的女人，其他都是男人，她学着他们的样子捆扎胡麻。不出一个小时，她就捆扎出齐整、匀称的胡麻。工头看着她，没有再说话。过了一会儿，他起身进屋，出来时递给她一副帆布手套。泽西后来才知道，这里的手套不是免费提供的。

工间休息时，来了个女人——工友说她是工地的老板娘——膘肥体壮，像泽西之前遇见的巨乳。老板娘看上去显得很多虑，她对泽西紧追不舍地刨根问底，让泽西深感厌烦。之前，在这工地上，没有人关心她从哪里来，只要确认她能干活。泽西怀着对巨乳的恐惧而对老板娘生出复杂的情绪。她走到一排胡麻旁边，它们密密麻麻，形成这片农田的边沿，胡麻杆却因株间太密而变形扭曲。汗水从她湿透的衣衫上滴落下来。老板娘站在这排胡麻旁边与工头说话，指手画脚，声音很大，盖过风吹胡麻的响声。

今年胡麻紧俏，怕有人起歹心，必须雇几个人在夜间守护割下来的胡麻。泽西听到了这句话，她需要这份工作。女老板走后，她找到工头，说，我想夜间守护胡麻。工头坚决不同意，声音硬如磐石。来胡麻地寻活的女人原本就不多，夜间这活更没有女人愿意干。工头在心里暗自寻思，这个姑娘，脸色这么苍白？她遭什么罪了？泽西站在他面前，就那样一直望着他。她的眼睛，让他想到了喀纳斯山上没有被污染的雪泉，想到了家乡等待他的妻儿，天空一片澄蓝，偶尔泛出的丝丝白云，嵌进蓝里成为水墨蓝白，远处传来牧民高声唱出的情歌，让他更加思念妻儿。

泽西顺利谋到了这份工作。

虽然还是秋天，可胡麻地昼夜温差大。泽西白天穿着布鞋或是打着赤脚在田间劳作，汗水打湿的衣衫没法烤干，晚上还得穿上加班，这样染上了风寒。加上过量吸食黑色粉尘——收割胡麻时扬起的——她的肺部感染了。她吃得不多，劳作又辛苦，可乳房却像被吹胀的气球，乳罩变成了捆绑的绳索，让咳嗽与呼吸变得艰难。同时缠紧她的还有那些从发黄的信纸上爬下来的蚯蚓般的文字。泽西每天都会从信上抄几截"蚯蚓"问工头。她总觉得有一双眼睛在不远处盯着她。原本想守完今晚再辞工，可她坚持不住了。傍晚收工时，她在心里说，金拓，我好累。话音与身子一起倒在胡麻地深处。直至夜幕降临，工头才发现，泽西还没有来交货，他高声呼叫她的名字，后来又叫在工地守夜的所有工人举着火把上胡麻地里寻她。

胡麻地里不能沾火，工头不是不知道这条戒令。

可这里没有手电，只有火把，平时用来照明的火把是插在铁槽里的，离胡麻地有几米远。

突然刮起的大风，将火星吹落在胡麻杆上，白天烈日下烤枯了的胡麻杆迅速燃烧起来。火光照亮了黑漆漆的夜空。

找到了！工头听到一个声音从胡麻地深处传来。

迎着火光找到泽西的人是胡杨。

泽西逃跑时，他在她身后捡到一个小铁盒。又在铁盒的底部发现了一行字，是一个地址。胡杨是个旅行画家，那个地方在他规划的路线中。他揭开铁盒，里面盛满灰烬。回忆在火车上时，她一直紧护着某个地方。他意识到这不是平常的灰烬，于是四处寻找她。他去过泽西走过的街道，遇到过那个翻垃圾的老乞丐，走过同样的街巷，看见那群流窜犯，他心里闪过从来没有过的恐慌。看到竖在泥地里的指示牌时，他是抱着试试看的念头走进胡麻地的。他一处一处地寻找，他真走运，在胡麻地深处发现了泽西。而此时，她已昏倒在地上。

胡杨抱着泽西跑出胡麻地，工头开着工地运货的单排皮卡车，胡杨坐在后排货箱里，泽西上半身躺在他身上，下半身垫在棉絮上。货车沿着路上的白线飞速前奔，他们得尽快赶到最近的医院。

胡杨坐在那里，像棵树一样安静，却又不同于树的安静。他想到 18 岁那年他在喀纳斯山腰遇见的那只迷路的小羔羊。下山时，他又遇见了它，可它已经僵硬。他给它挖个坑，在它的坟墓上种了一片紫芍药。他搂紧她，心里异常害怕。

泽西醒来时，发现四周都是白色，她躺在医院里。身旁没有认识的面孔。救她的男人正站在外面通电话，她看不见这些。她感觉脸部灼痛。

护士告诉胡杨，他送来的女人怀孕了。胡杨叮嘱护士先不要告诉她。他留意了泽西的手指：无名指上没有戴戒指，也没有戒痕。这兴许只是一个意外，他想到"结婚"这个词时竟然窃喜于自己并没有完全被拒绝在她的世界之外。挂在天空的云洁白无瑕，慢慢地幻化成泽西的样子。她需要我。他只想赶紧见到她。回到病房时，床上只有卷成一团的白色，空出的那个洞是泽西的身子拱出来的。胡杨的心里也空了洞。在胡麻地里看见她昏倒的样子时，他的心就痛了，仿佛有把锯子在他心上拉扯。

没有人知道泽西去了哪里。她发现身上的乳罩被解开了时，惶恐、灭顶之灾……各种情绪交杂形成一股巨大的泥石流向她扑来，看到那封信依旧摆在她枕头旁时，她感觉虚惊一场，抓紧它捂在胸口。可很快，她又慌得失魂——那个小铁盒不见了。

不会错的，泽西清楚地记得，在那堆形状相似的巷子里奔跑时，铁盒硌得她左乳生痛。她努力想回忆出更多，可自打去了胡麻地后，她就成了机器，不停地弯腰、起身、挥舞双手，辗转于尘土飞扬的胡麻地里，躲避那些男人投射在她身上的目光。她所有的心思都只为挣到钱，继续上路。

此刻，泽西又返回到胡麻地里，仿佛一场大风卷过，胡麻都不见了，留下高矮不一的枯茬。她跪倒在狂风扬起的尘土里。从白天找到黑夜，又从黑夜寻到白天，那个小铁盒没了踪影。她祈祷一切都只是暂时的离别。烧伤的面颊被汗水浸湿，趴在田边呕吐时，污物招来一只流浪狗，几只老鹰盘旋在上空试图俯冲。她惶恐地与狗对立在污物的两端，脑海里闪过一个男人的样子——竟然是胡杨——他的个子比金拓要高大些，眉眼也更浓郁。她讨厌自己拿他和金拓作对比。她吐出来的不过是一摊水，微不足道，上面漂浮着几片菜叶。流浪狗围着这摊水，嗅了嗅，悻悻离去。田边有棵树，扶着它，她因此借了些力，艰难地站起来。

你在寻它吗？铁盒顺着眉心垂落在她鼻尖上。

泽西一把拽住它，捂紧在胸口，目光所及的泥土上有血线，沿着血线延伸，发现金拓倒在地上，身上全是血洞。她以为自己会哭出声来，但是，像那胡麻地，像那条沿着街边延伸的绿化带，她的脸始终是干的。她突然不记得自己是怎样料理金拓后事的。她努力回忆那天的情景，像那天一样伸出双手去抱紧金拓，却扯到了胡杨。

他注视她的眼睛，看出她正沉浸在某种思绪里。她的眼神因此多了一丝光亮，可很快，残留在嘴角的温柔消失，取而代之的是恐惧与绝望。

五

还是累，还倦。可不能再耽搁了。泽西谢过胡杨。

我要走了。

能让我陪你一起走吗？

她拒绝他时，天空拖出一条长长的白线。她觉得，自己并非独自在路上，一双眼睛不远不近，照亮她前行的路。而另一双女人的眼睛，带着些幸灾乐祸的得意。胡杨离泽西只有几步之遥，当她抬头看他时，两人的目光迎面相遇，她看出了他眼里的期待。此刻，泽西不得不暗暗在心里承认，这个男人看她的眼神令她慌乱。没有人可以越过防线取代金拓，这是她对自己的禁锢。

可是，你不再是一个人了。胡杨追着泽西喊出这句话时，他几乎要说出"你怀孕了！"这四个字，他终究没有说出口。泽西没有听出话里的深意，她踢飞脚边一块石子，厌恶地对着地上吐了口水，头也不回地走了。

我不会走的。胡杨向着泽西相反的方向后退时，天空蓝得炫目，他确定她和他遇到过的许多女人不一样。她看上去非常谨慎，而且对他的示好熟视无睹，这让他感到沮丧，在他认识的女人中，很少有人能拒绝他，甚至有人说，他的眼睛像一团燃烧的火焰，只要让他多看一眼，就会融化。

黄昏抵达布尔津县城时——这次是计划好的——泽西就感觉身体沉重，体力明显不如从前。可她不再是当初那个一遇到异常状况就紧张的女孩。看着城里奶油色的房子，房前屋后，前坪小道种着的花草。花不是稀疏的几根，草也不是，是繁花锦簇，绿草如织。没有成堆的垃圾、难闻的人体气味，以及各种聒噪的吆喝声。即使有车辆从身边疾驶而过，也不用担心会有尘土扑面。

泽西被吸引了。长这么大，她从没见过这么好看的城市与景致。她的脚像装了滑轮，只知道随着美景在布尔津县城里游走。

她看见了图瓦人木屋样式的报刊亭，非常精美；看见了沿街楼房均装饰有色彩各异的图案浮雕，展示着当地哈萨克族的传统文化；还有，街道两侧的花坛、花篮，大都采用木料、藤条、石材等精心制作；让她停下来的是县城东面那座高耸的墓碑，她不知道这是白山布纪念碑。是这里的人们为了纪念哈萨克民间作曲家、冬不拉弹奏曲的创始人白山布·杜南拜而专门修建的。

令她感动的是人还可以这样存在。

金拓，泽西抚摸着小铁盒，面带微笑说，你一定也喜欢这里的。泽西记得，他总是在春天带回杜鹃花，夏天采回粉荷，秋天捧回金菊，而冬天却围在火炉旁亲手给她编织一朵玫瑰。她想在这儿停留几天。在距布尔津汽车站仅一公里处，她留意到，有家叫小鹿的客栈房前挂了块纸牌，白底黑字，是她看得懂的汉字，这里要招服务员。泽西走进客栈，客栈前台摆了两只藤编的小鹿，白的雪白，黑的乌黑。她眼里起了幻象：白的是她，黑的是金拓，一白一黑，驰骋在草原上，一时双脚生根，留下的心也生了根。

她用劳动换来食宿和看得见的票子，还交到了新朋友。虽然暂时停下了脚步，可她感觉身子离某些东西越来越近。那封信依然藏在那个地方，她看着它时不再生恨，甚至有些庆幸，这个世界上还有人可以与她谈论金拓。想到爱时，她的心依然会痛。可，谁又是谁的唯一，谁又能是谁的唯一呢？这样想时，思绪像乱麻，缠紧她，将她推进黑暗。

近来她越来越嗜睡。没有客人时，她倚着收银的吧台就能入梦。

梦里，泽西想起初遇金拓的情景。她在镇上上班不到一个月，家里的座机出故障打不出去，打过报修电话后，来了个年轻的男人。一身沾满污渍的工装让人不想多看一眼，而说话却自信得让人怀疑他的意图。泽西并没有过分地去注意他，除了他那双粗糙的有刀疤印的手，让她多看一眼，他的男性美几乎没有引起她的注意。谁也没有料想到，座机修好的次日，泽西下班回家就接到一个过于殷勤的回访电话。类似于"电话维修好了吗？""没有别的故障吧？""有什么问题直接打我本人电话，13……"泽西拨通了这串数字。"我喜欢你！"他开口就说。她很厌恶这种粗俗的把戏。

　　接下来的几天，她在镇上总能遇见他，比如街巷尽头的拐角，菜市肉铺前，踩单车回家的路上。他们并没有单独见面，除打招呼再没有谈过一句话。但那天夜里却梦见他在一场洪水中救了她。她没有说任何感激他的话，反倒大为恼火。似乎自己为他提供了一个他渴求的机会，而这是她不希望看到的。其实不仅对金拓，对所有对她有意的男人她都如此。高考失败的打击让她滑入与憧憬相背离的人生轨迹，仿佛人生的美好全部不在她的轨道之内。正因如此，她才在梦醒后异常生自己的气，因为她不但没有对他产生加倍的厌恶，反而感到有一种无法控制的冲动想要见他。三天后，她的冲动达到无法把控的顶点。她得极力控制自己才能像往常见到他只是轻描淡写地打通招呼，她肯定他也有同样的痛苦。证明这点是一周后，他在她下班的路上，直接拦住她，说，你要是再不到我身边来，以后就再也见不到我了。他的手紧紧抓住她的手时，她明白那一刻两人都已抵达孤独的彼岸。

无法再回忆下去，也无法不去回忆，痛苦与甜蜜都在。泽西醒来时，起身去给自己倒了一杯奶茶。

我看你有情况！客栈老板娘，一个比她大二十岁的大姐，抢过她手里的奶茶，说，我观察你已有些日子，你身上多久没来了？

当泽西意识到大姐是在提醒她怀孕了时，一种非常复杂的情绪涌向她，她借反复擦拭吧台来保持一种必要的镇静。这里的人都把她当成涉世不深的未婚姑娘，她突然看不见眼前的一切。客栈大姐扶她进房间时，她不知是喜悦还是害怕，把头埋进被窝深处，泪流满面。"可是，你不再是一个人了。"她似乎才领悟到胡杨说出的那句话的真实用意。对，我不再是一个人！意识到这点，她试图调整自己的情绪，迫使自己回忆她在家乡和金拓度过的光阴，她曾经和金拓讨论过，他们要生三个孩子，最好是一个男孩，两个女孩。但是什么也进入不了她的大脑。你是个背叛者，声音从四面八方传来，那个叫孙芒的男人也从记忆里跳出来。她垂下头，双手环抱后颈，将脸埋在两腿之间，剧烈地颤抖，就像一个刚刚陷入可怕事件的不幸者。

等大姐去城北采购时，那里离客栈最远，泽西打定了主意。她直接从一米高的台阶往下跳，一次不行，两次，甚至更多次。似乎要抖落身上的包袱。跳着跳着，她听到了哭泣声，不只是一个人的声音。是他们的声音，他们怎么都来了，像照片上相依的样子，从不远的墙面上走出来。到处都是血，一些从金拓头上涌出；一些从那个女人的股沟处往上涌。血包围她，她看见一个红色的气泡从金拓的身子里飞出来，钻进她的身子。这是金拓的血亲吗？这是那个女人的声音。泽西讨厌听到她的声音。她掏出那封信一把扯烂，断成一截一截的蚯蚓，挣扎着向她爬来，已经译出的字成了一行能读通的文字。金拓，我爱你。即便你是另一个世界的人。

不，没有人比我更爱他。泽西护住肚子，然后捡起那些撕碎的纸片，走进厨房，煮了一锅米浆，她需要粘好摆在桌上的碎纸片。

进入春季，店里的生意像天气般，慢慢好起来。接下来的日子总是不断认识新朋友又不断离别。见过她的人都知道她是未婚妈妈，除了为她祈祷，没有人指责她。此刻这里的分离并非她与金拓之间的生离死别，可依然会难过。泽西不再紧闭心门，没有人知道她刚刚死了爱人，她从不撒谎，又只字不提金拓及任何与他相关的事，那是她心中的禁地。有些时光却是允许进入禁地的。白天看天空那朵没有瑕疵的白云，夜里看那轮没有瑕疵的月亮，月光爬进禁地成了一片汪洋大海，海浪之上，一白一黑，两匹骏马轻飞在浪花上，银色与黑色交替，映像出泽西与金拓的面孔。海水浸着泽西的身子变得异常轻，而心却变得异常重。

决定要走。前行的决心没有因为停留变得软弱，反而更加坚定。告别大姐那天，泽西做好准备，从布尔津步行去喀纳斯。最初的念头起于一群在客栈留宿的 70 岁左右的驴友。得知他们要徒步去喀纳斯时，泽西惊呆了。送菜上桌时，她的眼泪险些洒进那锅羊肉。他们的虔诚她也有，她做出了连自己都觉得可怕的决定。她觉得这之前所有附在她身上的恐惧都来源于城市，从布尔津去喀纳斯可以穿过草原、沙漠、田地，那是些远离城市的地方。

不是冲动，是笃定，甚至虔诚。

前行的路线也打听出来了，记在她的日记本上：沿着 232 省道，日行夜走，不睡觉 5 小时可抵达，速度还不能慢；若只白天走，走得快要两天，慢一点要三天。泽西无法判定自己的快慢。一把从六楼扔下的伞，捆好了直接扔下去，速度飞快，会有摔断的风险；把伞撑开让它降落，速度是较前者慢些，却能确保完好无损。泽西希望自己一直在路上，一直有目标和希望。

她没有起念就走。这个让她渡过难关与冬季的小客栈，如果可以，她愿意奉献余生的热情，擦拭这里的每一张桌椅，拖净这里的每一寸地板，整理出每一间客人用过的房间及清洗掉他们留在床单上的气味，她还愿意用所有的心思侍弄客栈房前坪后、走廊墙壁上的花草。

无法不喜形如色的是在这里她还学了一门手艺——编织。金拓编的是藤，她编的是绳。她觉得她离他比以前的每一天都更近。他手上的刀把印，她的手上不会有，却会同样的有痕迹，绳的穿梭、揉搓、拨拉、牵扯会给皮肤留下深深的痕迹，那双只会弄算盘、计算器、圆珠笔的手，褪了之前的娇气与僵硬，像是从岩石缝里新生的野草，多了些鲜活的力量，甚至更多的向往。

她坚持做到来年的五月，离她的预产期只差一个多月，这时的布尔津河，天然河道进入为期3个月的禁渔期。城里的花儿正含苞，远处山上还残留着积雪，一切都是在等待的样子。

泽西昨天就领到所有的票子，已经凑齐那笔要还给胡杨的钱，按照地址寄走，口袋里装的钱不多，但够她路上开销了。每走一步，我们就离喀纳斯更近了。离开客栈时，她轻抚肚皮，让自己沉湎在对金拓的思念之中，这是件很痛苦的事，可此刻她需要这些。回忆金拓在他宿舍楼下炫耀般喊出她的名字时，她将略带些羞涩的笑容完全呈现给他。她回忆金拓的每一次抚摸都饱含深情。这种美好的感觉一直留驻在心里，成为她一路向前的动力。

粗略估算一下，离开家门的日子从三个月累积到了十个月。每隔三天，泽西就会给家里打电话，告诉刘坚强和葵花，她一切很好。葵花接电话时，总是因为哽咽或过于着急导致声音含混不清。有时刘坚强会抢过电话，可他也说不了儿句，隐约能听见他的叹息声和把烟斗敲在木门槛上的声音，能听出声音里的撕裂。她怕山里信号不好，昨天虽然打过电话，今天又打了一通，撒谎说手机有问题，可能会迟些日子再打电话回家。

生了孩子再走吧。大姐试图挽留她。泽西像曾经拒绝大姐那样用同样的方式拒绝她。去的决心却更加坚定无比，仿佛一场必胜的战争在等待她。

上路了。踏上232省道时，泽西发现自己变成了她娘葵花，将声音闷在心里，大声喊，金拓耶，跟我走啦！

家乡有喊魂的习俗。一般是长者爬上高脚楼梯，站在高处，望到眼睛所及的尽头，甚至更远，大声呼唤受到惊吓的小孩或大人的名字，据说这样可以将丢失的魂魄喊回来。

金拓走后，泽西回到娘家那天傍晚，她听见葵花在外面大声喊她的名字，刘坚强骂葵花尽搞空路子。葵花没有搭理他，扛出家里多日不用的木楼梯，靠在家门口那棵碗口粗的泡桐树上，用一把糖粒子招来村里五六个拖着鼻涕的毛孩子，领着他们先走到田垄深处，也就是村口竖了指路石碑的地方，高声喊，泽西耶，回来啰！

回来啦！毛孩子们挤眉弄眼，忍住嬉笑，扯着细如鹅颈的脖子大声应答。葵花说过，谁在回应时笑了，喊完就没有糖得；谁应声最响亮，得的糖最多。

喊魂时，葵花眼角窝着一摊泪，她用袖口使劲擦干后强忍住想哭的欲望，边喊边往回走，走到楼梯旁再爬至最高处，望着西方甚至更远处的西方，高声喊，泽西耶，回来罗！

回来啦！顺着那条尘土飞扬的田间弯道，葵花喊一声，毛孩子们应一声。原本争相抢食的两只公狗和正在草间啄食的鸡群也被这声响吸引，发出"嗷嗷"的叫声，或是惊慌中跌飞至稻禾深处。声音由远及近，近到泽西的跟前，就用双手按住泽西的头，两个大拇指按住额头向两边额角抹出，边抹边说：泽西回来了，魂魄归体，三魂七魄归体。孩子们留在屋外，叽叽喳喳，开始讨论今天谁得的糖最多。如此三天，泽西缩在床上，像个木偶般任凭葵花摆布，眼前夜萤飞舞，无数魂魄被召至。没有金拓。

金拓耶，跟我走了！泽西又在心里高喊一声。带些哽咽的声音将尾音拖得比起先那声更加悠长，从喉间漏出的声息被四周的辽阔所吞没。在这里，一切都是渺小的。

五月去喀纳斯的人估计只有泽西。路上偶尔能看见车辆经过，行人几乎没有。客栈大姐也提醒她现在去喀纳斯不是理想的时间，山上还在化雪，偶尔还会有雪崩。泽西看着路边露出来的山体原本的肤色，有些有浅浅的绿，有些全是黑色。

可她是幸运的，今天真是一个明媚的春日。空气闻起来清香，蓝天高而澄澈。泽西没有长途徒步的经验，她脚上的鞋证明了这一点。走到中午，她的脚踝就磨出了水泡。待到下午，她脚上的水泡更多，她甚至想赤脚前行，可这样会有其他风险，刺破脚底或是染上风寒，这些都是她努力想回避的。她往脚后跟与鞋绑的空隙里塞了枯草。继续往前走时，她的脑子里既没有想金拓，也没有想爹娘，她甚至没有去看身边那些欢快的长尾巴松鼠、经过的车子和远处那些在草原上追逐的小马。夕阳滑落到天边，浅蓝的天空布满了红褐色的云霞。红色染红草原的边缘时，不远处的山峰也镀上了一层透明的橙色，山上吃草的牛群在渐弱的光线里微微泛出初生婴儿般的粉色。听说夜里有狼，泽西听见了金拓对她的阻拦。等天色微黑，她挺着大肚子走进一家牧民的毡包——没有人拒绝她——夜里坐在那里喝酥油茶，听草原小子弹奏马提琴。

其实昨天，泽西就有感觉，有人在跟踪她。她能感觉到，她走快一点，身后的人也走快一点，虽然两人隔着一段距离，但她分明感觉出这个人与她有关。她向前张望，路上一个人也没有。她假装加快速度时突然一个急停，转过身来，柏油路上两条白线在阳光的照耀下像两条向前爬行的银蛇，她从小怕蛇。路上的车子一闪而过，偶尔也会有车在她面前减速，戴着圆墨镜的男人吹着口哨问她，美女，要不要捎你一段。她总是轻轻地摆摆手，继续前行。路上除了她，没有其他人。可是当她再次前行，那感觉又来了。寒意顺着她的脖颈爬上她的后脑勺，身上起了冷汗。

一定有谁跟在我后面。泽西不想再回头，当再次有车向她招手时，她假装迷路的样子走过去搭讪，能不能捎我到前面的也拉曼村。这并不能解决实际问题，泽西再次从也拉曼村出发时，那种感觉又出现了。她加快脚步，呼吸与心跳都在急剧加快，浑身湿透。心里出现乱七八糟的念头，老家有"扯脚鬼"的说法。她不相信，可双腿越来越沉重，每挪动一步都显得异常艰难。金拓，你在哪儿，你会保佑我的，是吗？她的眼里因为恐惧而出现幻象。

如此走走停停，到下午三点，这种感觉依然存在，她完全能肯定后面有人。她看了下手机，没有信号，她第一次后悔自己独自出行的决定是否正确，为什么不和那群老人一起行走。可分明不是独自的，有金拓，她再次握紧那个小铁盒，祈祷不会再次出现灾难。

昨天晚上打电话告诉刘坚强——像是诀别——她准备独自步行去喀纳斯，他吓得半天没有出声，最后长叹一声，你何苦这么固执。不，绝非固执。泽西在心里反抗。

或许起初，只是在逃避现实，金拓的死让她无法在熟悉的环境里继续生活下去。到新疆之前，她以为自己在赎罪，那条短信像利剑，一直插在她的胸口。在客栈听人说，西藏每年有人长途跋涉转经抵达朝圣之处。一步一步去丈量，长途跋涉的意义，是她上路后才明白的。

就在她为找不到夜间留宿而发愁时，一直隐约出现在身后的脚步声近了，清晰得可以听见鞋子擦地的声音。

让我和你一起。是胡杨。他举起手中的帐篷，看上去很新，和手中的睡袋，脚上的鞋一样，肩膀上竟然还背了把吉他。

不远处传来牧民高亢嘹亮的歌声，马儿的嘶叫像是兴奋的和声。一把吉他，一条白线向前蔓延的路，一个洒满阳光的温暖的黄昏，两个没有共同目的的年轻人。泽西突然哈哈大笑，高高隆起的肚子都在颤抖，这是她从未有过的肆无忌惮，这是属于她青春的骄傲，又像是久违的感动。一定是的，是久违的感动。胡杨看着她，心里敞亮了，脸上的笑容比此刻的天空还要澄澈。

暮色浓重，胡杨一边搭帐篷一边说，我无法放心。一个月前这边的加油站被一伙人抢劫了。泽西望着胡杨，她看不见他，眼里全是过去：山上树林里，垫着枫树叶，看着未长成的水杉、藏在低处的地衣、攀爬向上的刚健的蕨类，蔓延交错如神经的苔藓。即便偶尔能听见豺狼从林子深处传来的叫声，不远处公野猪亲近母野猪时发出的短促温柔的声音，她也能睡得踏实。那是属于她和金拓的美好时光。此时是什么？她挪开双脚，朝着黑暗走去。胡杨追上她，从长靴里抽出一把短刀，放到她手里，声音里含着哽咽，说，你睡左边，我睡右边，相信我。

她看了眼背对着她的胡杨，心里流动着泪水，眼里却依旧干涩。

醒来时，阳光正好，泽西突然很想唱一首温暖的歌，留在这里的泥土里，空气里，蓝天里，仿佛想使这一切通过泥土让留在家乡泥土里的金拓听到。

自相遇那天算起，与胡杨认识已有二百多天，有时候假装是个陌生人，泽西总是独自翻看旅行日记，像看电影似的，又像一场梦。她出走的初衷，已经开始模糊，新的发现与改变覆盖在上面成了希望。

如果顺利，今天应该可以到喀纳斯。胡杨说。

　　滑过脸颊的风很爽，眼前的景色美如画，只是身边的同伴不同了，泽西感觉自己同时活在现实和梦想里。在布尔津安静宽敞的街上看见一对在黄昏下行走的哈萨克老夫妻，奶奶被爷爷牵着，一脸甜蜜。泽西的眼前就出现满头白发的自己和牙齿掉光的金拓，手挽手站在布尔津街头看天际那抹醉人的夕阳，红光照亮他们满脸的皱纹。

　　继续行走的路上，胡杨都在唱歌，停下来时，他还会弹弹吉他。唱着一直往北，走到铁热克提。有那么一刻，停在路边休息时，他的眼前起了幻象：他和她住在一座小木屋里，屋上爬满花草，门前有条河，菜地里有条大狗，阳台上有个吊床，每晚抬头就能看到满天星空……

六

　　离喀纳斯越来越近了，泽西心里的恐慌像一个被挖空的洞。似乎有既定的方向，又仿佛突然失去一切。她很想哭。

　　前面就是你要找的地方。胡杨说。

　　泽西从头到脚摸了一遍，心形百合挂坠在脖颈上，装着一小撮金拓骨灰的小铁盒贴在胸口，发黄的信纸挨着小铁盒，那张照片不再是其他物件，它成了同样不可分割的一部分。

　　胡杨又说，你确定那个地方一定有你要找的人，那个人一定还住在那里吗？

　　泽西一下慌了，她从来没想过这个问题，那封信上的落款日期是五年前的某日，那时的金拓才二十岁。

绿草披身的山坡上，一只长耳朵跳跳鼠就像有经验的农夫，用尖牙咬开一颗松子。空中有老鹰在盘旋，泽西伸手想抓住什么，金拓的样子挂在云端，他的嘴角有不同寻常的苦笑，他在担心什么呢？

泽西像匹碰到险境的马，蹄子弯曲着向后倒退。出发时的冲动，一路的艰辛与苦难，从布尔津出发时的笃定，此刻都成了泡沫，她什么也抓不住，除了手中那张照片。那是一个陌生的女人，她成全不了泽西，她也成全不了金拓。泽西掉转身，向着与来时相反的方向走去。

胡杨没有说更多的话，追上去拽紧泽西的手，将她带到她千辛万苦想要抵达的地方。那是一排有着别样风情的小木屋，木屋由直径三十厘米左右的原木交叉打榫，并在两根原木之间夹上一层苔藓草，原木相互压紧堆砌而成。有大半截埋在土里，房顶用木板钉成人字形雨棚，显得原始古朴。房屋的周围有木栅栏围成的小院，院里拴着马鹿，房前屋后盛开着鲜花。泽西生出嫉妒。这么漂亮的地方，生活着那个女人。金拓应该也在这儿生活过，他们的故事这老房子见证了，或许还有刻记在木板上的关于爱的印记。

你找谁？闻声出来的阿婆，脸上的微笑像孩童般纯真。

阿婆个子不高，五官精致，头发花白。她的眼睛依然黑白分明，如同此刻的天空，蓝白分明。她的年龄不好判断，光看外表，三十到五十都有可能。她身着五彩的衣裙，脚上穿的是一双黑色外翻灰色兔毛的皮靴，不曾在市面上见过的样子，独具特色。她看见泽西，和泽西看见她，有着相似又不同的惊喜。她惊喜于这个季节有人来这里，泽西惊喜于她并不需要马上直面那个女人。

被胡杨牵着走向客栈时，泽西眼角含泪。这个素不相识，不明身份，不知来历的男人，他为什么要帮我。泽西不想在此时表达什么，她不希望一切都因这个男人的出现而向不同的方向发展。

住店。胡杨抢先说。这也是泽西想说的，可由他先说，泽西心里总觉得别扭。与阿婆看她和他的眼神相遇时，她对他生出厌恶，可又不得不跟着他进门。

木屋比较宽敞，室内摆设很简洁，唯一的现代化设备只有一台14英寸的电视机，用红色布套蒙着。南面墙上挂着一排器乐，器乐旁边挂着几双竹编的小筐，新旧不一。从窗户往外看，阳光照耀下，房前坪里有些带紫的花瓣，相衬天空纯净的蓝，云彩透亮的白，所有花瓣散发几分仙气，这是泽西理想的居所。左顾右盼，她在寻找什么，可这里实在太简单，也太干净。除了那几双竹编的小筐。她找不到任何与金拓相关的东西。

接待他们的是个四十出头的男人，名叫迪里克，偏胖，个头很高。白色的棉布上衣，白色的圆布帽。介绍后才知道刚才的阿婆是他妻子。他招呼泽西和胡杨坐下后，望着胡杨说，喝两口吗？胡杨看了泽西一眼说，想吃饭。接下来吃饭时他们的话很少。感觉还是要喝两口。迪里克说。起身去了挂着彩色布帘的房间,出来后抱出一只瓦罐,黑褐色的身子。阿婆取来三个土色的粗瓷碗。说,这是阿尔克酒。阿婆给每个碗倒满。胡杨本想把手扣在泽西的碗上,泽西却拦住了他。一碗酒下肚,那股浓烈的冲劲穿过泽西的胃,散播向她的大脑。外面起风了,听得见落叶沙沙的擦地声。胡杨起身,端起瓦罐给大家加酒。

有时候,不管有没有酒,说话都很为难,要真正把藏在心里的话说出来,也不容易。于是,他们都只是静静地坐着。听外面风吹树叶的声音,拴在院里的奶牛偶尔发出的叫声,小狗的犬吠。酒又加满了。

最后还是迪里克开了口。他说,大雪封山的日子,我们只能躲在自己的小木屋里忍受寂寞的煎熬。于是,我们喜欢上饮酒,这种自酿的奶酒给我们带来了生活的乐趣。外面的人来村里为这种奶酒做过检测,说它富含人体所需的多种微量元素。我没想这么多,祖辈流传下来的一定是好东西,有它可以消除寂寞。五年前,有个年轻的男人就是在这样的日子来的。喝酒的时光太美好,可美好的事物咋就一去不回了呢?

迪里克起身,从南面墙的侧门往里走,穿过厨房,那里有间小小的茅厕。泽西能听见解手时迪里克扬起的抛物线落进马桶的声音。胡杨也起身,顺着相同的方向去了那里。不久,她又听见了同样的声响。泽西给自己倒酒。抛物线也从瓦罐内流出来。迪里克揣着裤头走回来，嘴里在碎碎念：都离开了。伤心的人等不回心爱的人了。

喝酒有时也只是在消磨人们的生命时光。泽西这样想，一时更加忧愁。风依然在吹，挂在墙上的钟敲了十二下。杯子又被斟满。泽西掏出边角已经磨起毛的照片问迪里克，这个女人去哪了？

迪里克没有直接回答，也没有因为一个陌生人举着照片问他亲妹妹的情况而惊讶。像回答老朋友一样，他轻缓地说，乌尔塔拉克昨天就下了山，客栈需要些新的床单，她进城买布去了。

乌尔塔拉克黄昏才回来，手里牵着一个四岁左右的男娃。她看到站在自家屋前的女孩，面容憔悴、头发散乱、衣衫邋遢、肚皮高高隆起。屋里来客人不是件新鲜事，可来这样穿着的姑娘还是第一次。从来都是穿戴尚好的游客，这里不是落难者或流浪汉的天堂。她继续打量泽西。更多的时候，她将目光聚焦在她那高高隆起的肚皮上。泽西也在打量她，她手上有着与金拓几乎一样的刀疤印。不需要对照，泽西看见那个男娃就敢肯定，面前的女人便是照片上的女人，金拓是男娃的父亲。她不得不用些蛮力才让自己不至于倒下。乌尔塔拉克看着泽西脸上的表情。她在心里猜度，逃婚出来的女人？躲到这里来疗伤的失恋者？得出答案时，目光定格的那里——泽西脖子上挂着的百合挂坠。

百合挂坠是她留给金拓的唯一信物。她二十一岁那年，金拓流浪至喀纳斯。起先，他只是留宿在父母开的客栈里的一个房客，后来他用山上的野藤编成小背篓挂在客栈的窗口，摆在客栈的饭桌上。乌尔塔拉克很喜欢这些藤编的小摆件，游客也喜欢，向他讨学，他没有犹豫，也没有保守，手把手地教她。乌尔塔拉克很聪明，很快就能编出一模一样的小背篓。半年后，他们相爱了。可不知为什么，就在她母亲患上重疾时，金拓执意要走。乌尔塔拉克以为他们只是暂时的分别，送他到山下时，说，我等你回来。她不经意地抚摸了一下自己的肚子，那里藏着一个秘密，等下次他归来时，她要给他一个惊喜。金拓望着盘旋在天空的老鹰，说，我尽快回来。这句话里深藏的苦痛只有他自己明白。

金拓是在孤儿院长大的。镇上福利院的老院长妈妈把他当儿子来养。他待老妈妈比亲娘还亲，一日三餐，端茶送水，甚至还给老妈妈洗脚，连给老妈妈擦背这样的活也干。老妈妈的亲儿子在外面造谣说金拓为了得到老妈妈的房产，才对老妈妈这样好。他受不了这种委屈，怀着极大的悲痛逃离家乡。哪里远就去哪里，甚至走进荒漠。一路上，他靠编织获得免费的食宿，来到喀纳斯后，他有了留下来的心思。他没有想到，走进小木屋后他的魂就丢了，这个姑娘的眼神如同喀纳斯的湖水那般纯净，仿佛看他一眼就洗涤了他身上所有的伤痛。

不记得从哪天起，金拓夜里睡不踏实了，乌尔塔拉克的父亲两个月前意外死亡。并没有多少征兆，只是前夜多贪了

去南方

一杯酒，次日就直挺在床上。乌尔塔拉克的母亲郁结成疾，也已卧床半月。老人趁乌尔塔拉克下山进货时，跪在金拓面前，说，孩子，你走吧，我们是不同世界的人，在一起会有灾难的。金拓含泪答应了老人。临走时，他装作一切依旧的样子给了乌尔塔拉克一个虚无的承诺，没有留下任何联系方式。不知出于什么目的，老母亲要了他的地址。

乌尔塔拉克靠近泽西，压低声音问，金拓在哪儿？在这里。泽西将手压在左胸口，什么也没说，只是静静地看着她。

并非自然的母性，泽西伸手想把眼前的男娃揽入怀中。男娃一脸惊恐，挣脱她缩在母亲的身后，从一侧探出的眼睛，白的雪白，黑的乌黑，像极了金拓。泽西突然栽倒在乌尔塔拉克的怀里不省人事，像个已完成使命的信使。

挂在墙上的竹筐，旧的是金拓留下的，新的是我编的，我叫它们阴阳筐。新的也会慢慢变旧，就像流逝的光阴或等待的岁月。等不来了！乌尔塔拉克坐在泽西的床边说这些时，因为过于悲痛或是长久压抑，声音变得毛骨悚然，听上去像山里失去伴侣的雪狼站在山顶发出的哀嚎。

泽西连续一个星期没有开口说话，大部分时间她都躺在床上，所有的夜晚依然在昏睡中跌向深不可测的深渊，可最后总有一双无形的手将她托住。她不知道在她昏睡的时候有人哭泣，也不知道哭声来自哪儿。

喀纳斯已进入初夏。从去年十月起躲在被白雪覆盖的帐篷里喝茶、弹琴、唱歌的牧民早已开始他们的游牧生活，散落山野的羊屎马粪埋在雪下成了山花坡草的养料；脱下银装的桦树显出些不同寻常的妩媚；冰湖也慢慢地从睡梦中醒来……

泽西想讲话的意愿源于看见山下纯净透亮的湖水和喀纳斯河中央那两个形状酷似脚印的小岛，像是追逐爱情的人们留下的脚印。

那水来自哪里？泽西问正在湖边写生的胡杨。

冰川。胡杨是个旅行画家。他每年都来喀纳斯采风，这里的山水成了他的画，他的画组成流动的喀纳斯。

你带我去看看。

胡杨扔掉画笔，慌乱中绊翻了画架及画满百合的油画板，风儿也吹翻他的调色盘。他找迪里克借来他的皮卡车。

一路上，泽西一直侧头将目光投向窗外，天空盘旋的老鹰锁住了她的目光，行至月亮湾时，她才侧目说，我想下车走走。

那只铁盒依然放在乳罩里贴着胸口，她把手放在上面说，这个机会怎么能给你。

乌尔塔拉克起床后、夜里睡觉前会去那间房，是专门用来安放灵位的房间。像这样频繁地去那房间，是从泽西来的那天起。新的灵位是金拓的，旁边摆着当年他为她编织的一对竹蜻蜓。金拓走得太久了，她痛恨自己没有强留或是追随他去流浪。迎着喀纳斯山顶日出时最早的那缕圣洁的晨光，乌尔塔拉克在恍惚中看见金拓悬在半空向她挥手告别，她以飞的形式张开双臂向他扑去。

是泽西拉住了她。

乌尔塔拉克倒在泽西的怀里，用拉响破风箱的声音哭嚎：他走后不到半年，我娘就到我父亲那儿去了。他说过尽快回来的。压抑得太久，频率过快的哭声几乎令她窒息。

他回来了！泽西将小铁盒放入乌尔塔拉克的手中。

谁也没有说话，两人陷入各自的悲痛里。房间里一时安静得让人害怕。

泽西先开口，问，塔娜是谁？

我曾经的名字。乌尔塔拉克说。

乌尔塔拉克？泽西像在自言自语。

乌尔塔拉克望着远方，说，在我们新疆，所有的名字都是有意思的，"乌尔塔拉克"的意思是"孤独的人"。

你不孤独，你有我，有金拓，有金拓的孩子。我也有金拓的孩子。泽西抚着肚皮，眼前闪过那个红色的气泡，笃定地说出最后一句话。

泽西从身上掏出些东西，一张潮湿发黄的纸片，一张照片。乌尔塔拉克认得，那是她母亲的字体。

纸片上写着：金拓，我爱你。即便你是另一个世界的人。可你来后。我爹死了，我娘病倒了。我娘说我们在一起只会有灾难。我结婚了，他是本地人，和我一样生死不会离开喀纳斯。这张照片我留着已没用，送给你。

"这张照片留给你吧。"乌尔塔拉克说。

泽西却递给她一封信：

亲爱的乌尔塔拉克，因为我也是靠这么一个人的幻影生活到现在，所以对你始终等待你的爱人、从没有想过跟着别的男人我表示尊敬和理解。像你这样的女人，我除了把你当成喀纳斯山顶的雪一样纯洁，我没有更好的比喻了。我前来拜访你的目的，只是为了看看这个世界上和我一样爱着金拓的女人，并不想给你带来伤害。或许最初知道有你存在的时候，我憎恨过你，可如今，生活教会了我感谢，我不敢奢望你能把我当成朋友。当你无邪的面孔出现在我面前时，我只把它看作是金拓的幸运。看见你的儿子，我感到欣慰了。然而，我想请你相信，我不是天使，你才是。我必须告诉你，过去，我因为遭遇男人的侵犯而失去爱的能力，在我心里，除了对男人感到绝望和恐惧外，我再也不抱任何幻想。我时常想，倘若不是因为金拓走进我的生活，我根本不知道爱一个人有那般美好。我不是在暗示你因为金拓的离去我心已死，而是说明我再度相信了美好。

见到乌尔塔拉克的头天夜里，在突然涌现的灵感的带领下，泽西以迅速而果断的笔触写下了这封信。

终于和解。泽西收回一切心绪，宁静如水，仿佛虔诚的信徒。沿着月亮湾走时，途经一对依偎在湖边拍婚纱照的新人。"我是你的新娘！"泽西在离他们不远处俯身掬水擦拭铁盒，脸上的神情像是在抚摸爱人的肌肤。盯着眼前开得正灿的紫芍药，觉得一切都像在鼓励，天空没有老鹰盘旋，只有万里无云的碧空。在蓝莹莹的透明的天空中，看不见任何虚幻的影子。摸摸凸起的肚皮，嘴角牵动，露出一个久违的浅笑。像是想安抚自己或为自己找到一个平衡点。泽西的目光越过湖面和整齐排列的白桦树朝喀纳斯山顶望去，雪峰耸峙。听说过湖中有巨型"湖怪"，常常将在湖边饮水的马匹拖入水中，她竟丁点儿也不害怕，甚至还生出些兴奋。

金拓是喜欢水的。泽西收回目光，投射在铁盒上，去年刚入夏，他就带她上山里的水库游泳。或许是初夏的水还有些凉，她突然双脚抽筋，慌乱之中又因呛水而无法呼叫。他的头在水里起伏，正得意地朝着更深更远游去。往下沉坠时，她以为自己就要死了。他来了，对她说"对不起"，声音颤抖。从此，他再也没有游泳了。

泽西突然控制不住地两手颤抖，紧接着全身战栗不止。她想站起来。起身时眼前一黑，一个踉跄跌进水中。那对情侣试图拉住她的手，可此处刚好是急流。泽西在慌乱中扯下湖边一株紫芍药，紫芍药被拽在手中，随着水流一起一伏。

落水那刻，铁盒就顺着泽西的手心滑下去，它一入水，先是在一个小旋涡里上下起伏身子，仿佛要同泽西做最后的告别，然后像一条鱼游向了深处。泽西呼喊着金拓的名字。阳光并非只属于地上，这里依然有绝美的景致。一些不知来自何方的旨意让她产生了追随而去的念头，并非冲动或绝望，而是归属。

她的身子一时轻一时重，看见的看不见的都向她涌来。她的身子拂过水藻，脸越来越贴近泥土，她听到了脚步声，车轮声，一股汇集的轰隆声冲击她的耳膜。一种令人难受的窒息在撕扯她的脑门，形形色色的人从撕扯出的裂缝里爬出来，男的、女的、老的、少的、胖的、瘦的、穿衣的、光着身子的、光鲜亮丽的、浑身污垢的……身子越来越沉，轰隆声越来越大，她娘的抽泣声，她爹粗痞的骂声，放荡的浪声，聒噪的吆喝声，压抑的叹息声，泽西却分明听到一个声音，是胡杨的声音，越来越近，越来越近。她咬着牙，顺着光线，将身子往声音发出的地方浮去。

胡杨太累了，一直以来对泽西的守护及担忧在她开口说话的那一刻得到缓解。他正在车上打盹，情侣发出的呼救声惊破了他的美梦。

在梦中，泽西成了他的新娘。

湖岸上没有泽西的影子。出事了！他直接跳入水中，像鱼儿一样游向急流深处。他获得过省级游泳冠军，家乡的男人称他是水中的蛟龙、姑娘称他是游泳王子。可今天，他感觉身子像石头般沉重，而引领他向前的则是那只一直晃荡在眼前的小羔羊。

寻到泽西时，胡杨用尽全身力气才将她托出水面。可他明显感觉两人的身子都在往下沉坠，看到管理处开来的搜救快艇时，他呛下了生平第一口水。泽西手中那朵紫芍药正顺水漂远。累极了，可他头脑仍然清醒，甚至起了念头：等泽西生产后，一定要带她去看长在小羊羔坟上的那片紫芍药。

　　搜救快艇离他们越来越近。胡杨用尽最后的力气把泽西顶出水面。他闭上眼，安然含笑，仿佛在说，我放心了！手一松，滑向水中，像条沉入水底的青鱼……

（《文学港》2020 年第 12 期）

沉默的铁轨

一年内，在同一段铁轨上发现两具男尸，人们不再相信这只是巧合，尽管他们看到第一具时，毫不犹豫地断定这人是轻生，并嘲笑他是个没什么用的人。不会这么频繁出现卧轨事件，说这话的人叫春生，他是个在铁轨上工作了二十年的老巡道工。

可连续下了一个月的雨，现场像是洗过了一般，没有留下任何线索。眼看雨就要停了，仿佛某些真相就要浮现出来。

他看了那天的本市晚间新闻，在电视屏幕上看到的男尸和他在现场看到的有区别。可他一时说不出区别在哪里，他关掉电视，走到阳台上，雨还在下，他望着天空，各种征兆都印证了这场下了一个月的雨不会停的预报。报道新闻的主持人说，这是近二十年来最严重的水灾，她同时还调出了1998年7月份的降雨量表。春生不需要看这降雨量表，那年他刚从外地调回来，他乘坐的火车，在怀城境内，因为出现山体滑坡，泥石流淹埋了铁轨。

那次，他从贵州坐火车回湘南，当车行至凯里，广播里传出通知：旅客朋友们，我们很抱歉地通知您，因为连续多日的暴雨，前方道路出现严重的交通事故，火车将停靠在凯里车站，暂时不再前行。旅客朋友们可以选择原路返回，或是选择其他路线前行。

下火车以后，他换了各式各样的让人意外的交通工具，经过一系列的短途搭乘，终于离开贵州境内。

至少不会这么干净，一丝血迹都没有。春生说这句话时，将目光从窗外那个废弃的涨满水的泥坑移到了阳台外墙的青苔上——他从来没有像今天这样留意这些——老墙上的青苔沿着斑驳往上攀附，雨水纠缠它，成了阴暗的幕布。

兴许是盯得太久了，春生发现那片阴暗的幕布上跳跃着黑白的光影。从光影里出来一个女人，浑身湿透，一丝不挂。

春生并不想去回忆那些与一个叫琴玉的女人有关的过去，仿佛那样做，就等于揭开又厚又深的伤疤。他怕痛。想到痛，他的目光不由自主地投向自己的左手食指，只剩半截的食指与拇指齐高，格外显眼，他甚至想，当初为什么不断了无名指。他突然想到，在现场看的男尸，能在离他一米远处看到他的手掌，电视里看不到这些。他仍旧清楚地记得，那只手掌像眼前的手掌一样，只有半截食指。

没有人知道春生为什么断了左手食指。所有问起他手指的人更多是出于好奇或是某些情绪的爆发，而非对他的关心，或者说，这是他听到街上的混混在戏弄别人时说出的"你再刺毛（方言：多事），我搞断你的手指或是你有本事像春生那样断根手指给我看看"时所领悟到的事实。很显然，没有人将他和爱情或是某些坚贞联系到一起，他们更多的是将他归为扒手、浪子、有前科的人。而现在，大家把他归为没用的人，他知道这没用主要指他的下体。

你们都眼瞎了吗？春生只有在自己家里，掏出裤裆里那家伙撒尿时，才敢这样放肆，甚至他脸上还有些得意，他在公厕里解手时听别人扬起的抛物线落进便池的声音，稀稀拉拉，像没有拧紧的水龙头。他听见了，他的抛物线发出的声响比一般人更加有力，像打开水压充足的水管。

春生第一次看见宋禾，是在铁轨上。换句话说，宋禾第一次出现在铁轨上时，他就注意到了她。她那天穿着开满水仙花的连衣裙，风一吹，水仙花变成了花仙子，一个个迎着风跳下裙，朝着他站的方向走来。

她经过他身旁时，对他微笑过，不过他后来注意到了，她并非刻意对他微笑，她那朝上扬起的嘴角弧线促成了这一切。

注意到她的不只是春生，他的同事里有些多巴胺分泌正旺盛的年轻男人，他们一看到她就不再干活，他从他们过于频繁的骂声里感觉出他们对她的渴望。

宋禾似乎不受任何影响，迎接他们的注目礼时，还会主动将目光停驻在他们身上——像个按照一定方向旋转的木马——可她并不看他们的脸，似乎在看他们的胸脯、手，甚至更多的别处。她脸上自始至终都挂着微笑。

有人说她在看他的下面。说这话的那个男人和春生一样，是个单身男人。春生有种想冲上去给他一拳的冲动，似乎这个男人冒犯的是他的亲人，他为自己有这样的想法感到惊讶。直到晚上，他习惯性沉溺在记忆中那个女人的身体里达到某种兴奋后，他才发现，宋禾与记忆中的那个女人简直是一个模子印出来的。

自那晚起，他的身子散了，白天还是干活的样子，可力气散了，心思也散了，做出来的活儿自然也散了。只有他知道，他一睁开眼，眼前全是过去。

二十岁那年的光影像巨浪朝着他拍来。琴玉不应该在那个夜晚约他见面，他是在一个炎热的雨夜去见那个女人的，她浑身湿透，衣服成了透明的玻璃，仿佛她赤裸着身子完整地呈现在他的眼前。喝了酒的他被一股力量所绑架，他把她逼倒在一片黑暗的墙角，将自己的身子重重地压在她身上。女人没有挣扎，他听见她呻吟时，往她身上撞去的力气更大。他醒来时在身边的老墙上发现了红色，自己身上也有，他看清了，不是血，是口红的印记。女人倚在墙上的影子还在，手抓在墙上的痕迹深深嵌进砖墙，他们都付出了自己所有的力量，像两具急于放空一切的器皿。

再次见到她，竟然是在河堤上。她躺着，他站着。离开这座城市一年后，他回来为父亲守丧才撞破了某个谎言——

所有朋友都欺骗他说从来没见到过她——那个女人被人从河里打捞起来，摆在堤坝上时，她僵硬的尸体旁躺着一个还在襁褓中的女婴。他早就应该知道会有些不好的消息，征兆来自那个女人对他说过的话——没有你，我活不了多久。这句话，她来铁轨上寻他时对他说过，那夜他将身子撞向她时，她也说过。

春生并不知道她是个结了婚的女人。他是怀着想和她结婚的念头与她交往的。

那夜成了最后一夜，他到处寻不到她。他离开这座城市，并非逃离，只是恰巧的工作调动成全了他想离开她的心思。

多年后，招致他回来的也是工作的调动。仿佛某种宿命，回时一路坎坷。而他自己知道，是一些无法释怀的牵挂在鼓励他，他在寻找或是等待那个襁褓中的女婴。

春生多想把自己的方向看得更清楚些。他从阴暗的幕布上收回目光，走进房间，扑倒在床上，老木床上垫的木板会发出生脆的声响。这么多年过去，房间没有多少改变，风来窗子会响，房梁出现裂痕，也会嘎吱嘎吱摇晃。房间里充斥着各种声音。虽然并没有听到谁在说话，外面并没有某个女人哭喊着要进来。

床铺旁边的五斗柜上摆着琴玉的遗像，上面蒙了一块黑布，不是照片，是他凭记忆画出的她当初的样子。遗像前的香炉里，天天烟雾缭绕，成了阴阳生息的通道，春生将呼吸裹在烟雾里，烟雾扑倒在照片上，两个人，你中有我，我中有你，这样也就成了人生。

在铁轨上工作的人，时常会看见一些让人恶心的肢体。春生没有告诉任何人，他见到只剩下半只乳房的无头女尸时，吐得身体像只掏空的布袋。那晚，做了噩梦，乳房像气球从空中飘下来，堆在他胸口，像是要窒息他。他想脱下衣服罩住它们，可伸出去的手悬在空中，他在害怕，仿佛任何的碰触，都会令这两个气球炸裂。他记起来了，在宋禾的眼里，他看见过一些光影，与他今天在雨夜看到的黑白光影一模一样。

宋禾并不只有在晴天才会出现在这段铁轨上，雨天出现的次数似乎更频繁，行走的速度也更快，仿佛她是赶着去前方与某个人约会或是做更加要紧的事情。

第二次见到宋禾时，春生留意了些，发现她与琴玉到底是不同的人，宋禾眼睛里的微笑是不变的，仿佛某种凝固的瞬间——那些黑白的光影也是凝固的瞬间——春生想和她说话的动机也是在这一发现后生成的。

不要再往前走了，前面才死了人。宋禾并没有停下脚步来，或者她并不认为春生是在对她说话，直到春生站在她面前，拦住她的去路，她才停下来。

她看春生的眼神是陌生的，含着厌恶。可转眼，她又笑了，浅浅的，像是原本就有的或是无法控制的表情。春生觉得自己是多管闲事，可他的脚挪不开了，仿佛宋禾控制了他，她从他身旁绕过往前走时，他没有向相反的方向走，跟在她身后，一前一后。他不由自主地摸了摸耳朵。

雨让黄昏显得短暂，铁轨裹在雨里成了黑色，行走在铁轨上的人像更大的移动的雨团，伴着敲打在铁轨上的脚步声，他看着离他不到一米远的宋禾，看她走路的姿势，乌黑的长辫摆动在腰间。

除了雨声，脚步声，春生还听见一些别的声音，不知从哪里传来婴儿的哭声——他看不见眼前了，全是二十二岁那年的光影。

当时，他明明可以抱着婴儿走的，可他害怕，觉得多停留在那儿都是一份莫大的考验。直至多年以后，他才明白，他的人生在那一刻就改变了，或者说定下新格局了。

这是否就是自己要等待的那个人呢？那个摆在河堤上的婴儿是否就是她？突然冒出来的念头让春生有些惊喜，可更多的是害怕，他用力撑开手掌，想让这股力量抵达心脏，让他保持常态。

春生不记得自己是怎么和宋禾分别的。可他无法忘记那段路，宋禾疯子一般沿着铁轨走了十里路，回来时，她在一个拐角处停下来了，像是自言自语，又像是对他说。

她说得太快，春生像追着些虚幻的光影，跌跌撞撞向前，又像是卷入一团迷幻，好不容易挣扎出来，最后能真实把握的只有一个事实：她不是他要等待的人！

往回走的时候，他整个人都萎了，如同被雨打后的稻秆，整个身子重得只想趴倒在泥地上。一只手伸进了他的胸膛，似乎要把他的五脏六腑全部掏空。

我明天去给你上坟。说这话是次日下午。那天艳阳高照，春生站在阳光照得发白的河堤，站在那女人躺过的位置，他并没有把这话说出来，可眼角有了潮意，他从没给她上过坟，他一直不能接受她已经死去的事实。顺着河堤他把眼光投向不远处悬在河上的铁轨，火车正通过这河，他看见了波涛翻滚的河面，水很浊，是昨天刚下过大雨的原因。人若跳进这样的河，一定会很快被淹没的。他淡淡地这样想着，如同想着午饭要吃什么、这里的厕所很脏那般平凡。

事实上，多年前春生就去过那女人的坟前，不是有意去的，他是去为父亲上坟，一个男人跪在隔壁坟前，一把眼泪一把鼻涕哭号：

我知道我对不起你在先，你如花似玉，可我们一年才见四次面，幸好你是教师，有寒暑假。可除了这 3 个月，还有 9 个月，这 9 个月里我能回家两次，每次半个月，加起来 30 天。还有 8 个月怎么办？声音说到这里停下，伤痛占了上风，身子匍匐在石碑上成为被风裹着的枯草。

你这个神经病，你和野男人滚了一身泥回来，下个野杂种想要我养，门都没有！那男人突然直起身子，仿佛被一股邪气要挟了，冲着石碑咒骂。

等那男人走后，春生蹲在那男人跪的位置。石碑上那头像，走近了才看清，是他认识的人。他的身子软了，他跪在那，没有哭，四围一片沉寂，一切都在那一刻消失，仿佛一场泥石流席卷了他的所有。他逃离了那里，却在酒后对所有向他撒谎的朋友宣称，他们从此是路人。

朋友们没敢告诉他更多，他离开这座城市没多久，琴玉就患上了抑郁症，她去找过他们，可他们都害怕，一些来自琴玉老公的警告封住了他们的嘴巴。却将某些真相败露——孩子的生父并非这个发出警告的男人。说到那个孩子，他们沉默了。虽然一个字也没有说，却是真实地表达他们对孩子的状况一无所知。

所有这些只是记忆的墙，想象的星火一一扑灭在墙上。春生关了房里的灯，窗外的路灯仍有余光映衬进来，摆在五斗柜上的女人隐隐的眼光投向他，甚至看向他那半截食指，他突然想起那个姑娘说过的话：他的手掌怎么那么大——我还看见了，他的左手食指只剩下半截——我来不及发出更大声的呼叫，那双蒙在我嘴上的手如同在那里贴上了严实的胶布……那天她所有的发音在这一刻变得清晰易辨，他几乎能说出她那天说出的话包含的所有意思。

春生叉开自己的左手，让那半截食指更加明显地呈现在眼前。仿佛只有这样，他才能看清楚所有，才能唤醒最初的记忆，哪怕记忆里只有悔恨。他断手指是为了戒酒，他甚至认为就是因为他喝了太多的酒，才害了那个女人。他是杀死她的真凶！

春生看着自己的左手，隐约感觉不远处有一双眼睛正在看着它。他心里一阵寒战，俨然自己成了那个可耻的人。

似乎是一种约定，每次见到宋禾，几乎都是在铁轨上。而春生总是会留意她，刻意的程度引起了同事们的议论。有人说他终于动春心了，有人说他是老牛想吃嫩草，还有人说老不要脸。春生并不理会这些话语里更多的猜忌与嘲讽。他像条忠实的猎狗，只要她出现在铁轨上，他就会找机会靠近她，成为她的庇护。

第十次见到宋禾时，是在自己的宿舍门口。她浑身淋透，薄薄的夏衣贴在身上，凹凸尽显。春生打开宿舍门看见她时，一时恍惚，以为时光倒流，回到了那年的光影。屋里有烟雾，春生看了眼五斗柜上的女子。眼前的人和镜框里的人有着相似的年华。

我没有更多的朋友。宋禾说这话时，目光落在春生身上，她这次没有看他的左手，似乎在他的胸脯上，并不确定，仿佛是游离的，却有着令人着迷的恍惚。

出什么事了吗？春生扯了下左耳垂，招呼她坐在靠墙的椅子上，他坐在墙的另一端，两人之间隔了张吃饭的方桌，桌上有春生的皮夹。那姑娘随手翻开了皮夹，里面透明的夹层里，有一张发黄的照片。她并没有仔细看，脸上起了红晕。春生张张嘴，说出的却是，你累了吧，在这里休息还是我送你回去。事实上，那晚他们谁也没睡，几杯浓茶让他们聊到天亮。

没过几天，春生做出一桌家常饭菜，那姑娘接受了邀请。她从不多谈及她的过去，可后来，一天天，一周周地过去，他慢慢了解了她许多，她出生在城西一个普通的工薪家庭，如今是一所大学的图书管理员，没有兄弟姊妹。母亲生她时大出血差点一命呜呼，也就断了再生的念头。父亲五年前死于矿难，母亲是一家超市的水产部售货员，经常能吃到打折的海鲜，她说现在看到海鲜就想吐。当春生问她有没有找对象时，她说她有恋父情结，对年轻的男人怀着天生的厌恶。她双眼直直地勾在春生身上，继续说，从没有年轻的男人追过我，可能是我太过沉默寡言，年轻人都喜欢活泼有趣的，我估计是这原因。

我并不觉得你沉闷，春生说这话时，没有看她，遗憾的是，我都老得能做你老爸了。

你才四十出头，是正好的年纪。宋禾说这话时一脸专注，仿佛这样才能显示出她郑重的态度。

有一段时间，春生以为她就是他一直寻找的那个女婴，然而她并不是，事情朝着别的方向发展了。宋禾说话时的专注也同样体现在她的爱抚与亲吻当中，仿佛她与他沟通的最好方式全在她的动作如何与他的节奏相符的做法中。而春生也感觉到了自己的虔诚，多年来的寂寞生活成全了他这样的沟通能力。

他们并没有因为彼此的虔诚而成就身体的协调。春生想到自己的身体曾多年来一直被欲望撑得鼓鼓囊囊，而现在，他突然发现，身体不知何时变得空荡干扁了。

他知道，只要他一看见宋禾，他就恍惚，他不知道她是谁？琴玉，女婴，还是宋禾？其实，他认识宋禾不久就去找过那个男人，原来事情早有了结论，孩子在河堤上就死了，与母亲埋在一起。

宋禾并不经常在春生家里过夜，春生也从没有去过她的住处。当春生的老朋友们知道他们的恋情时，大多数人持反对意见，觉得这个姑娘一定有所图谋，可所有人都非常清楚春生的为人与财产，实在找不出他让人图谋的理由，最后大家只好归结为这个姑娘一定有某种不良嗜好。征兆在某些细节，比如这姑娘特别喜欢去铁路行走，她还经常自言自语，尤其当两人肢体兴奋到一定程度的时候，她的嘴里会吐出一连串字，语速异常快，用词恶毒不堪。

春生并非逃避或反对婚姻，调回这个城市之前，有人给他介绍过对象，他像配合一起演出般完成了相亲的全部过程，他从来不会给女人留下不好的记忆，但没有人再想和他约第二次，因为他总是会在别人试图向他表达真心时轻声告诉她们，他会离开这里，去遥远的地方寻找他的第一个女人；而调回来后，他拒绝向他示好的女人的话更简单了。看着他牵着一个比他小二十多岁的女人的手在铁轨上行走，他招来的不只是旁人的瞥视和窃窃私语，他知道会有更难堪的交流在他们身后进行。他的母亲，一个年近七十的刻板女人，为此，要和他断绝母子关系。单位领导找他谈话，也只敢说些不痛不痒的话，因为他一向工作积极严谨，没有比他更有耐心和严谨的巡道工，甚至有人认为，没有经过他巡过的道，火车安全行驶的系数会降低。

而宋禾似乎比春生更冷静，她主动对春生说，不要去在乎别人的看法，幸不幸福，我们自己感觉就行，那些做出来的仪式并不重要。这对春生来说，已经足够。他告诉他的朋友，他们只是同居时，大多数人口头上说这女人在玩他，心底却是无比地羡慕，谁都不是傻子，有什么比一个正值妙龄的女人愿意陪在一个薄暮男人身边更重要呢？

春生的手叉得有些久了，他收回到自然的状态时，想给宋禾打通电话。她这次消失得比往常久了些，昨天明明说好来吃晚饭的，却在五点出现大雨的时候，打来电话告诉他来不了。春生突然想到他是五点半下的班，那时的铁轨上还是干干净净，没有死人。

第一次在隧道东边出口前的铁轨上发现男尸时，所有人都认为这只是一起意外，春生并不这么认为，他明明看见这个男人穿戴整齐，甚至头发上还打了摩丝，他沿着铁轨走是因为前方有他的情人，他在赴一场约会。更重要的是，他在那只保存完好的右眼里没有看见一丝恐惧或绝望。他见过许多来铁轨轻生的人，也亲自救下过五六起，他无法忘记他们面对火车呼啸而来时的恐惧与绝望。他不想给自己惹事，所有的推断埋在心里，像一部电影，成了阴暗幕布上的另一些光影。

他倒是和宋禾说过这些推断。第二次见到宋禾时，她对他说了许多她的事，他一时不知说什么好，出于交换这些隐私的心理，他说出了对死者的这些推测。他感觉出来了，宋禾当时看他的眼神竟然发生了改变，说不出来是怀疑，还是紧张，甚至惊喜，总之不是陌生，也没含着厌恶。

春生并不爱在凌晨看电视，他辗转难睡，为了打发失眠，打开电视，一个法制节目吸引了他。主持人是个心理学博士，这个男人说，一个在年幼时受到过深度性侵的女人很难真正痊愈，在她成年以后，要么会长久地活在这团阴影里，要么会积累成新的力量去报复那个曾经伤害过她——包括和那个人类似的男人。心理学博士还分析，在铁轨上出现的两具男尸，体形相似，他们都断了一截食指，这很有可能是两起有关联的蓄意恶性凶杀案。心理学博士最后总结，凶手极有可能患有强迫症，除非抓到凶手，或是凶手被新的事物所吸引，否则她会继续攻击相同体征的男人。

春生心里陡然一慌，他不由自主地想到宋禾，仿佛一直藏在心里的东西被人发现。春生告诉自己，你想到她的唯一理由，那是因为别人说的你不会那么幸运，总会有些什么见不得人的东西在等着你。可春生很快想到了一个细节。

他在她鞋底下的凹纹里发现过发黑的血迹。第一次跟在她身后走的那天，宋禾越走越快，最后滑倒在铁轨上，鞋子卡在枕木下，脚扭伤了。征得她同意后，他帮她脱了鞋，把脚放在她大腿上。脱鞋子的那刻他就发现了那些血迹，鞋子底部的凹纹很深，他无法想象，那些血是怎么钻到那里面去的。

那日的情景一冒出，他的手就抖了，他频繁拉扯左耳垂以致表皮擦破。很久以前，医生就说他患有交流恐惧症。他几乎不与任何陌生人说话，除了在几个从小一起长大的老友面前，他几乎不开口说话，可他和铁轨对话，巡道时会一截一截铁轨去检查，有时甚至还会趴在铁轨上听，听时会不停地拉扯左耳垂。人们说他能听懂铁轨与火车车轮接触时的各种声音，是加速，减速；是急刹，还是遇到了障碍。这样说的人总是会在听者面露质疑时举出一个人人皆知的事实——春生曾经趴在铁轨上听出些异常，避免了一场重大的交通事故。事后排查，发现在他巡的路段，有几段铁轨被人撬走了，失去关联的其他铁轨就像不完整的乐团，细心的行家一听就知道问题出在哪里。不知谁发现的，说春生的左耳垂有魔力，扯一扯，就能听见一些别人听不见的声音。

异常不只是存在于铁轨上，还有从宋禾身上发出的声音，她第一次在春生家留宿那晚，她对他说的话几乎没有超过五句，其中有一句，是她赞美他的体形不错。可他似乎听见了更多的声音，她离开他的身子去洗手间时，隔着门，他听见过一些声音，像巫婆念出的咒语，还含着些压抑的哭泣。他双手交叉，大拇指交叠摩挲，像是要克制住什么，对，他不想去拉扯左耳垂。

春生仍旧记得异常清楚，宋禾从洗手间走出来时，脸色正常，仿佛什么也没有发生过。他有意识地仔细看过她的脸，上面也没有哭的迹象，反而有些让人着迷的神韵，像飘浮在空中的灰尘，阳光让它们裹在一起成了彩色的透明体。他知道，这些都是些经不起推敲的虚幻，就像他对婚姻的憧憬，随着年龄越来越大，他越来越恐慌一个人独自面对的晚餐，愈发渴望能有人睡在他身旁。哪怕什么事都不干，亦胜过常年一个人蜷缩的空落。可他谁也抓不住，除了死去的女人，守住她仿佛就能守住些什么似的。看上去，他和宋禾都不提结婚，可他的不提与宋禾的不提有着本质的区别。春生记得他陪宋禾去逛商场时，他主动提过帮她买件金器，她望着锁在货柜里的戒指、项链、耳环，像个逃兵般匆匆离去，仿佛即将要套在她身上的不是小小的金器，而是一根粗壮的麻绳。春生从那一刻就明白了，哪怕他只是给她买一件不是戒指的金器，她都是防备的。当她提出想买一把精致的小刀时，他习惯性地扯了一下左耳垂。像她料想的那样，她提出的要求得到了他的支持。那是一把精致的瑞士小刀，据说只要方法得当，能一刀了结一个体重达一百八十斤的壮汉。

门敲响时，春生看了下床边柜子上的闹钟，已经是子夜一点多了。这个时候来找他的人，只有宋禾。打开门，宋禾在门口脱下鞋子——鞋子上沾满黄泥——进屋，脸上流着汗水，头发和衣服上也沾着黄泥。她看看春生，径直进了浴室。春生打开她的背包，小刀在，刀片的光泽在黑色里闪烁。他卖力地拉扯左耳垂，希望从刀片上跳出些声音来。

和往日一样，春生用些特别的方法在沉默中将她推到完美的境界。可春生心里的动静像在擂鼓，今晚的异常不只是宋禾的身体冷得像块冰，还有她没像往常那样，一完事就从他身体上爬起来，立刻冲进洗手间。而是蜷曲膝盖，背对着他，将整个胴体窝在他的怀里，让他的双手搂紧她，让他的胸膛紧靠着她的后背。

第二天早上大约九点，警察阿全来访。春生在门口迎接时，发现自己只穿了条三角内裤。阿全是琴玉的哥哥，他踏进春生家门时，视线并没有放在春生身上，而是盯着门口那双沾着黄泥的女士帆布鞋，和那个摆在茶几上的女士真皮包。他的目光在房里扫来扫去，始终没有落在春生身上。

"我知道你需要女人，可没想到你饥不择食。"听阿全的语气，好像他对这事了如指掌。

"琴玉走后，我几乎没碰过女人。"春生说，"宋禾是个好姑娘。"

"我看事情并非如此。"阿全说这话时，已经走进洗手间，那里摆着宋禾的衣服，衣服上的黄泥还在。他出来时，目光放在了春生身上："我需要和宋禾谈谈。你知道她今天去了哪里吗？"

"她和你有什么好谈的？"春生问。

"有人在出事的铁轨那里发现过宋禾。"

"大家都知道，宋禾喜欢去铁轨上走。"

"确实如此。"阿全说,"我正在调查住在铁轨两边的居民,看看他们从昨天下午五点半到七点半时在哪儿,在铁轨上看到了谁?我想,这样就能缩小嫌疑范围。"

"你不需要问宋禾。"春生说,"她从昨天到现在一直在我这儿。"

"六点的时候?"

"大概是五点从家里出发的,可她五点半就到了。"

"你怎么这样确信?"

"五点半的时候有个教炒菜的节目开始播出,宋禾和我一起看的。"

阿全不再说话,一脸阴云杵在那。

"如果需要签名证明我刚才所说的一切是否属实,我会的。"春生说。

"我还有许多人要调查。"阿全说完这句话就抬脚往外走。

"不要告诉我,你第一个调查的人就是我?"春生说,"因为我不配拥有这么好的女人?"

"你说得没错。可我这样做是有原因的。"阿全说,"你和宋禾交往时,有人和我打赌,说这女人一定是摊上事了,否则不会往你身上扑。我往她居住的社区打过电话,结果发现,五年前,她在铁轨上遭到过性侵,和她交往的第一个男人陪她在铁轨上散步时,死在了铁轨上。身高一米七八,体重170斤的男娃捡起来还没有一撮箕。她自己当时声称是鞋子的原因导致他绊倒来不及避开急速驶来的火车,可没有人相信她说的话。"

"铁轨上碾死人不是稀罕事吧？"

"那倒是。"阿全接着说，"除了这条，几乎没有任何不好的口舌。况且昨天在铁轨上发现男尸时，她在你这儿，这点很重要。"

春生等待阿全离去，宋禾肯定还没有醒，离开他的怀抱，她会不会做噩梦，会不会说出那些让人以此为把柄的梦话。

"老天爷不知怎么了，这雨都下了一个月，应该冲刷的不应该冲刷的全不见了。"

"我还得睡会。今天我难得休息。"春生一边说，一边伸手摸向木门的把手。

"春生。"阿全转过身往外走时，突然停下来，他抬起的右手在空中扬了扬，似乎想落在春生的肩膀上，但很快就落下了。他用突然想起某事的语气说："两具男尸都是左手食指只有半截。"春生看见他的目光不由自主落在一个地方——他的左手食指。可接下来的话，他出门后，又转背把着门框说，"你说得没错，宋禾是个好女人。"

看着阿全开车离去后，春生才走进卧室。宋禾睡得很实，是他起床时的样子。他躺到之前的位置，贴着她，伸出双手抱紧她。含在她眼角的泪像那些凝固的光影立在那成了另外的光影。她依旧背对着他，将整个胴体窝在他的怀里，让他的双手搂紧她，让他的胸膛紧贴着她的后背。他凝神倾听，想听到她像以前那样的梦呓或初醒后的碎碎念叨，可只听到了沙沙的雨声，和小车飞驶而过扬起的水声。他拉扯耳垂，发红、生痛，没有听到更多的声音。

春生已有好久没去那个女人的坟前，更有好几个月没看着她的遗像对话了。他打算今天傍晚去她的坟前坐坐，他有些话想对她说，他想祈求雨下得再久些。

雨并没有春生期待的下得那样长久，他站在便池前扬起的抛物线也不长久了。接到宋禾的电话时，已是夜里十点，他躺到了床上。她说她在铁轨上，崴了脚，走不动了。他看了眼手表，列车时刻表像张密集的网交织在他脑海里。出门时，他套上沾满灰尘和油污的工作裤，没有穿上衣，鞋带一左一右拖拉着，胸口呼吸得粗重，左耳垂抖得厉害，让人怀疑他刚刚经过长途跋涉。

铁轨上异常黑，他明明熟悉这里的每一寸轨道，可往前跑时数次绊倒在铁轨两旁垒起的碎石上，他爬起来继续往前跑。离下趟车驶经这段铁轨只有十五分钟了。他往前奔跑，双手用力曲卷的样子像煮熟的螃蟹双钳。见到宋禾的那刻，他用尽浑身力气想抱起她，可她像是焊在铁轨上的另一截铁轨，纹丝不动。她抱紧他，微笑着说，我爱你。他突然感觉出一种从来没有过的异样，仿佛一股洪流，在这一刻，将某些一直存在于心里的障碍全冲走了，他能感觉出身上的每一个细胞都在扩张。

不远处，传来火车的鸣叫，春生看了眼自己左手那半截食指，他知道今夜是最后一夜，抱紧宋禾时，身子几乎要嵌进她的身体里。

他们没有再说话，所有的专注都呈现给最后的爱抚与亲吻。这次，他们彼此的虔诚成就了身体的协调。就在他的身子与她合二为一的那刻，火车呼啸着向他们开来。宋禾咬着他的耳朵，说，我们永远在一起了！春生想说，我愿意永远这样陪伴着你，可时间来不及了。

火车很快消失，群山沉寂，四处一片漆黑，仿佛什么也没有发生。一只断了一截食指的手掌被冲飞到铁轨旁边的水沟里。

（《芙蓉》2018 年第 12 期）

老屋

　　"不卖不行了,"我娘说这话时,脸上的表情毅然坚定,"眼看就要过年,催账的会陆续上门。你这次去矿里得年三十才能回来。五个孩子围着叫饿,把我的骨头磨水喝也熬不到年关了。"

　　农历十二月初二那天,早上并没有下雨,天空像个倒扣的麻锅把整个村庄都罩住了。眼看就是大寒。寒冷的风从山沟那边吹过来,吹在我家窗格子上。窗格子才装上一个星期,呈现新鲜的木色,把鼻子嗅过去,能闻到木香,上面糊了黄旧的报纸。楼上的窗格子空落落的,任风在没有一件家什的空房里穿梭。我们五姐妹从来不敢单独去楼上。尤其晚上,从没有天花板的房顶上飘下的声响——风从瓦槽里穿过时发出的——俨然人的脚步声,让人毛骨悚然。

　　很难相信,我们曾经敢穿梭在楼上楼下,玩些让我们忘记饥饿的游戏,比如捉迷藏、荡秋千、抓石子、跳绳……

那时新屋还没盖瓦，天空呈现的蓝色刚刚洗过似的，而明亮通透的阳光也给了我们勇气。我们身着破烂却一脸坦荡，仿佛没有盖瓦的房子在鼓励些什么。枕着凉席睡在能看见星星的楼板上，我爹我娘被我们五姐妹隔开睡在我们的两旁，除了我爹发出的粗重的鼾声，那些曾经隐隐约约能听见的摩擦声——是在我爹爬过我们的身子睡在我娘身边后发出来的——再也没有出现。

我们围坐在我娘身旁。她正在灶屋柴火旁捅灶里的柴火，柴堆在屋外倚着墙根摆放得很整齐，昨夜的雨淋湿了它们，烧起来会费劲些。此刻灶里正往外飘出一股浓烟，烟冲上屋顶又被压下来，有些冲向我们，灶屋里的咳嗽声此起彼伏。我娘开口说话时手并不往灶里捅柴火，她摆动手臂，摇晃竖起的食指，仿佛这样才能让她说出来的话更有力量些。她一直都是这样，尤其和我爹说话时，我感觉她的手指都快戳到我爹脸上。我娘并不高，脸色萎黄——我爹曾经说过，我娘嫁给她时肤白如雪——我娘的眼睛很小，笑起来就看不见她褐色的眼珠了。不过这不是常有的事，我们经常能看见的是她眼珠快要鼓出眼眶的样子。我唯一喜欢的是她那根乌黑的辫子，长至腰身，却常常被她用一把小木梳绾在脑后成一个椭圆的发髻。

我爹背对着我娘坐在一个从山上捡回来的树桩上削一个表皮发红的南瓜。我娘说话时，他的手来回收缩得更快更有节奏，每一次都能准确地削出一大块南瓜皮，仿佛将藏在体

去南方

内的力气全部集中到了刀把上。我爹是个高大壮实的男人，力气也很大。我们试过他，曾经，小妹妹吊在他脖子上，三妹与四妹悬吊着他的左右手臂，背上驮着我和大姐。即便这样，他竟然还能迈开腿，走出几步。

我们一直住在一栋从我曾爷爷手里遗留下来的四合院里，直到今年夏天，我们离开那儿。其实，我们只是住了其中的九分之一，也就是三间房，拥有其他九分之八的人都是曾爷爷的后代。可他们都先后离开这里，有些是永远地离开，有些是逃离或抛弃了这儿。我爹与我娘曾说：曾爷爷是地主，有十三房姨太太，死时留下遗嘱，不到万不得已，不要卖，也不要拆祖屋。我爷爷娶我奶奶时这样交代过我奶奶，我奶奶死时这样交代过我爹。

我爹从没想过离开祖屋，可我们五姐妹越来越大，像五个膨胀的气球，我娘说她听见了老屋在呻吟，是被我们挤的。早两天，我的两腿间流出了血，我娘看见后，给我买了卫生带和卫生纸。不用她教，我知道怎么用，学校公厕里教会的不只是这些，还有些不容易说出口的东西。比如我知道了那些半夜发出的摩擦声来自哪儿。

从决定修新屋那天起，我爹就没在老屋睡了。起先挖地基时，他就在地基旁架个草棚，除了吃饭，我们几乎看不见他，他白天把头埋在地基上刨土，夜晚就睡在草棚里。请工匠垒地基时，我去送过水。出于好奇，我走进过那间草棚，比我们家羊棚还要简陋。

226

　　从我懂事起，我就知道我爹在矿上干活。村里有女人同我娘干架时会这样骂我们：龙生龙，凤生凤，窑工子生崽打地洞。打破这个魔咒的不是我娘指着那个女人咒骂时埋在心里的决心——我要生了崽死活也不让他下矿——而是我娘一直也生不出个带把的。我娘东躲西藏，超生三胎后终于认定此生无儿的宿命。下矿这档事只传男不传女。我娘对我爹是矿工这件事唯一满意的，是我爹月底送回来的钞票，当然还有我爹用树杈挑在肩上的猪肉。我爹原来并不住矿上，是我娘有次骂他，你这个蠢货，矿里天天有饭吃，又不要交钱，省下的饭钱我和你五个女儿不会花吗？或许还有别的原因，从此，我爹一月才回来一次。直到家里要建新房，我爹才被迫回家里住了。

　　"留着它又不碍事。"我爹说这话时，眼睛并不离开那块削得癞头般的南瓜，"我们五个妹子都是在那屋里生的，我们还在那里拜的堂。而且房子已经破成那样，也卖不起价了。"

　　"以前还有些用。"我娘的手摇晃得更猛烈，柴火好不容易生燃了。"堂屋地窖里可以装秋天出土的红薯，那回廊上的木栏杆还能晾红薯藤，楼上的板仓还能收藏稻谷。这新房一建，它是没有一点用了。这里天大地大，什么家伙没有地方收啊。再说那瓦还年年要捡拾，当得白养一个娘，花了我们不少冤枉钱。"我知道我娘不喜欢我奶奶。"你奶奶勤吃懒做，尽干些没有用的事，写写画画，吃不得用不得，天生就是一副败家的相。"我娘对着我说这话时，身体像个膨胀的气球，我不敢靠近她，生怕一不小心就成了她的敌人。

除了我和姐姐，我的三个妹妹围着我娘，叽叽喳喳，像一堆看见食物的幼雀。我听出他们说的是要卖那老房子。就在那儿，我爹从矿上下晚班回家时，会钻进蚊帐，摸摸我的头，亲亲妹妹们的鼻子；有时他会摇晃我们，那一定是他带回些不一样的东西的时候。第二天早上，我们会在枕边摸到滑的圆状物，不是黄色的铁皮梨，就是李子、桃。"你们几个睡得死猪样，毛贼进屋把你们抱走了都不晓得。"我爹咧开嘴说出这一切时，我们都会大笑。

其实老房子经常让我娘脾气火暴，大都是我们五姐妹围在她身旁转不开身子的时候。而下雨天，房里的老木板会发出令人恶心的气味。小妹妹夜里经常尿床，洗过的床单晾在潮湿的木栏杆上，似乎永远也干不了。我娘把床单架在煤火上烘烤时，不仅会咒我小妹妹，有时还会把我曾爷爷也从坟墓里翻出来。我爹从不接口，他在心里做着某种挣扎。是在老屋里继续煎熬，还是择地筑新屋。没有儿子，让他的挣扎更为激烈，自己苦心苦力建的房子，到时总归是别人的。

"唉，那也花不了几个钱。"我爹说，"我现在是矿里的大工师傅。等过了年，又会涨工资的。"

有人劝过我娘，老房子没有人住一年不抵一年。现在卖还值几个钱。没人会告诉我娘，说这话的人在窥视我家的雕花大房梁。

"可终究是要花些钱的。"我娘不等我爹的声音落地立刻说，一边往灶里添几块厚实的柴块，一边戴上斗笠，准备出去喂羊，"这老房子一年不如一年了，再这样日晒雨淋，就只能见到一堆黑土。五个孩子五张嘴，动哪样都是笔不小的费用。"

我爹为什么会去矿里上班，我一直不敢问。他告诉过我，说我爷爷是国民党部队里的一个军官，解放战争中他们失败后随部队去了台湾，我奶奶是个大家闺秀。他们不和我们住一起了——我爷爷去台湾后，不知生死，我奶奶早死了。她临终前对我爹说：千万莫拆了老屋，你爹会回来的。我十岁那年，村里来了台湾人。我娘去打听过，没有我爷爷的任何消息。我爹始终不愿相信我爷爷死了，可他没有去向那些人打听我爷爷的消息，哪怕和他们说说我爷爷的情况或是让他们看看我爷爷的照片。可我看见他抹过眼泪，那是离去的小车快变成黑点的时候。我也想哭，甚至想抱住我爹大声痛哭，可我们只是站在原地，杵在那儿如同两根光秃的木头。

我在老房子的墙壁上看见过用毛笔写的诗，字体俊逸，我一个字也不认识。多年后我才明白，那是隶书。我爹告诉过我那是我爷爷写给我奶奶的情书，我奶奶把它们抄在了墙壁上。我更喜欢看那些房梁，窗格，门板上的雕花。尤其摆在我家堂屋里的两把太师椅，暗红色上面有层诱人的亮光，我总觉得那是从我奶奶的眼睛里发出的光。奶奶的遗像和爷爷的遗像一直摆在老屋的神龛上，奶奶死时五十八岁，爷爷走时二十四岁。不像夫妻，倒像母子。我看着看着，就有些害怕，感觉他们的眼神都凝集到了我的身上。"小姐的心丫鬟的命。"我姐姐像奶奶，这是我娘咒我姐姐时，捎带出来的对奶奶的嫌弃。我听出来了，我娘是连我奶奶也咒了，因为她的遗言，我爹从不敢生出离开这房子的想法，仿佛想想都是不孝的。七口人禁锢在老房里，奶奶站在神龛上，脸上含着笑，她的儿、媳、孙女一直陪着她，一起等待我的爷爷。

　　一直没有得到我爷爷活着的消息，却在一个夏日炎炎的午后收到了我爷爷病危的消息。一封信，算是爷爷的临终告别吧。原来爷爷并没有死，一直在台湾，只是换了名字，他在那边娶妻生子，算下来也是近二十口人的大家庭。这是个让人惆怅——好像一直等候的情人，原来早就变了心——的消息。我爹似乎早料到了，他眼里闪烁的泪花告诉我，时光可以吞噬一切。我奶奶对我爷爷的深情，我并不懂得，可我看出了我爹对我奶奶的深情。那夜，我爹在我奶奶的遗像前跪了许久。我娘屋里屋外忙忙碌碌，一时咒骂我的三个妹妹吃得太多、长得太快，屋顶都快被她们顶破；一时对着我爹说些让人难受的话，我感觉我们家的天都要塌了。我想拉起我爹，可他却抱着我说："二丫，和爹一起陪陪奶奶。"

　　庆幸的是我爹终于接受我娘的建议，去离老屋两里远处的山坡下建新屋。我娘采用风水师"前有照后有靠"的讲法，早就瞄准了这块地。"没有不散的筵席！"我爹决定去挖地基时，对着我奶奶的遗像说了这句话。我猜想是我爷爷的临终告别让我爹下了建新房的决心。

"好了。我昨天和阿三说过，他说十点来看屋定价。"我娘一边说一边推开围在她身旁的这堆幼雀，"下午得把羊赶出去寻食物了。"见我爹没作声，她摇晃她的食指说，"又下雨了。闲置在那里死活是堆废料，卖了总要见几个钱。你下午又回矿里去了，年三十前我得备好年货，五个孩子怎么样也得每人置一身新衣。别再犹豫了，趁你在家，我想把这事了结。"然后拖过灶房簸箕里的草料，对我说，"走，帮我一起喂羊去。至少在它们身上耗些时间不至于白白浪费。"

"卖给阿三，"我爹说，"他是个玩投机倒把的商人，哪里值钱他就拆哪里。你想毁了房子。"我看到他用力削下去时，削到了他另一只把着南瓜的手，受伤的是他的左手的拇指关节处，坚硬的关节上渗出些血珠。我娘的眼珠鼓得都要跌出来了，她摇晃食指，指着趴在灶火旁的几个孩子——她们正从灶里掏出烤红薯，吃得嘴角像抹了一层黑色的锅灰——然后握紧右手擂在胸口，起落的拳头像个遭到重击的单摆。我爹一向不善言辞，他的脸憋得通红，仿佛所有想抗拒的力量全堵在他的喉咙里。就在这种谁也没有出声的间隙，我和大姐抬着簸箕溜走了。

羊就关在我爹起先睡觉的那个草棚里。从屋里出来时感觉寒风铆足了劲想刮倒我们，我俩使劲握着簸箕的边框，否则草料就会被风刮走。雨越下越大，草棚上遮了一层塑料，雨砸在塑料上发出的声音，呼呼作响。风刮到我脸上有生生的刺痛感，我看见大姐将头往脖子里使劲缩去。

去南方

　　我讨厌羊身上的骚味，可羊棚里比外面暖和。特别是那些羊发出"咩咩"的叫声向我们拥来时，我有一种莫名的兴奋。除去下地干农活，我娘花在这群羊身上的时间和精力比花在我们身上的要多。她会在年初买回几只羊，早先用绳子拴着它们，将它们赶到有肥草的田间山地去觅食，为了不糟蹋别人家的农作物，她几乎是守着它们吃食，可这样会圈住她。我娘是个会过日子的人，于是她从山上砍来粗壮的木桩，拴在牵羊的绳子的当头，然后找一块宽阔的草地，把木桩插在泥地里。她会估算羊吃完这样的一片草地到底要多久，会在估算的时间内赶来，又把羊群牵到另一片草地。我娘喜欢养羊主要是因为它们的喂养成本低，卖价也不错。尤其到了过年的时候，羊价会涨得很高。让我娘害怕的是看见羊拉稀。一只羊能卖多少钱，过年时能干多少事，老早就盘算好了。若是一只羊中途夭折，意味着姐姐、我或者哪个妹妹过年时就没有新衣服穿。离过年不到一个月了，再过半个月它们会陆续被人买走，我娘并不宰羊，她选择整只卖给走村串户的屠夫。虽然这样会有些损失，可我娘说，陪了一年，哪怕不会说话的牲畜，也是有感情的。

　　此刻，我娘穿着雨鞋，走进它们中间时步伐自如，把草料均匀摊在它们身旁，我想到我娘给我们分食物的时候，她因为想着每个孩子都饿着，脸上的神色总是带些忧愁。而羊群见到我娘时，因为彼此熟悉，自顾自地穿梭在她身前身后。我竟然生出些嫉妒，感觉另一堆区别于我们的"幼雀"围住了她。我明明知道她对它们的欢喜只是为了卖个好价钱，再换取些食物或衣裳，让我们活得更好些。可此刻写在我娘脸上的欢喜像夏日的彩虹，散发出独特的魅力。我并不像喜欢我家的小黑狗那般喜欢它们，一种称为定数的东西让我无法对它们生出真心的欢喜。而这种不变的定数是它们年初被我娘买回来，年末必然会成为他人餐桌上的美食。每年都是如此，同样的轨迹，同样的命运。不过我也从不真正讨厌它们，就像初夏我在山上遇见的刺莓，它们同样是某种定数。在既定的季节开花，生果，又必然被人们挑选和食用。相对于它们，我眼前的羊又是不一样的定数，它们被选到了我家，我们相互陪伴着度过将近一年的光阴。不知奶奶这样想过没有，爷爷也只是在相对的定数里陪伴她度过一段光阴。可我爷爷不是眼前一年一度的羊，也不是山上年复一年出现的刺莓，他是我奶奶心中的人。我突然害怕起来，我娘硬生生地要卖掉老房子，那该多伤我爹的心啊。

我和我娘各怀心思站在羊棚里看羊吃草时，门"呼"地被风吹开，同时被风吹进来的还有我三妹。"娘，阿三来了，开着大卡车来了，车上罩着油毡布。"三妹说，"他进了我们厅屋。"

我们赶到厅屋时，阿三站在神龛前的方桌旁。神龛上摆着我年轻的爷爷和中年的奶奶。我娘似乎想边谈边捅灶屋里的柴火。阿三跟着进了灶屋。我爹仍旧蹲在那儿削南瓜皮，因为左手拇指受伤，他削得小心了些。听见声响后他反转身看一眼我们，没有吭声。

　　阿三是个四十岁左右的单身汉，个子矮壮，左眼角有个伤疤，像一朵盛开的萝卜花。他年轻时干过泥工，也能赚些稳妥的票子，可一直没有结婚。我望着他疙疙瘩瘩的脑袋，想到房前房后经常遇见的癞蛤蟆，这应该是他没有结婚的原因之一吧。他的身上沾满了黑色的尘土，像刚穿过丛林出来；却又闻得出一股陈腐的气味，像我家老屋木板上发出来的。我看着外面，他的大卡车车厢上罩着油毡布，我猜不出罩在油毡布下的是什么，但车厢外面露出了一截木头，上面有雕花。我很难想象我们家的房梁、门、窗框拆下来后，老屋会变成什么样子——那些承载上百年历史的房梁、门、窗框会随着这辆卡车去漂泊——我仿佛看见无数断手断脚的故魂在卡车上空挥舞手臂，还听见无数的咒骂从油毡下面钻出来。

　　阿三伸出熏得焦黄的食指和中指，夹起叼在嘴角的烟，弹掉烟灰，用带些沙哑的声音说："嫂子，快带我去老屋看看。天气太冷，做完你们家这单活，再去村里的老祠堂里瞧一眼，我就准备收工去我相好的那儿过年。"

　　我爹依旧坐着削南瓜。我站的位置让我能看见他的眼睛，眼里的灰暗比此刻的天空还要沉重。我想到过去，那年我爹在红砖窑下干活，我跟着去玩，爬上七八米高的红砖窑后，我意外摔下了窑。我爹发现我时，我已奄奄一息，他哭喊着将我抱到村卫生所，跪在医生面前求他们救我时，我看见他的眼神，像此刻一样，全是恐惧。

他以为那样的噩梦——对失去的恐惧——不会再重现。像一场重大的决议，只有他一个人站在我娘的对立面。我们五个还有阿三像我娘的帮凶围在她身旁让她变得声势浩大。我爹已经意识到了，他独自再怎么坚持都是没有意义的。他抬头望向窗外时，发现老房子漂浮在眼前变成了一艘船，正被一群看不清面孔的人推搡着送离海边，越飘越远。而他的耳边响起各种声音："就要过年了；孩子们过年的新衣都没有；你就要去矿里，年三十才回来；我要独自承担整个家，田里土里山里；孩子们一日三餐五张嘴要吃；再不卖就成废渣了，一文不值的废渣；你爹都不要你了，你还死守着那堆又老又旧的东西，是你娘死前的那句话重要，还是你活着的孩子重要……"

我爹突然站起来，像是做出了某个决定，用赞同的眼神看我娘一眼，朝外面走去。我大姐突然冲到我爹面前，说："你怎么可以卖掉我们的老房子？""你懂什么！"我娘拽住她的手臂说，"去看羊吃完草没有，给它们喂些水。"大姐朝着羊棚跑去了。我娘接着说："这样至少有意义些！"说完这句话，我爹的脚步放慢了，似乎要停下来。我看出了我娘的恐慌，她意识到自己说得太多。而我父亲将会更加伤心，他像一个好不容易做出某种决定的人，面对伸出来的手，他原本想将自己的一切交付给那双手，结果对方却突然推了他一把，并不想真心拉他，只是想再次将他推至谷底。我预感到一场更大的风暴要来，我娘也意识到了。可这一次她侥幸逃

脱了，我爹只是稍稍放慢脚步，并没有停下来，也没有做出
任何反应，依旧朝前方走去。

"他一定是去老屋了。"我娘示意我跟上我爹，阿三也跟
上来。我看见了，我爹侧着前行的身子像一片随时都有可能
被风卷走的枯叶。他忘了戴上他那顶打了补丁的旧斗笠，袖
口露出棉絮的大衣也没有披在身上。寒风灌进他的裤腿，又
紧紧贴在他的腿上，像晒干的萝卜皮那样皱起。

经过阿三的大卡车时，我有意朝油毡布多看了一眼。露
在油毡布外面的那截木头显然不是普通的房梁，甚至有着比
我家老屋房梁还要带劲的光亮，雨水似乎浸湿不了它，只是
顺着它油光发亮的身子朝着油毡布下面的深处流去。我想象
不出它来自哪里，曾经见证过怎样的荣耀？而我家的房梁兴
许在我曾爷爷那代见证过他的十三房姨太太的风华，也见证
过他的奢华与靡烂，还有我奶奶从 20 岁起的孤独与守候，那
般凄冷与谁诉说，可谁又能说我奶奶是痛苦的呢，兴许她在
等待中一直心存希望。即便到了生命最后一刻，她还要我爹
为她守候我爷爷留给她的话：等我回来。等待有时只是一场
空，我爹已经知道我爷爷是那个空了心的人，可他依然想守
候这份承载几代人的老屋的完整性。可现实像雨打在身上此
刻的感觉：冷冰，刺骨。我娘时常挂在嘴边的话，像钉子插
进了我爹的骨头缝里。

"这房梁的主人当时定是大户人家。还不知娶了多少姨太
太。那老家伙的老二肯定不行了。"阿三嘴里叼着烟，声音怪

怪的，"那些水嫩嫩的姨太太还不是将狐媚眼抛向了来往家里的男人。指不定受惠的是灶房的伙计，要不就是家里年轻的管家。"说到"水嫩嫩"三个字时，他咂巴了一下嘴巴，仿佛一顿美食就在眼前似的。

我的脸上一片绯红，我爹并没有表现出意外。我突然觉得做个成年人是件可怕的事情。

老屋并没有出现明显的败象。今年家里建新屋，我爹疏忽了些，即便这样，房里还是有模有样，没有人走房空的凄凉。连阿三都说："好房子啊。"他几乎要说出"可惜了"三个字。他的目光停留在雕花别致的门、窗框、房梁上。"别小看这些木头，运气好的时候能卖个天价。"含着这心思，他很快意识到这里有些赚头，不由得摆出商人固有的刁钻，专说些挑三拣四的话。

"行情一天不如一天，现在哪行都不好干。"阿三将烟头从破了窗纸的窗格里扔向外面时，风将烟灰吹进他的眼里，他痛得骂娘喊爹。

我却看出了另外的东西，才离开几个月，地面与墙面的连接处已经多处发霉，楼板上也长了霉，只需轻轻一触就能扬起灰尘。

我娘什么时候来了，脸上呈现罕见的怅意，仿佛这时她才意识到，她即将毁掉的不只是一座老房子，是几十年的光阴，及光阴里的酸甜苦辣。窗格子被风吹开了，应该有个人去关上它，可谁也没动。

"门、窗、房梁一共五千元。我能给的就是这个价。"阿三对我娘说,他并不搭理我爹。

不久,又来了几个人,像是早就守候在周围待命的。他们一窝蜂挤进来,揭的揭瓦,拆的拆门,还有人在敲打房梁。我感觉一群劫匪进了我家。很快老屋上的瓦揭下来了,房梁卸下来了,门窗也拆了,房子像秃顶、缺牙的老人,木然立在风中。那些躲在砖瓦间的陈年尘土扑进我们的唇角。我本想吐净,却尝到了一些旧时的味道。眼前的一切消失了,看见的全是过去,听见的也全是过去,那些我娘咒骂我们起床的声音,我们五姐妹在老屋里楼上楼下爬上爬下时发出的追逐声,全从砖缝里爬出来,变成无数双手掐在我的脖子上。我一时呕吐得更为彻底。一切都发生得太快,我爹站在老房子外的晒谷坪里,我发现他眼里的灰暗又出现了。看着眼前慢慢变矮变瘦的老屋,我奶奶的哭声飘荡出来。几个妹妹也陆续来了,围在我爹身旁,从不同的位置拽着他的身子,我感觉我爹的身子在往下沉,他得倚着晒谷坪一堆柴火来分担一些重量,若不这样,就会有倾倒的可能。

"不要拆了。"是大姐的声音唤回了一脸茫然的我们。"我奶奶在流泪,"她跳脚跳手哭喊着,"不能就这样拆了。我爷爷回来时会找不到家的。"她冲到我爹面前,抱着他哭喊。我爹只是紧紧地抱着我大姐,他没有告诉我大姐,爷爷再也回不来了。

"这张椅子,留着还有用吗?我出五十买了。"这是我奶奶生前最喜欢的那把小圆靠背椅。我抢先说："不卖！"我不知道为什么这把椅子没有搬走，只是忘记了吗？我看见我娘眼里掠过不自然的神色，我没有搭理她，扛着椅子我一间一间房去清理——其实已经不算房了，只是那些没有完全倒塌的墙体还能依稀辨识得出大体的位置——仿佛还有些我没有发现却值得我留恋的东西藏在某个角落。几个妹妹像是受到了启示，跟到我身后在废墟里翻拨着。阿三不耐烦我们这样的细致，他叼着烟的嘴角得往一边斜拉才能发出声："你们几个小东西不要命了，这上面在拆东西，你们一个个在这里防贼似的盯着我。以为老子占了多少便宜，像你们这种上百年的老房，还不知藏了多少见不得人的脏东西，老子回去还得做场道事驱邪。"

"莫不识好歹，"我娘开口了，"你买你的东西，莫乱七八糟扯些没用的。"我娘是担心阿三信口开河，牵扯出我爹的伤心事。

"春抚柳，夏观荷，秋赏桂，冬寻梅……"我找到那些毛笔字时，我奶奶的样子浮现在墙上，脸上的表情让我不忍直视。我看了眼我娘，她脸上并没有如愿的得意或轻松。锁住她眉头的是否如我一样，是对一段光阴或是某些难以割舍的瞬间的不舍呢？扬起的灰尘，起起落落，有些钻进我们的身体，我能最后带走的除了扛在肩上的这把椅子，只有这些了。我爹呢？他一定比我大姐和我娘更痛苦，他像个逃兵逃离了这里。所有拆下来的一切曾经都留有他的影子，阿三肢解的不只是我们的老屋，或许是我爹。我想到那些一年一度来到我们家，又离开我们的羊，它们的离去和此刻老屋的离去是一样的吗？我家老屋神坛上那只燕子窝，从我懂事起就一直在，是不是最初的那些燕子，我分辨不出来，可相似的它们年年会出现在这里，安家在我家神坛上。它们明年还会回来吗？回来的还是它们吗？是否因为遇到更好的安身之处就不再来这里了？

我望向窗外，雨停了，风却更加肆意起来。眼前逐渐变化或是即将消失的老屋让我爹的眼神愈发灰暗。风吹散了我娘的发髻，那根辫子散落下来，摇摆在她的腰际。她又用力把辫子缠紧，依旧用小梳子绾在脑后。我第一次意识到我娘的无奈，她一直舍不得剪掉的长发，不也是在保存些什么吗？兴许一切都没有变化。我们一家人还是在一起。所有的事实依旧简单：五张嘴像一群大小不一的麻雀，围着我娘，叽叽喳喳，更多的时候是因为饥饿；要过年了，我家新屋的门槛会被踏破，建新房欠的材料费、工钱等，债主会轮番上门讨账；老屋继续保存要耗费我们更多的钱，年前不修缮，雨水会浸泡屋里的门、窗、房梁，所有一切就会破成一堆废料，一个钱也值不了；我爹下午就上矿里去，年三十才回来；家里一切由我娘扛着。"不卖老屋，我就只好先卖我这根长辫子。"我爹和我娘争吵时，我听见我娘说过这话。我不敢想象，我娘剪掉长辫后，我爹该多么伤心。我在夜里撞见过我爹帮我娘编辫子的场景。还是在老房子里。兴许在新房子里也有过。这是属于她们的美好。很明显，老房子的去留关系到五个孩子的过年新衣，五张嘴是否饿肚皮，关系我娘那根辫子的去留。

"有这票子可以过个安心年了。"我娘接过阿三递过来的钱时没有看我爹。我却有意看了他一眼，像个颓废的老人瘫坐在那堆已然成为废墟的烂瓦破砖上。阿三和那群拆房的人跳上大卡车，他们上车前抖落了身上的尘土，尘土很轻，起起落落。我看见他们落在我爹身上的目光，也是起起落落的。几代同堂的老屋，此刻像个跛了脚或失了肩的男人。这些拆下来的门、窗或房梁，它们将运到哪里去，我不知道，我只听见大卡车奔驰而去的欢快，随着那行留在泥地上的车辙委蛇向前时，一股黑烟上升在空中，逐渐变成黑点，直至没了形迹。

我不知道还留在这里干什么，扛起我奶奶喜欢的这把小圆靠背椅，独自往新屋走去。不用回头，拖沓的声音，让我知道妹妹跟在我后面。还没到新屋门口，我听见了我大姐发出的哭声，是从羊棚里传出来的。我快步向那儿跑去。走进羊棚，一股比外面更为猛烈的寒风吹在我身上，我的身子颤抖不止。大姐像个傻子般在羊棚里挥舞一把砍刀，脸上的尘土，被雨水沾湿后粘在脸上，又被汗水、泪水冲刷，形成宽窄不一的黑色的细条。从她嘴里发出含混不清的声音。"走。快走！"我费了些劲才听出来。那条最瘦弱的羊显然有些力不从心，跌倒在我大姐身旁时，砍刀劈在它身上，血涌了出来。我不敢靠近大姐，她变成闻到鲜血就发狂的鲨鱼，仿佛失去了感知，挥舞的双手如同身处困境的盲人。我看得很清楚，除了那只羊，又有一只被砍到，甚至更多的羊受伤了。有些羊毛被扬起来，羊棚里变成了另一个支离破碎的场景，相比我刚才在老屋看到的那堆废墟，此刻让我更加恐惧。

我爹眼里的灰暗不见了，却浮现出我不能看明白的复杂的神情。我不知道我爹在想什么，只有他自己知道，我大姐从小跟着奶奶，学写字，学画画，她对奶奶的依赖胜过我娘。不知从什么时候起，我娘为了扭转我奶奶在我大姐身上造成的影响，发起了一场又一场的战争。可她又经常没有具体的攻击对象，似乎是我大姐，是我爹，更多的时候听上去是我奶奶。你听，她经常寻些机会这样呵斥：不干正事，只知道写写画画，你们这是在浪费生命。如果奶奶在跟前，我娘重复这些时声音会更加响亮。我娘的这些动作，已经是一个证明，她在害怕。

我大姐居然不顾我娘的感受，继续跟着奶奶学写字、画画，我爹丝毫不加阻拦更是让她火上浇油。有一次，我娘看着我大姐的成绩通知单，大声斥责："我不懂你到底是怎么了，你的兴趣怎么都不在正经的事情上。"随即，她扇了我大姐一巴掌，她如此用力，乃至于我大姐的脸上留下了一个鲜红的掌印。

我没有我大姐幸运，五岁那年，我奶奶身子不行了，经常卧床不起。可我娘还是加强了防备，我几乎没有更多的时间接近我奶奶。我大姐和奶奶像两个忍气吞声却又内心强大的人，我大姐坚持晚上陪我奶奶睡觉，我奶奶坚持教我大姐写字、画画。奶奶死去那天，我娘让我们五姐妹一起收拾奶奶的房子。我娘说，人死之后，把她的遗物焚烧，可以随同她一道到阴曹地府去，和生前一样归她使用。我和妹妹们成为获得某项神圣使命的人，声势浩大地把奶奶的遗物如实搬出来，扔在我娘架起的火堆上。烧到一半的时候，我大姐冲进火堆，抢出一样东西。是个装鞋的盒子，打开一开，里面全是她的画。大姐猛然大哭，哭声像开闸的洪水。大姐对奶奶的情分，我并不懂得，可此刻燃烧的火光，大姐的眼泪，让我惆怅。我娘这次没有骂大姐，也没有咒奶奶，只是说："实心过日子的人，谁有那闲心写写画画？小姐的心丫鬟的命，何必呢？"

大姐把砍刀扔出去后，我才发现爹不知何时站在了我的身后，砍刀落在他的脚边，刀把上有我大姐留下的污迹，还有沾着血的羊毛。"败类。"大姐喊出这句话就跑。我想此刻该轮到我娘伤心了，她从年初就盘算好了这笔开支——就像一颗钉子一个眼——离过年还有近一个月，我看着惊恐不已的羊群，它们只怕挨不到过年了。

从羊棚出来，风如刀子，割在我脸上生生刺痛，有两只羊跑出了羊棚，朝着远处惊慌而逃。

我娘回来了，她左脸上有淤青，像是刚刚遭受重击，怒气冲冲地对我爹说："上当了。村长从祠堂回来，说阿三把从我家买走的雕花大梁卖了——买主是镇里改造古屋的老板——仅一根梁的价钱比五千元还要高。"

我爹从地上捡起我大姐扔在他身边的砍刀，一副同归于尽的样子。我娘脸色惨白，她冲上去，一把抱住我爹，哭喊着："孩子们都还小啊！"她弱小的身子根本阻挡不了我爹，她把身子变成石头吊着父亲往地上拽着，我爹拖着我娘走了几步，停下来时，喉咙里喘着粗气，像是再也走不动了。

"卖了就卖了吧。"一阵风吹来，我爹的身子抖了一下。我看见他抹掉眼角的泪——像是吞咽或掩埋所有的愤怒——拉起我娘，说，"你找过阿三了？"

我娘躲闪着，一边套上雨鞋一边对我爹说："得把羊赶出去，肚子都饿空了。"

我爹说："你在家里给闺女们煎南瓜粑粑吃，我去放羊。"

"你不是下午要去矿里吗？"我看见我娘眼里露出少见的柔光。我还看见我爹把手放在我娘头上，说，"我明天再走。"我不知道大姐去了哪里。我想我得把她找回来，告诉她，我娘正在为我们煎南瓜粑粑。一想到南瓜粑粑，我肚子就发出"咕噜咕噜"声，我想我是真的饿了。大姐也一定饿了，我得把她找回来。

我爹赶着羊群走了。本想绕道而行，可一股神奇的力量牵扯着，他又把羊群赶到了老屋。失去梁柱的老屋，像个没有了骨骼的汉子；残垣断壁，高矮不一，杵在寒风中，仿佛一群没了尊严的战俘；门框外那些半圆形的青色石阶，灰头土脸，完全失去了往日的光泽；一方宣纸——不知从哪块砖缝里钻出来——躺在瓦砾间，墨迹斑驳；站在废墟上的羊群，它们啃咬过深埋在河堤干泥下的草根，此刻攀爬一棵小树，用力撕扯那里的青绿，不时朝我父亲发出"咩咩"的叫声。饿了？或是孤独？看着那一地破败，荒凉，七零八落。他站在那里，久久凝视。回过神来时，他再一次打量眼前的老屋，只见它背靠群山，前有岩河，一条从山上落下的小溪如同玉带将它束在中间。冬给山体涂上了一层白色，也将老屋裹得严实。河水与溪水都冒着白雾。被吸引了，甚至像是被一股神奇的力量给指引了，他围着老屋转圈，不停地转。羊跟在他后面，像是归依到不知来自何方的指令下。当夜完全黑下来时，老屋与天与地融为一体，连空气也阻隔不了它们。似乎一切都不存在了，或者成了两个世界，明与暗，有声与无声。它们以它们独立的形式存在于别人进入不了或暂时放弃的世界。我爹突然停了下来，静静地站在原地，能听到岩河流水滚滚而去的声响。我们的新家在村子的左侧，远远地只能看个大概了，可在那里的一切所见，一切感受，如同秋夜挂在天上的星星。"再见……"他挥动手，只喊出了"再见"两字。然后转身驱赶着羊群，朝着新家的方向走去。

（《湖南文学》2018 年第 10 期）

那夏以后

我今天是怎么了，竟然敢踩着别人的肩膀爬进火车厢。

我知道我心里埋了雷。存在引爆可能的不只是那个叫良喜的男人说的话，还有别的声音。找到这个叫良喜的跛脚男人时，他盯着我足足看了十秒，然后用带些嘲弄的语气说，你们家的农活都是你一个人干的吗？不是啊。说这话时我以为他在夸我勤劳，心里有些得意。那你为什么晒得这么黑？我没想到他说出的竟然是这么难听的话。我的脸瞬时火烧般发烫。他接着说，你娘可白了，方圆十里都没有人赶得上你娘的皮肤白。唉，不知你为什么这么黑。他叹了口气便不再说话。我想顶他一句，你怎么就看不见你自己的脸比炭还黑呢。

十天前，距离某个刻骨铭心的日子整整一个月了，我收到母亲写给我的信，她告诉我，她已经给一个多年不联系的旧友打过电话了，他会帮我弄张去驴城的火车票。我要坐火车去驴城一所偏远的山区小学，是我求他办事，我忍了忍，没出声。

良喜把我送到站台上，说，我还要上班，你自己挤上车吧。他见我有些紧张，对着身旁穿着乘警制服的男人说，小姑娘，没见过世面。你闺女啊？那个男人凭什么这样说。不是！这两个字几乎同时从我和良喜的嘴里蹦出来。他像初见我时那样，足足盯着我看了十秒，然后对我挥了挥手说，去吧，你这样子出门挺安全的。这句话伤我心了，我在心里骂他，什么眼神，没看见我大眼神，高鼻梁，三围正好，肚脐刚好在身高的 0.618 处吗？

我一点也不安全。我想像个辩护律师那般，声色俱厉地反驳。可这时我已经爬上了火车。他看我时飘忽的眼神与离别时裹在声音里的无所谓，让我对他心生厌恶。我踩着别人的肩膀爬火车时，倒是没有人忽略我。他们骂我，拽我，甚至往我身上吐口水。火车就要开了，车门处挤满了人。我看见了身子灵活的人从车窗爬了进去，有些力气大的扒开人群强行挤了进去。离开车只有一分钟了，乘警意识到了什么，举着高音喇叭大声喊叫：乘坐 T61 次从北京开往昆明的旅客，快点上车，快点上车，火车马上要开了。声音像射出来的子弹，击中了所有人。如果上不了车，那些迎接我的山区孩子会失望。可我还有别的计划，那个深埋在我心底的计划，除了我，没有人知道。我发疯了，不顾一切爬上前面的人墙，踩着他们的肩膀爬进了车厢。

去南方

找到座位，靠窗，这让我生出微妙的欣慰。我落座后，那些刚才没来得及向良喜发泄出来的辩论开始在我胸口发作。可我不愿意与人交谈，坐在我身旁的年轻男人几次试图搭讪，我都只是"嗯啊"一声，便把头投向了窗外。除了车窗玻璃，其实我什么也看不见，我的眼里全是些莫名其妙的镜头。一段铁轨，一个男人在疯狂地追一个女人，女人在惊叫，男人在狂笑。我双手交叉抵在下颌，嘴唇因为过于用力挤压，发出生痛。

身旁的男人没有放弃，又在试图搭讪我。我伪装睡着，因为我知道，说什么都是徒劳。恰巧的汽笛声吞没了我与他之间令人窒息的沉默。

湘西南的七月，天空时常会有暴雨。快到梅城的时候，广播里传来通知：旅客朋友们，我们抱歉地通知您，因为连续多日的暴雨，前方道路出现严重的交通事故。火车将停靠在梅城火车站，暂时不再前行。旅客朋友们可以选择原路返回，或是选择其他路线前行。

下了火车以后，我换了各式各样的让人意外的交通工具，经过一系列的短途搭乘，终于离开了湖南境内，似乎只有离开了湖南，我才能以我新的身份存在，我将是驴城一所山区小学的语文老师。

一个月前，我以优秀毕业生的身份站在师范学校的领奖台上，得意，甚至兴奋。我的好日子就要来了，这句话我含在嘴里，差点喊出来。可我主动签了去边远山区支教的协议书。为什么？老师问我时，开始用审视的眼神打量我。

那里的孩子更需要我。我语气平淡，让人以为这是经过深思熟虑后作出的决定。校长如获至宝，把我的照片挂在学校最显眼的宣传橱窗里。

我从小就黑，所有初见我的人，无论男人还是女人，无论年轻还是年老的，都会像良喜那样，不用思考，就会把我归为丑女的行列。挂在宣传橱窗的照片，看久了，生出些不一样的光芒。有人开始叫我黑玫瑰，有男生有意无意搭讪我，我的抽屉里出现了从未出现过的用粉色信纸写的情书，不止一个人的。有人甚至说想同我一起去支教。我撕碎了所有人的信，并在一个午夜砸烂了学校的橱窗，撕碎了照片。学校领导在全校师生大会上大声呵斥，说这事非常恶劣，一定追查到底。没有人将我列为怀疑对象，更没有人知道我为什么要这样做，除了我自己。

一路上，我提心吊胆，总觉得自己走不出湖南，担心在最后的一刻会有双硕大无比的手拽住我，将我揪回某处堆满污秽的黑房子。现在，我终于再一次坐上了去驴城的火车，回头再看湖南境内，那些搭建在山坡的木房子，那些从泥地里生长出来悬空高高架起木屋的木桩，我总担心它们哪天会突然掉断，或是被虫蛀空。

这次坐在我身旁的是一个中年男人。听口音是北方来的，他身上穿着崭新的中山装，一脸正气，眼含善意，这让我心里的戒备放松了些。他告诉我他在云南开矿，家在北京，经常往返这两座城市，中途停车时，知道去哪里买好吃的饭菜。他还说，如果我愿意，他会帮我捎一份。他又跟我说，现在雨水多，指不定哪里会滚下巨石、滑下山体。这里的路况不好，不是过桥，就是钻洞，火车不能开快了。不过，快些慢些，车子反正会到的。他这样说时，笑里带些安慰我的宽容。可我还是没有回答他问我的问题。去哪儿干什么？我似乎谁也不愿意告诉。良喜也问过我同样的问题，我也没有告诉他。连我的老师同学们也要等我给他们写信才知道我所去之地的确切地址，可我知道，我不会再给他们写信了。我擦除了我的行踪。其实，也没有费心擦除，只是不再联系任何人而已。

我这次回家，是给我女儿上坟的。男人什么时候说到这个话题的？是对面那位嘴唇红得像猴子屁股样的大姐骂她男人偷了她妹妹的时候，还是前排的姑娘嗲声嗲气同一个刚在火车上认识的男人相拥着去餐车厅的时候。我不想听见、看见这些，我把目光投向窗外，火车正通过不知名的河，我看见了水平如镜的河面，水很干净。人若是跳进这样的河里，一定是个不错的选择。

我知道，我是她们母女的罪人。那年，我女儿读高一，在学校上晚自习，说好9点在学校门口等她。我老婆出差了，我在家休假，恰巧有个大客户来北京，为了讨好他，我得去陪他，还多喝了两杯，我忘记我还要去接女儿。电话响时，我喝得迷迷糊糊了，我不知道对方是派出所的人，他告诉我，说我女儿出事了时，我还骂了他。可很快，我就哭了，身子止不住地发抖。我赶到医院，我认不出我女儿来了，她面部青肿，全身淤青，身上有多处抓伤。十六岁的姑娘，仿佛一夜之间就老了，躺在那里，一个字也不说。医生告诉我，她已经丧失生育能力。我一下跌进了地狱。我身子什么时候湿了，我站的地面也湿了，像拧开了水龙头，汗珠从我身上各处往外冒，冰冷冰冷的。我老婆打我电话，我不敢接。可是她不停地打，不接不行了，接通后，我什么也说不出。我，我他妈就不是人。说着，男人甩了自己一耳光。我听着是实打实地用力打在了脸上。我老婆很快意识到出事了，可她怎么也没往女儿身上想。我发短信告诉她，女儿出事了。我老婆是个性子急躁的人，接到短信后，她连夜赶了回来。看见女儿时，她尖叫一声，声音大到仿佛世间其他声音都消失了。她疯了，没有了悲伤，也就没有了痛苦。我倒是很清醒，可我救不了我女儿，也救不了我老婆。说到这，男人推了推我，说，快到站了，你想吃什么？这里的牛肉不错。我背过头，正好撞见他的眼神，直勾勾地瞧着我的样子像螺旋一样尖锐。他眼里并没有绝望，他刚才说他女儿和妻子时裹在声音里的绝望，我一丝也没有看见。我一时不知道说什么好。他调频怎么这么快？我突然想对他咆哮，你女儿和妻子就是被你害死的。可我说不出口。没有人给我这样的权限。我想到自己依旧甚至永远只能待在黑色的频段里，我什么也说不出口了。可他在等着我回话，我感觉肠道里有股气在来回穿梭，我这才意识到，从我见到良喜那会到现在，已经十多个小时了，

去南方

我连口水都没有喝。窗外，一晃而过的火车，像风吹动的火光，在明与灭之间穿梭。随便吧，我淡淡说出这三个字时，火车正好进入漆黑的隧道，没人看见我眼里的寡淡。

中年男人刚下车，坐在我对面的大姐立马坐到我身旁来，直直地看着我说，我经常坐这趟火车去云南收购圆头蒜，三年前他就说过这个故事了，他女儿卧轨自杀了，好像就在这条铁路上；老婆疯了，生死不明。他不再做生意了，他说女儿的魂丢在了这条铁路上，他要陪着她，他天天生活在往返北京与昆明的火车上。他守护着火车上的每一个女性，他似乎获得了某种特殊的观察能力，他已经救下上十个试图自杀的年轻女孩。大姐的嘴涂得太红了，咧开的样子，让我一阵眩晕，我看到了血，很恶心的血。

我背过身不再看她，望向窗外，可我看不见窗外任何东西，依旧看见了一段铁轨，一个男人在疯狂地追一个女人，女人在惊叫，男人在狂笑。突然又出现了另一个女人，她漂浮在上空，血从她身上泼了下来，淹没了铁轨上的两个人。

铁轨是我找到良喜的地方。良喜是工务段的巡道工，他上班干的活就是不断地检查一截一截的铁轨。他正在敲击枕木，他说从声音便可以听出轨道是否正常。我什么也听不出。他除了说些与我黑炭般的皮肤相关的话题，还说在这里看见过各种各样的人，老的少的，男的女的。我起初在鼻腔里嘲笑他，真是没话找话，谁没遇见过这些人啊。可接下来他说的话，让我笑不起来了。他说有的是身首异处，有的是碾成了肉饼，还有的只剩下些连筋带骨的残骸。他又说，你见过只剩下半只乳房的无头女尸吗？我刚刚中师毕业，虽然学校里传得沸沸扬扬，说水塔里经常有弃婴。我去那里寻找过，除了看见乳白色的胶套，还有铺在杂草上的席子被人碾压得不成形的样子，却从来没有遇见过弃婴。

这些人真有勇气。我说这话时和我去书店问售货员这书多少钱没有两样。良喜停了下来，盯着我看了几秒说，不讲这个了。讲讲你为何要去驴城，那么偏僻的山区，你一个姑娘家，又没有同伴，干吗去那么远的地方。我估摸我娘已经告诉了他些什么，但我相信我娘不会说得太多，她也说不出太多。她什么也不知道。那边的孩子需要老师，我说这话时在心里冷笑。我没有那么伟大，可我黑如木炭的肤色很容易让人相信我说这话的真实度。我躲闪良喜看我的眼神时，意外发现他的左手食指断了一半。他发现我在盯着他的左手食指看时，脸上掠过不自然的神色。我在害怕什么？因为那是一双看见过无数死尸的眼睛吗？还是这个意外的发现，让我觉得眼前这个男人身上也藏着一些不明就里的秘密。

中年男人买回一堆饭菜，有大片牛肉，牛肉里拌着浅黄的新鲜笋片，还有些我不认得的本地野菜。而真正勾起我食欲的是米饭的清香。一起享受这堆美食的，除了他和我，还有那位大姐。大姐说个不停，显然，她不是第一次吃这里的饭菜了。我沉浸在美食带给我的短暂的满足里。多吃些。中年男人不断给我夹菜。我躲闪他的眼神时，发现大姐的眼神也开始变得奇怪，仿佛她知道一切的动机与最后的结局。

我把泡沫饭盒丢进车厢垃圾袋的时候，火车刚好要出山洞了。出了山洞应该就能看见北罗江了。中年男人说这话时，我心里慌了一下。当窗口由黑转为刺眼的白时，我看见了北罗江。江里的水直接流进珠江，再汇入南海。中年男人说完这句又说，我喜欢这样奔流到海的感觉。我也喜欢。我没有说出来。可我相信他能看出我眼里的神色正透着些欢喜的亮光。车窗什么时候打开的，谁打开的，我竟然没有感知，可我很高兴有人做这些。

车轮与铁轨的摩擦声变得缓慢清晰起来，我感觉我的心跳都比这摩擦声要大。可没有人能从我身上看出异样，我的脸色如同黑夜的颜色。我庆幸我拥有这些，它们成了我最后的庇护。

没有人知道我下车了。我走到车尾，沿着铁轨向前走去，没有多久，我的身子控制不住地发抖，我听到了脚步声。我不敢回头看，但我感觉身后有人在追我。是个男人，是个发了疯的男人，一些熟悉的恐惧像张从天而降的网向我笼罩过来，我飞快地往前跑。

那天我也是这样跑的。我边跑边往前方张望，希望着到出路或是有人经过。那段路正处在一段山路的拐角处，左边有一段二十多米高的护坡，护坡下面有车流人群，有市场、有喧闹的人群，再远些是资江，那里有运沙的船，有光着身子在河中玩水的少年，夕阳会涂在他们身上；右边是山坡，山坡下稀疏有几座破旧的土砖房子，住在这些房子里的年轻人都去南方打工去了，不到年尾，他们不会回来，守在这里的除了老人就是小孩。

这里离我家只有五里路了，我每次回家都从这里经过。可我很少在黄昏的时候经过，即使经过也从没有独自一个。虽然从没有听过关于这里的不好的传闻，可每次经过这里，我总是感到害怕。尤其一个老男人将他的目光爬上我的身子，停在我的胸脯上时，我的脚步就会生风，仿佛那些目光都带有让人窒息的邪念。我能感觉出，这些目光有时就在路边，有时躲在黑窗里，有时埋在石头里，有时藏在泥土里……

快毕业了，我要回家办户口迁移手术，那个原本同我一起回家的女孩，她和另一个青涩的男孩恋爱了，她昨天哭着告诉我她怀孕了。我不知道怎么帮助她，可我想到学校水塔里那些被碾压得不成形的草席，我想问她，是否与那男孩也去过那儿。

我得回去，一个人也得回。我娘会走出村口接我，她会一直等在那儿，直到月亮落下村后的山坡。我娘是个轴人，村里人都这么叫她。我不知道这是否与我父亲有关。我从没有见过我的父亲。小时候，我问过几次，我娘只是抱着我，什么也不说，却将眼泪流到了我头上，鼻子上，嘴唇上。长大后，我反而不问了，我娘依旧是什么也不说。

我记起来了，前面，在铁轨的左边，也就是护坡过去一两米，有段深渊，我想跑到那里，跳下去。我知道那样可能会摔断手脚，甚至摔死，可我那时候就是这样想。可我的鞋带散了，铁轨缠住鞋带，绊倒了我。那个追我的老男人逮住了我，狂笑着覆盖式压在我身上，异常沉重，他呼出的热气里伴着浓重的酒味。他的手掌怎么那么大——我还看见了，他的左手食指只剩下半截——我还来不及发出更大声的呼叫，那双蒙在我嘴上的手如同胶布贴得严严实实。

这个疯了般的男人将我扛进一座破旧的黑房子里。没多久，我的下体发出剧烈的刺痛，像一把锥子在扎我的身子。我能听见护坡下面传来的尖锐的车鸣声，隐约还能听见市场里的嘈杂声。我用从来没有过的力量掐他的皮肉，我想喊出更大的声音。他生气了，不知用什么器具砸了我的头。我晕过去时，甚至都没有看清这个趴在我身上的男人长什么样子。

我醒来时，发现自己摊在铁轨上。我无法动弹，也发不出声，也没有眼泪往外流。裤子胡乱套在我的腿上。我的两腿间全是血，它是我身体的一部分，可它们离开了我，它们从我的两腿间流出来再顺着枕木流进了下面的石头缝，与石头缝里的杂草、狗屎融为了一体。我没有从深渊跳下去。

我是怎么回到我娘身边的？在我还没有告诉她一切前，她就哭了。我至今都记得，我娘哭了一整夜。我什么也不想说出来，唯独告诉她我只是在路上摔了一跤。

我在骗我娘。我活不成了，我的心死了，我吃什么看什么，想什么都是死的方式。怎么死，去哪里死才不会让我娘蒙羞。我想到过卧轨死，良喜给我描绘他在铁轨上看到的各种死尸时我就打定了主意，我希望自己死时只剩下些辨识不清的残骸就好了。改变这个主意是在大约二十分钟前。吃完中年男人买的食物没多久，我就恶心了。我想去洗手的地方洗把脸。我刚把头低下，刚吃进去的食物都吐了出来，我一时虚弱得只想趴在地上。

姑娘，你没事吧？大姐什么时候过来的，兴许是我往死里呕吐胃里的东西的时候。那时候全世界都消失了，那个男人压在我身上时，全世界也消失了。我从铁轨上醒来的时候，我就知道，我的世界没了。我答应带我娘去北京看看的事也无法实现了。我娘经常说，还是那时代好啊。人们思想好，干部带的头好，百姓勤劳发狠；河水清澈，鱼虾成群；田里夏秋有稻谷，冬有小麦，春天草籽花开满田；不像现在了，田土荒了，河里的水臭得都不敢洗衣裳了。男的女的开口闭口都在谈钱。

没事。我说这话时，头几乎埋进了洗脸槽里，我尝到了苦味。是苦胆水。我收紧身子，还想挤出胃里最后的残液。在我吐出来的白色的黏稠的液体里，我看见了牵连的血丝。

你晕车？大姐挽着我的左臂膀，顺着我的后脊椎我的后背。她让我没有任何舒服感。我想推开她。不会有那事了吧？大姐说这话时压低声音，嘴凑在我的耳朵边。

哪事？我心里慌了。

怀孕？大姐又补充说，我看你还小，应该不是。

不可能，我想大声喊出来，可是我没有。一个月已经过

257

去，没有来月经。天啦！像有人用力推了我一把，我一时没有站稳，头栽进了洗脸槽，我的左眼刚好插在那个排水的小孔里。

我看见一双小手，握成拳头冻僵在泥地上。自打我从铁轨上爬回家后，我再去学校水塔那里时，我能看见一些平时看不见的东西。比如一些原本存在草席上的白色的液体，大片的鲜红的血，赤裸的女人与男人，以及没有穿衣服的嘴唇发青的死婴。

我迅速老了，那个老男人在我身上匍匐后，我就老了。虽然我离十八岁还差四个月，可我能感觉到我一时老成了秋天枯藤的样子，所有熟悉我的人都发现了这种变化，他们都以为我太累了。你累了！我母亲在抱着我的时候也说过这样的话。从铁轨上醒来时，我就感觉身上布满了深深的干枯的裂缝，所有的皮肤在我爬起身时发出清晰的撕裂声。它不再是几个小时前存在于我身上的那些柔软坚实的皮肤了。我的大眼睛，高鼻梁，凹凸的三围，肚脐刚好在身高的 0.618 处，这些东西所呈现的轮廓都还是原先的样子，可实质已经被摧毁了。我还不到十八岁啊。那些留在我心里的憧憬全成了过去。

我推开大姐附在我左侧的身子，说，我还不到十八岁，我只是晕车。我问经过我身边的乘警，前方到站叫什么，停几分钟？小站旁边的那条小河叫什么名字？

选择在路上跳河死，是在我意识到我可能怀孕了时起的念头。可我推迟了一站才下车，我并不能迅速作出决定，我的眼前总是晃荡我娘的样子，我不知道我死了后她怎么办？我甚至担心那些等待我的山区的孩子，没有了老师，他们怎么办？可一切都毁了，我告诉自己我活着只会是我娘的灾难。

我跑得愈来愈快，后面追我的人的脚步声也愈来愈近。我在恍惚中能看见江面的波涛，很干净的水，夕阳照耀下闪烁着生出令人着迷的光环。这么多的水，应该能洗干净我的身子了，我心里涌出一阵难得的轻松，像死时的回光返照。那天回到家时，已是深夜。以往我早就到家，可那天我躲在村口的竹林里，直到村子全裹进了乌黑的麻锅里，我才瘸着腿走进家门。村子后山的乌鸦一直在叫，我很害怕。我娘一看见我，就抱紧了我。我想是我的样子让她看出了什么。

一双手从后面箍紧了我，像那天那样。天啊。我只想快点挣脱这双手，可这双手铁箍般将我拴紧了，我挣脱不了，那根断了一半的左手食指扣在右手上很显眼。

所有眼前所见消失了，我仿佛一脚踏空陷入深坑，所有埋在我身上的除了腐烂的枯枝败叶，更多的是粗重的喘气声，泛着酒气的诅咒声，和永远也流不完的鲜血。我不想陷入回忆，我想把手伸进我的脑子，完整地掏空所有脑浆；我的心也在痛，我又想把手伸进胸腔，像拽起一株完整的萝卜那般。可一切记忆腐烂成了细菌——从我趴在铁轨上的那刻起——它们就顺着我的阴道爬进了我的身体，钻进了我的血液。我无法忘记所有，包括那双在我身上爬动的手，那双捂住我嘴巴的手，一只缺了一根手指的手。与眼前所见的手怎么如此相似？

箍紧我的竟然是良喜。怎么是你？我仍旧在挣扎。却在心里恐惧，不，不只是恐惧，一股新的力量爬上了我的身子。我想死的心更加强烈了，仿佛一股更加猛烈的风推着我往前。

你娘摇了我们机务段的电话。她说你在她的枕头下留了些钱，还有那块从小就戴在你脖子上的岫玉。她知道你要出事了。

不关你的事。这话我没有说出口，却用力咬他箍在我身上的手。

你是我的孩子。他在哭。

不可能！

你一直佩戴的岫玉是我家的祖传之宝。说好回来娶她的，可我返城时遇到了车祸。后来，我去村里找过你娘，认识我的人都说你娘失踪了。她一个黄花大闺女，怀着身孕，哪有活路啊。

良喜说出的话变成了锯子，正在把我的脖子锯下来，那块常年被岫玉占据的地方，属于他；我的胸膛也被剖开了，我想把心掏出来，送给我娘，她为了我，背井离乡，凄苦一世。

你死了，你母亲怎么办？他在指责我，我听出来了。仿佛一股更加猛烈的风推着我往前，我挣脱了他，沿着铁轨朝前方跑去，我感觉无数双手从不同的方向撕扯我。我的身子怎么变成了马车？脱缰了，滚下悬崖了，我就要散了。我咬紧牙关，跑得越来越快，很快就要甩掉他了，可我看见了另一个人站在前方，那个中年男人，他怎么会在那里？

你好像整个人都颓了，一定是伤心透了吧。中年男人并没有拦住我，只是陪着我往前跑。我女儿死那年，我也是这种感觉。你死了，你母亲也会是这种感觉。

我的腿软了，跑不动了。我跪倒在地上，想哭，却流不出泪。我一时之间无法断定我这样选择去死是不是对的。

河就在我眼前，泛着金光的河面在夏风中生出些让人感动的瞬间。那一闪一闪的金色的亮光里，有我娘看我的眼神。良喜瘸着腿追上来，箍紧我，生怕我再逃跑。可我不会跑了，我知道。

我最先看见的，一线血流，顺着我的小腿，蜿蜒向前。我的小腹突然异常疼痛。我任由自己倒在地上，双腿叉开。我无法描述此刻我的感受，仿佛耻辱在这一刻离我而去。我空洞的眼里突然有了风景，山呈黛色、天呈蓝白。有人抱起了我，听声音是良喜，中年男人大声喊叫着。他们要带我去哪里？我不想知道了，我只想睡觉了。我闭上了眼，忽然难以控制地流泪。

遗 产

　　离过年还有两个月，新房用不了几天就可以建好，算上内外装修也用不了十天半个月。

　　这就是说，傻叔今年可以在新房里过年了。村里许多人都不相信。可是邻居麻三却摇晃中指有板有眼地说："骗你们是孙子。傻叔才告诉我的，不信，你们问他去。"天上掉馅饼了？几个好事者兴冲冲地朝着傻叔家走去。

　　"国家帮你建新房，真有这样的好事？"

　　"嗯。"傻叔蹲在自家门口，眼睛看向天。

　　傻叔五岁那年发高烧引发癫痫症。不发病时，话说得清楚，活儿也干得利索。发病时浑身抽搐，口吐白沫，样子吓死人。有人随口喊出一声"傻子"，大家跟着叫。不知从哪天起，村里人，无论男女老少都叫他傻叔。

　　"不要你自己出一分钱？"

　　"不要。这是国家政策，只对特殊人群……"

"特殊人群？你人一个卵一条，哪里特殊了，不还是和我们一样，一个鼻子，一双眼。"

围观的人走进傻叔家，上下打量。房子不大，十五平方，前后两间，房里各摆一张床，容易分辨出傻叔睡东面房，占山睡西面房。还有一间耳房，既当灶房又当饭堂。

"我无儿无女无老婆，你有这条件吗？"傻叔走进灶屋，捅了捅土灶里的柴火。灶上架着麻锅，麻锅里焙着小鱼，都是从山渠里捞来的野生鱼。

傻叔带腥气，山里人常这么说他。山里人形容那些能捞到鱼的人为"带腥气"。他白天去山渠里捞鱼，夜里焙好，这样积攒一周，再赶清早行至十里外的集镇，蹲在菜市门口，不用吆喝，转眼就卖脱。回时，他又买些米面、油盐等。有时也上药店买一块钱一片的风湿膏药。

"谁说你无儿，占山不是你儿子吗？"麻三反应比一般人快。

"不是。"傻叔呵呵笑两声，就在耳房里打转。

"你说你没儿子？你这个傻子，你们这是事实上的父子关系。"麻三脸胀得绯红，仿佛他才是这个事实的发现者。他走过去推了傻叔一把，傻叔往前打了个跟蹌，前额差点磕在碗柜上。

"谁说我叔没儿子，我就是他儿子。"占山回来了。

占山在隔壁村打零工，工钱一天一百二十块，还管吃。占山很满足。可傻叔时常担心他，说来回三十里山路，早晚在路上，两头黑。

占山生得高大，头发又黑又粗，眼睛发出的光一闪一闪的，招人喜欢，要是他再穿得体面些，一定会有人把他当成韩国明星张东健。村里有后生戏弄占山，怎么看你也不像占家人啊。是不是你妈走种了？可老人们知道，占山和傻叔年轻时的样子相像。傻叔年轻的时候背不驼，不发病时，样子老招人喜欢。外村姑娘来这山里走亲戚，看他一眼就生出爱慕之心，旁人劝也没用，横竖要和他好。可只要看过他发病的样子，就一个个逃得没影了。

"你只是我侄儿。我打了一辈子单身，哪个都晓得我无儿无女。"傻叔只顾着说话，鱼在麻锅里焙糊了都没有发觉。

"哎哟喂，是谁说的，我这辈子偏偏有福气，有占山这么个好儿子。"麻山歪拉着脸，嘴巴撇一边。

"就是。就是。"其他人跟着起哄。

"没……没有的事……"傻叔急得讲话都结巴了。"幸好啊，幸好啊！"傻叔又连连感叹。麻山一行都用奇怪的眼神看着他。

早上，村秘书就把傻叔叫到办公室，正经地登记了他的信息，还肯定地说，过几天就有人来拆老房，早些收拾好家当。

加鲜老头也是光棍，这会他正和村长吵得厉害，原因是他过继了他二弟的女儿，政府不给他建新房了。

"占山啊，占山有没有过继给你啊？若是过继了，这政策你就享受不到了。"傻叔准备离开时，村长突然大声问他。"没有，那没有。""你捏白（说谎）。去年还听你说，占山发誓一辈子不离开你，为你养老送终。这不等于是过继了？"加鲜突然大声嚷嚷。"那没有。你那是白纸黑字写字立据了的，我这可啥也没有写。"傻叔吓破了胆似的，身上起了冷汗。

"傻叔，好福气！"麻山突然大声说，还竖起大拇指，眼珠子鼓鼓的。"搞不好，还能招来个婆娘。"

"黄土埋半截的人了，哪里还敢想那些。只希望占山不像我一样，打一辈子单身。唉……"傻叔长长地叹了一口气，又说，"现在更难了，娶个媳妇真难啊。不过……"说到这他抿紧了嘴唇。

"占山才三十出头，要样子有样子，要力气有力气。现在就更不用发愁了，房子也有了。"麻三像个拥有特殊发言权的人，一本正经地作出总结。

傻叔笑了笑，忍住肚子里的快活，什么也没说，只顾一遍一遍翻动麻锅里的鱼，生怕再焙焦。

"两间房，连个厕所都没有，谁看得上。"占山有些不耐烦了，装作哈气连天的样子，"今天累了，想早些睡觉。"

麻三他们悄悄走了。

"是我拖累了你。"傻叔咳嗽两声，探头往占山房里瞧了一眼。占山正倚在床头看手机。自打有了这玩意，侄儿很少和他说话了。傻叔也有手机，可他除了接电话，什么也不会。

去南方

有电话打进来时，手机里就有人唱：吃也不愁吃，穿也不愁穿，娶了个媳妇就过大年……这歌怎么就能从这里面钻出来呢？傻叔不好意思问，由着它唱，有时听傻了，电话也忘了接。

"玩这东西要花钱吗？"傻叔走进去，挨着占山的身子问。"没这东西，活儿都没人叫你干了。"傻叔站在那儿，一脸讨好的相，还想多说两句。"要睡了。"占山翻过身子用背对着傻叔，那张床嘎吱嘎吱地响动。傻叔嘿嘿笑两声走了。占山起床咣当上了门闩。接着，房里的灯也熄了。

傻叔贴着门板听了一会儿，房里什么动静也没有，傻叔忍不住又问："做事的东家让你受委屈了？"

"莫多想。"占山不耐烦地应了一声。

隔壁住着一对夫妻，能听见床板摇晃声，一下一下，非常有规律。

占山往耳朵里塞了两团纸，把手机的音量开到最大，在手机的音乐软件里随便点了一首歌，正是《千里之外》。

谁也不知道，占山在微信上认识了一个女的，叫金铃子，她主动发来好友邀请。家住哪里，具体干什么，他什么也没问，对方也从不问他这些。有一句没一句，也不知聊些什么，却似乎聊得很起劲。有一天金铃子向他发来视频邀请。占山没玩过这个，不小心点了接收，他一身泥一身汗，正往建房的工地上运送水泥。金铃子迅速关了视频，说以后改在每天晚上十点聊天。今天十点已过，他给她的微信留言，没有任何音讯。他把手放在音视频通话上，手在发抖。这样停留了一会儿，最后关了手机。第一次讨厌这床太硬，被子太潮，房里四处黏糊糊的有股霉味，也怪火焙鱼的气味钻进了被子。

怎么还不来建房？傻叔和占山都在盼，干活儿心不在焉，吃饭也一样。

连续几日，傻叔去山渠里捞鱼，收成都不好，总觉得有人赶在他前面把原本属于他的那份给捞走了。傻叔有些懊恼，甚至慌张。他小心翼翼地焙每一条鱼，又小心地把它们装进布袋，紧好袋口挂在灶上方的铁链上。他又踩上高凳取下挂在布袋上面的一个塑料袋，从里面取出一个印有"写字本"字样的 32 开小本子，还有一本存折。他走到床边，从枕边拿起老花眼镜戴上。傻叔嫌五瓦的灯泡不够亮，他又从枕边拿起手电筒打开照在存折上。傻叔翻开写字本和存折，一行行地看，一行行地比对。仿佛在研究一件非常重要的事情，他对着写字本和存折瞧了老半天。

"老叔，你在看什么？"占山走过来把脑袋凑到存折上。

"别吵，别吵。我就加出来了，一共是五万……"他抬起头，目光落在乌黑的房梁上。他感觉就要加出来了，可是最后的答案却突然消失了般没有从嘴巴里念出来。那一行行小字，密密匝匝，他明明用手一行行比着往下念，可他早就看花了眼，有时把第二行看漏，有时又透过第三行直接看向第五行，还有时把第六行看重。

傻叔看完存折，又来看记录本。他读完一行，就抬头看看铁链上那个装着火焙鱼的布袋。

"五万减四万八千六百元……"傻叔嘴里碎碎念叨，看看那个布袋，又看看占山。他不厌其烦地又把这个减法算了三遍。一千四百元。没错，那些数字排着，如同一条条火焙鱼。傻叔看看占山，又看看存折，心里一时欢喜，说："这下好了，彩礼钱凑得差不多了。"

"什么？彩礼钱？"占山显得很吃惊。

"嗯。嗯。"傻叔取下老花眼镜，把存折拿给占山看。

"叔，莫操那空心。"占山一边看手机一边扫了眼存折。不知是因为看手机太久了，还是干活儿累了，他的眼睛里布满血丝。

傻叔看着他，心里一急，脱口而出："再不操心，种都没了？"

去年，吴媒婆说有个寡妇，四十出头，想找个男人搭伙过日子，问傻叔帮不帮占山看看。有女人主动愿意来这大山里？傻叔没有犹豫，一口应承。可傻叔知道占山不会答应这事，他和吴媒婆合计好，这事先不告诉占山，由他代侄儿相亲。带来相亲的女人，个子不高，眼睛总是看向固定的地方，嘴里絮絮叨叨说个不停，口水从嘴角流出浸湿衣角。她娘先端起杯子，女人照样也端起杯子。按山里的规矩，女人只要端起茶杯喝一口，就代表看上男方了，男方这边就必须给女方封红包。傻叔把五百元包在红纸里压在茶杯下，还有一百元是事后给吴媒婆的跑腿费。吴媒婆后来回话，说女方嫌男方无房还是个傻子，不来了。

从那以后，傻叔就愈发害怕了。伤心又在心头涌起，傻叔感觉眼里窝了浊泪似的，左右擦拭，却是挤也挤不出一丝潮湿了。

"时代不同了，老叔，你看你都要住独栋别墅了。国家还给你发工资。"占山的女网友又出现了，还给他发来许多照片，都是些海边的美景，

"得幸政策好，要不真没什么指望了。"傻叔砸巴了一下嘴。

"老叔，房子一建好，指不定哪个寡妇就看上你了。"占山心里兴奋，由着性子说出些没边的话来。

"呵呵。"傻叔傻笑两声，迷离地看向前方。

房间里一时安静下来，两个人躺在各自的床上，各自想着心事。傻叔床角边堆满南瓜、冬瓜，捞鱼虾的工具也摆在床边。手工编的草鞋、箩筐、簸箕挂在土墙上。傻叔的手艺是村里最好的，可现在村里人不用这些了，他就编些小器具，自我陶醉。占山有时从网上找些动物图样让叔编，他自己也跟着玩。门口摆了一排小箩筐，有圆形的，也有方形的，都是占山编的，里面装了土，养了凤仙花、映山红、紫苏、薄荷……

"是我拖累了你。"傻叔突然这样说。

占山没有接腔。

"你二十岁那年，小美姑娘来了我们家，你若跟她去南方

打工，如今只怕孩子都有你高了；你三十岁时，村里王寡妇说不嫌弃你无房，只要你把我送去养老院，你死活不肯，还说什么宁可终身不娶，也不能丢下老叔。"傻叔咳嗽了两声，又说，"你做了错误的决定啊！"

沉默。

占山关了手机。他倚靠在床头，心里想了许多，耳边总感觉有人在说话。

"你这样在山里待着，无钱无房还拖着个癫痫病老叔，谁敢嫁给你。还是去城里打工吧，那样来钱快，有了钱，回家建高楼，就你这长相，要什么样的女人没有？"

"我走了，老叔怎么办？"

"送他去养老院啊。镇上就有养老院，方便得很。"

"他身子有病，去哪里都是不放心啊。"

……

"是我拖累了你。"傻叔又重复一遍。占山还是没有接腔。准确地说，他不知道要说什么，这话他已经听过无数次，也解释过无数次。可他知道，随着老叔越来越老，这样的声音会愈发频繁、沉重。

占山娘跟收冬笋的生意人跑了。那年占山七岁，也懂事了。占山爹说："不怪你娘，山里日子太苦。"可他恨娘绝情，也自此对女人生出敌意。想到爹怎么走的，他更是伤心。爹为了养活他和傻叔，去离家几十里的小煤窑当矿工。小煤窑塌方时，占山爹正光着身子挖煤。是凌晨两点，占山正睡得香甜，他被傻叔摇醒。傻叔哭着告诉他："你爹不行了。"山里人不喜欢讲"死"这个字，不得不讲到死时，他们会换个词，比如走了，老了，不行了，作古了。

"爹要走了，有些话不得不交代给你……"占山爹躺在地上，浑身是煤，也浑身是血。

傻叔说："抬上床。"

占山爹说："算了，都这样了，躺哪里都一样。"

占山爹的声音很弱，他还咳嗽了几声。占山吓坏了，他哭得很伤心。

"占宝。"占山爹喊占山的小名，示意他挨近些。这声音很弱，像是从很远的地方飘过来。

占山爹说："你奶奶死时，留给我这两间土砖房，还有你叔。"占山爹看了眼傻叔，又看回占山。"如今爹要陪你爷爷奶奶去了，能留给你的也只有这两间房，还有你叔。"占山爹哭了，过度的悲伤和突然生出的猛烈咳嗽让他无法再继续说话。

可占山爹坚持说："你记住，以后无论发生什么，一定要有你叔一张床一口饭，一定要为你叔养老送终。"占山爹的嘴角流出黑红色的血，没过几分钟，他就走了。那年，占山十二岁。

是遗嘱，也是遗产。占山把他的人生经历当成故事说给金铃子听时，她总结出这句话。还说一定要来亲眼看看他的这份特别的遗产。

建房的人总算来了。

二十多平方米的房子，要不了几天就能建好。占山是泥瓦匠，又自掏了钱填进来，在规定的面积上多建了两间房，还加了厕所。雪白的墙，红色的瓦，地面铺了瓷砖，卫生间和厨房也贴了瓷砖，墙上有镜子，还有洗手池、洗碗池……

傻叔躺在地上，孩子般来回翻滚。"占宝，你看这瓷砖，镜子似的能照出人影子，这墙白得像女人的脸。"说到女人时，傻叔嘿嘿傻笑几声，又来回在地上滚动，仿佛他怀里正抱着个女人。那一夜，傻叔在新房里来回看，仔仔细细摸每一块地砖，每一块墙砖。他觉得自己进了天堂，怎么也睡不着。

占山结工钱回来那天，傻叔抢着说："这次的钱都给我。"

"我有用处。"占山一脸着急。

傻叔没有搭理占山，只顾自己往下说："这次的钱无论如何要给我。"

"吴媒婆在家吗？"

吴媒婆正在家里嗑瓜子，是人家谢媒送的礼。看见傻叔一瘸一拐地走进屋，她赶紧起身迎他。"哟！傻哥，你可是稀客啊！请坐。"

傻叔不敢坐，怯怯地说："想请你做媒。"

"好事，好事。新房建好了，占山也该寻一门亲事了。"吴媒婆嘴巴转得飞快，瓜子壳从嘴里呸出来，口水抛物线般飞掷在傻叔脸上。"钱存足了？"

"足了。有钱！"傻叔抹了一把脸，掏出存折。

吴媒婆接过存折，才瞟一眼，嘴角就扁了。她晃晃两只手掌，说："我们这山拗里，没有这个数的现票子，别想讨老婆。"

"十万？不是五万吗？"傻叔吓得尿都快憋不住。

"那是老皇历。"从吴媒婆嘴边吐出的瓜子壳随着她的手指一上一下起伏落在身上。吴媒婆还说："别怪我多嘴，只要你还活着，你家占山就别想娶到老婆。"

"作孽啊，作孽！"傻叔突然倒在地上，四肢抽搐，口吐白沫，眼角上翻。

今天是初一，傻叔没去山里捞鱼，他换上干净的衣服，背上干粮和水，一个人悄悄地出门，再悄悄地回到家。前两年就有中巴车从村前经过，可傻叔一直坚持走路，他的虔诚不只是这些，还有他从出门开始，就从不轻易答应别人的招呼。他在心中念念有词，不能断了气数。

"好消息，好消息。"麻三跑来时，脸上异常兴奋，他说，"村长才从镇上开会回来，说镇上准备举行一个新相亲大会，参与对象是镇上三十五岁以下的未婚男女。"

"什么是新相亲大会？"傻叔正在灶边焙鱼，头几乎要埋到锅里去。

"就是男男女女站在一起，男的可以当场说自己喜欢哪个女的，女的也可以说自己喜欢哪个男人。如果两个说到一块，就可以当场牵手回家。"麻三仿佛在说一件和自己关系密切的事。

"不要订婚，不要彩礼？"

"是的，是的，就这么简单。对上眼是第一位的。"

"不过，"傻叔犹豫一下说，"我家占山已经过了三十五岁。"

"每个村只有两个名额。"麻三干笑两声，又说，"就我们这和尚村，塞牙缝都不够。"麻三是村里的高音喇叭，他说完又跑到别处宣传去了。

傻叔有些泄气。他抬头看向窗外，茫然不知所措。可他很快打定主意。灶边的厨柜上有一个竹筐，是用冬天砍下的细竹编的。傻叔常告诫占山，砍冬不砍春。还说用冬天的竹子编出的器具不容易生虫。筐里码砖般一层层砌满火焙鱼，明天要去卖的，他把筐里的鱼往下压压，又把刚焙好的鱼塞进去。走出门时，他犹豫了一下，仿佛拿不定主意。可他往筐上蒙了一层纱布，立马又大步朝村长家走去。

天色黑了，傻叔从土灶的柴灰里扒出两个洋芋，拍了拍洋芋身上的灰，拦腰截断。浅黄色洋芋肉，发出清香。他吃得很仔细。外面传来声响，是占山回来了。他今天收工比平时早。

"这家的活儿干完了，又得重新找活儿干。"占山有些懊恼，仿佛一些伴随身体却又无法诉说的情绪压在他身上。

"明天你要去……"傻叔感觉胸口有些闷，他想咳嗽又不得力。"……去镇上。"他接着说完。又赶紧含胸干咳两声。他把手压在胸口上，仿佛想使些劲儿让咳嗽通畅些，"我给你报了一个名。"

"报什么名？"

"新……新相亲大会的名。"傻叔学着麻三的口气说，"只要对上眼，女人就可以牵走。"

"搞么子哦？你以为是去买牛啊！"占山突然笑出了声，仿佛傻叔刚说出的是一个天大的笑话。

"镇里统一搞的。每个村只有两个名额。我给你争取到一个。"傻叔又说，"幸好我……"他犹豫了一下，没有往下说。

"我不去。"占山态度坚定。"就在台上站那么几分钟，对眼也没用，拼的全是房子票子。"占山心里在想金铃子昨天对他说的话。她真的会来吗？

要白白浪费我的火焙鱼吗？傻叔埋怨似的想。"还是去吧。"傻叔刚说完又咳嗽了，比以往任何时候都要猛烈，犹如巨浪排山倒海。

"明天没活儿，我带你去镇卫生院看看。"

"相亲比看什么都重要！"傻叔很少说得这样大声。

沉默。两个人都哑了似的不再说什么，过了一会儿，占山睡了。半夜，傻叔又咳，他有意把声音压得很低，憋着更难受，反而咳得愈发猛烈。这样断断续续咳嗽，直到凌晨三点才睡着。

参加这次新相亲大会，占山因为长得帅气，又加上化妆师的美化，自然成了最受欢迎的男人。可是没有女人跟着他回家。没有人问原委，大家心照不宣。

"老叔对不起你。"傻叔躲在被窝里暗自流泪，不敢发出任何声音，几次想咳嗽，可忍住了。因为过于压抑，他几乎要窒息。第二天早上起床，他发现自己的手上，被子上全是血，颜色偏黑。

傻叔无故消失的次数更密，除了初一，十五也没有踪影。仿佛一股更猛烈的风把他吹向某处。山里人议论他。有人说他一定在外地有相好的，有人说他一定是去没有熟人的地方逛窑子，也有人说他一定是替占山看人家去了，再不赶紧物色个女人，老占家的香火就要断了。

话很快传到占山的耳里。他主动问傻叔："老叔，你不是有什么事瞒着我吧？"

"没有。"傻叔回答得很干脆。

"若是老叔有相好的想过门，也尽管说。"占山把这话压在心里，说出的却是，"只要老叔还在，我就不会离开你。"

接下来几天，一切都恢复到自然的平静。

占山又找到活儿了，地方比上次远十里，工价倒是涨了不少。

"太远了，原本就是辛苦活儿，还要来回跑，身体哪吃得消？"傻叔说。

"只要有钱赚，我愿意吃这苦。"占山突然提高声音，"老叔，夜里怎么没再听到你咳嗽？"

"好多了。"

傻叔的确不怎么咳了，可胸口至右腋这片，日夜痛得异常。起初，他用盐水瓶子装滚烫的开水放在痛处也能缓解些，夜里还可睡上几个小时。但没过多久，盐水瓶不起作用了，痛像一把钢锯，不停地在他身上拉扯，折磨得他整夜整夜睡不着。他索性起床，他编啊编啊，像是奔着一个目的去，眼看着垒在床边的竹器堆成了山。

"傻叔，"麻三刚从集镇上卖菜回来，"人家在问那个卖火焙鱼的大爷怎么不见了。我说人家现在吃国家粮了，月月有工资领。不卖鱼了。"

傻叔正伏在地上编席子。他胸口压着一个盐水瓶，床边的地上还摆着几个盐水瓶子。他张了张两瓣乌黑发焦的嘴唇，说："你快活得好。"

麻三发现傻叔两腮如漏气的皮球般凹陷进去，脸色比原来更黑更黄。"你咋个了吗？"麻三的眼睛睁大得像鱼泡眼。

"人老了，经脉不通，用热水敷一敷，舒服些。"傻叔说得轻巧，仿佛什么事也没发生。

第二天，村里却开始传闻傻叔得了绝症。

"老叔，"占山今天的语调不同于平时，显得异常沉重，"你是不是有什么事瞒着我？"

"没有！"

"明天我带你去县人民医院。"

"不去。"

"总不能就这样等死吧？"占山起了高腔。

傻叔正跪在地上编席子，他突然抬起头，看向占山时，眼神像在乞求："我已经是要进棺材的人了，这钱是给你娶婆娘用的，你得答应老叔。"

"你也得答应我，往后别玩消失了。"占山直直地看向傻叔，眼神透出狠劲儿，仿佛某个他一直惦记而又羞于启齿的秘密在此刻得以呈现，一股不知来源于何处的力量推着他，也推着傻叔。

沉默。

可一到初一和十五，傻叔还是没了踪影。

真是让人意外，她真的来了。占山在自家门口看见她时，羞得满脸通红。她就是微信上那个叫金铃子的姑娘，自己开网店，专门卖从大山里寻来的特别的东西，也做直播，还是个摄影爱好者。

"过几天我又要去外地寻东西。"

"来我们这边吧。"

"可以考虑。"

"我给你当向导。"

占山以为这只是一次平常的聊天。

金铃子倒是入乡随俗，她一来到占山家，就忙前忙后，帮占山洗衣服，也帮傻叔洗，俨然这家的女主人。尤其傻叔跟她讲村前田垄里哪丘田里的黄鳝最多最肥、村前小河里哪一段的虾米成群、哪块石头下可以捉到石斑鱼时，她恨不能立刻就跟着老叔去河里田里。她一户一户去村民家里走访，看到戴在老妇人手上的老式银镯子，或是摆在堂屋里的老式雕花木碗柜或是斗柜，她都表现出极大的兴趣。看到傻叔挂在墙上的草鞋、竹器，以及门口那些种了花的箩筐时，她脑子里灵光一闪。她要占山从山上砍来竹子，在屋前屋后插上竹篱笆围成院子，要傻叔和占山白天赶夜晚编了十对箩筐，她从网上买来鲜花种在箩筐里，有各色绣球、月季、茉莉、木槿……高高低低摆在院子里。看了的人都说他家来了七仙女。她还把傻叔先前编的席子当成地毯摆在厅屋正中间，席子上摆了竹凳竹桌，桌上有喝茶的器具，又把家里其他竹器整理出来，按高低不同吊在屋檐下。

"我若给叔叔图纸，他可以照样编出来吗？"金铃子问占山。

占山点了点头。虽然还不知道金铃子有何意图，却也是一心只想成全她的。她笑了笑，并不解释，却从网上找来些竹器图片，让傻叔坐在厅屋席子上当着她的面编织。她打开视频，做起了直播，真是没有想到，很快接到了上千的订单。还有人索要地址，说想来这里旅游。不少人跟风，嚷嚷着说想来。感觉这里就要成为网红打卡点了。

金铃子笑得在房间里跳来跳去，一副得意忘形的样子，她一下抱着傻叔亲，一下抱着占山亲，口里直说："叔，你值大钱了。"

"不会是骗人的吧？"占山想不明白。"等到转账给你了，你就不会这样说了。"金铃子笑声大得远近邻居都听得见。

"真是个好姑娘。"傻叔看着她，也笑得眼里出了泪。

可金铃子不在这房里过夜，问其原因，她只是笑笑。

那天夜里，他们站在山崖上，山崖下是清澈的水库，水库四周是茂密的竹林。"你愿意和我一起走吗？"金铃子看向占山，眼神炽热。占山慌得赶紧别过头看向黑夜深处。"做你们老占家的儿子真是太苦了。"占山苦笑了一下，什么也没说。

"或许，我们可以从这次的直播里找到一条出路。你好好学学叔的古法编织。凭我多次带货的经验，这是个难得的商机。"金铃子这样说时，身子向占山挨过去，一股独特的香味扑来，似乎要钻进他的皮肤和他成为一体。

恰巧有高铁从眼前呼啸而过。金铃子只是那个坐高铁的人，很快就会消失。占山突然觉得心里异常空虚。他一把推开她，什么也没说，仿佛一股风裹挟着他朝某个方向囫囵滚去。

金铃子要走了，占山送她到高铁站，看她进站时，他想求她留下来，或是开口说出"我愿意和你一起走。"可他只是默默地站在原地，直至她完全消失。

金铃子走后，占山关掉手机，在厅屋席子上躺了两天。

占山又像往常一样去外村做事，却愈发沉默了，收工回来就坐在席子上学习古法编织竹器，手机也不再玩了，仿佛要刻意回避什么。

"都是我害了你。"傻叔躺在床上，像是在自言自语，"小金不会再也不来了吧？"

"别想东想西。"占山也像自言自语。

"一定得走出去。"傻叔说这话时，仿佛看见金铃子在眼前走来走去。他忍不住感叹，"多好的姑娘。"

"只要老叔还在，我哪里也不会去。"占山显得比以往更加坚定。

傻叔没有反驳，只是在猛烈咳嗽几声之后捂着嘴说："希望你记住你自己说过的话。"

金铃子走后的一个月，那天不是初一，也不是十五，傻叔说想出去办点事，还说要留在外面过一夜，然后就再也没回来。这次没有人知道他的去向，没有留下一点痕迹。村里人议论傻叔的消失时，猜测种种。奇怪的是大家并不觉得奇怪，似乎他的离开是迟早的事。

占山抱起傻叔睡过的床铺时，一张纸条从垫被里飘落下来，上面写着：保佑占山早日娶上婆娘。他抖落被子，有许多这样的纸条落出，下雪般飘向地面。

占山泪流满面，眼前起了雾。有人向他走来，是金铃子。她穿着五颜六色的裙子，像只起飞的蝴蝶，一会儿盘旋在天空，一会儿又钻进草丛里，他追着她，一会向左，一会向右。

金铃子给占山发来微信视频。他先是直接摁掉，可她一直连接。接通后，不等他出声，她自顾自说。

"还记得上次傻叔送给我的竹编茶垫吗？我带回来后，被一个开酒店的朋友看上了，直夸这手艺细腻、精致又感觉出田园质朴，是如今少见的珍品。他想来山里看看傻叔，还说可以考虑先预订一批用来装饰灯的竹器。"

占山嘴唇筛糠似的抖动。信号突然中断，占山的话刚说出来就断了视频。

占山摇摇晃晃向前走时，石子绊了他一下，他跟跟跄跄向前扑去时，猛然跌倒在地上，头刚好落在傻叔的编织的箩筐上。占山一把抱住它。他哭了，先是隐忍着没有出声，后来索性哭出声，声音很大，很大，仿佛整个世界都能听见。

（《海燕》2022 年第 2 期）

去南方

一

美蓝意识到自己可能患了抑郁症时，是在小贝离家出走的第二天凌晨。

其实美蓝的运气一直不错。大学毕业后，她在一家粮油贸易公司做销售。一干就是十多年，手里积攒了大批的客户和销售渠道。朋友劝她单干，可她说公司老大信任她，待她不薄，除开同事们都有的待遇，公司还额外让她多享有提成。这样算下来，她一年的收入比自己开公司也差不到哪儿去。尤其现在，公司老大说，你孩子上高二了，特殊时期特殊对待，就不要按常规打卡上下班了。也就是说美蓝什么时候来，什么时候离开，没人管她。

"美蓝将来还会做这个呢。"闺密秦雨跷起大拇指。

其他几个闺蜜早就听说美蓝有自己开公司的意向，却还是装出好奇的样子问这问那。美蓝笑了笑，忍住肚里的话，只说："你们说到哪里去了。我只要小贝争气考个好大学，不像我一样这副劳碌命，成天在外面风里来雨里去。不过，唉，现在的孩子不像我们那时候了。"还问秦雨，看她是不是也有同样的感受。

秦雨还没来得及开口，其他三个闺蜜抢着说：

"我还以为上完小学就好过了。"

"学习是他们自己的事，上高中还要管，我才懒得管。"

"能考进名校的孩子都是很优秀的，真是身在福中不知福。"

"你们到时就知道了。"秦雨的儿子读大三了，是过来人。大家听她说话时都一脸虔诚。

闺蜜们走后，美蓝开始准备晚餐。小贝早上说过，今天放学会早些。美蓝仔细清洗梭子蟹，小贝近来食欲不佳，美蓝总想着变些花样，昨天吃的是鲍鱼焖土豆，前天吃的是大明虾。洗到一半，她走到客厅看一眼墙上的挂钟。五点，孩子五点半放学。她赶紧淘米煮饭，又把收拾好的梭子蟹装进保鲜盒放进冰箱冷藏室。出门前还洗了个苹果，细细削了皮，切好，装在保鲜盒里，带给小贝吃。

远远看去，学校门口已经排起长龙。美蓝把车停在离学校门口一百米远处。平时都是早上七点一刻送小贝到学校门口，晚上十点来接小贝。正是车少的时候，一来一去，无拥堵之苦。她们在约定的地方接头，从没有出过差错。若是哪天学校临时通知不上晚自习，小贝就坐公交车回家。

美蓝特意站在学校门口显眼处。在这期间，公司打过她电话，说，你送给客户的礼品没有经过公司同意就擅自送了。美蓝说，原来都是这样操作的。公司的人又说，可是今年公司明文规定送给客户的礼品一定要经过尤总同意。

尤总是刚刚从总部调过来的，传闻他是来接替现任老大的。美蓝忘记了这茬。她赶紧赔小心，明天回公司我去向尤总解释。

不知不觉，美蓝走进了学校东侧的过道里。打完电话再回到刚才站的位置等待，一直等到学校门口再没有学生出入，还是没有看见小贝。美蓝又跑去教室。只有一个寄宿的外地女孩趴在桌上写作业。美蓝问她看见了小贝没有。她说小贝早走了。

秦雨和美蓝住一个小区。美蓝打电话叫她去看看小贝是不是回家了。

"怎么不给小贝带电话？"秦雨问。美蓝叹了声气说："学校不允许带智能手机。给她买了学生机，可她老是忘记带。"秦雨说："我看不是忘记带了。是嫌弃。我儿子那时就是这样的，经常装作忘记了。""也许真是忘记了。"美蓝说。

幸好不堵车。美蓝飞快开到了自家楼下，看见秦雨和小贝站在一起，她心里一下踏实了。

小贝迎上来说："给我钥匙。""是不是应该先叫声妈？"美蓝提醒她。"对不起，我错了。老妈，给我钥匙。"小贝双手合十连连作揖。这是个不好的信号，美蓝最害怕小贝这样做作。

"现在的孩子都这样。"秦雨小声安慰美蓝。看小贝上楼了，秦雨犹豫了一下，神神秘秘地对美蓝说："不得了了呢！"秦雨说着把手机举到美蓝面前。

手机上显示——

15岁男孩进聊天群3天后自杀。留言：爸妈，我不想死。可我实在觉得活着没意思……

"这是什么？这是什么？"美蓝感觉心脏一下跳到了嗓子眼。

"这些孩子都得了空心病。"秦雨把声音压得很低。

"一定是别有用心的人编造的。现在的自媒体，为了赚钱，也是什么话都说的出口的。"美蓝把眼睛睁得很大，她想迅速看完这篇文章。可她眼前总是一片模糊，怎么也念不快。

这些孩子，也许看起来是好孩子，成绩优异，乖巧懂事。可是，他们却得了空心病。

美蓝不相信眼前所看到的。她反复读这段文字。白纸黑字，她千真万确看见了这些字。突然，它们一个个从手机里跳出来，站在她眼前看着她，眼神像小贝那样的冰冷。她直愣愣地看向秦雨，心脏巴紧巴紧，像是有人用力按在她的胸口。她感觉自己在发抖。身体里面又像是被火炙烤，仿佛自主神经功能突然紊乱。

"你怎么了？"秦雨大吃一惊，她没有想到美蓝反应这么强烈。"你先回吧。小贝一定饿了。我得赶紧上楼炒菜去。"美蓝没有像以往一样留秦雨一起吃晚饭。秦雨悻悻地走了。

进电梯时，美蓝在心里琢磨：小贝没有考好，在学校受批评了？有男同学影响她？……乱七八糟想了许多。上到六楼时，她拍了拍头，告诫自己，先做菜，什么也别问小贝。

"多吃点菜。"美蓝往小贝碗里添菜。小贝用手一挡："我不想吃，油太多了。没有食欲。"桌上摆着三菜一汤。菜有梭子蟹，小炒黄牛肉，大蒜豆豉炒空心菜梗，汤是排骨炖淮山药。"不吃怎么行呢？吃点吧。"美蓝央求着。小贝挖了一勺空心菜梗，夹了两块淮山，还喝了一小碗汤。梭子蟹她几乎没动。"我吃饱了。"小贝把碗往桌上一放，就上书房去了。美蓝走进去，想和她说两句话。"别过来，别盯着我。我很忙！"小贝看都不看美蓝，说出的话却含着不可更改的果断。"小贝，妈妈和你说两句话，好吗？"美蓝不甘心。"说什么呀？后天入学考试，你要聊天还是让我复习？虽然我知道我肯定又考不好，你一定又会说我没有努力。不过我不Care。""你自己努力了就好。小贝。""我说我努力了。可你看到我的成绩没有进步，在你眼里我还是没有努力啊！"小贝竟然哭了，很伤心。"不会的。只要你努力了，哪怕是考成最后一名，妈妈也不会怪你。"美蓝走过去想抱着小贝安抚她。小贝躲闪着不让她接近。"虚伪！谁相信！"小贝声音很低，却让人轻易听出尖酸刻薄。

美蓝足足看了女儿十秒，什么也没有说。走出书房时，她没忍住，泪流了一脸。小贝为什么不愿意和我交流了呢？洗碗，清理厨房，洗手，涂护手霜……依旧像往常一样一件一件事去做。明天早上吃什么？五谷杂粮粥，面包，鸡蛋。早上七点送小贝去上学，她设置了闹钟五点起床。那天去美容院做护理，听护理师说，把五谷杂粮倒入高压锅，开大火，等上了大气，十秒后，把火调至最小档，这样焖一个半小时，人见人爱的五谷杂粮粥就做出来了。美蓝算了时间，照这样去煮粥，她得五点起床，才能让小贝在上学前喝上一口。

洗好脸，上好面膜。美蓝开始翻看朋友圈，她加了小贝现在这个班上所有同学的妈妈的微信，当然也有爸爸的。她寻找这些人的朋友圈，一个个去拜访，试图从他们发出的图片与文字上找到什么，她需要一个提示，来判断造成小贝今天一脸阴云的原因。她在沙发上坐了一个小时。没什么收获，成绩好的孩子的妈妈，大多和她的朋友圈内容一样。除了变着花样展示的一日三餐，再无其他。她愈发紧张，觉得大家都憋着一口气在竞争。

她给闺密秦雨发出微信。睡了吗？没。聊会天。好。秦雨和她一样，也是离婚后独自抚养孩子。可秦雨不用上班，她老公给的抚养费丰足。其实，美蓝运气也不错，前夫按月给小贝寄生活费，一月四千。八年前，这笔钱足够小贝生活一个月的，如今物价一涨再涨，小贝的生活内容也增加了不少，可她没有找他要涨抚养费。她觉得自己就能给小贝不错的生活。在公司，她从不懈怠工作，无论加班还是出差，她总是表现得最积极。也因此，她从一个普通的销售员成长为现在的大区经理。打小贝上初中起，她开始力不从心，觉得时间不够用，也总是想不加班、不出差。她希望有更多的时间陪伴小贝。

小贝上高中后，她愈发紧张，小心翼翼，生怕出事。同事们私下里总结美蓝说，只要看到美总心花怒放的样子，不用问，一定是她的宝贝女儿又考出了好成绩。

我才不在乎她的成绩呢，我只要她健康快乐地成长。美蓝总是这样说。在同事、朋友们面前，她都这样说。说多了，大家私下议论她矫情。也是，你美蓝的朋友圈一天一天在昭告天下，你有一个成绩优异的孩子，你有多在意你孩子的成绩。可美蓝不这么认为，她觉得孩子身心健康了，成绩自然就好了。她和闺蜜们讨论这个话题时，也这样说。秦雨可不爱听了，她哼了一声："怎么身心健康啊？没有父亲陪伴的孩子能身心健康吗？"美蓝不以为然，说："大多数孩子的父亲只能给出坏样子，只会带来不良的心理影响。没有他，至少不会有这样的影响了。""你说得轻巧。"秦雨今天是怎么了？美蓝后来才知道，秦雨的儿子已经恨上她了，认定是她的绝情才让他失去父亲的陪伴。

美蓝又从手机收藏夹里翻出那篇写空心病的文章。

"空心病"有一个更形象的说法，叫做价值观缺陷所致心理障碍。换句话说，这些孩子的价值观是有缺陷的，他们找不到生存的意义。

生存的意义？美蓝在嘴里咀嚼这句话。她想到三年前的那个端午节，秦雨邀请她和小贝一起过节。秦雨不知说了句什么惹得她儿子突然起了性子。美蓝仍旧清楚地记得，他哭着问，阿姨，你告诉我，生存的意义到底是什么？大人一天天说什么，做什么，都围着我们转，只想要我们活成他们理想的样子，可他们在乎过我们真正想活成什么样子吗？当时美蓝以为他只是使性子，加上一时也不知道怎么回答，她愣了片刻，说了两句不关痛痒的话。可那天的情景印在美蓝的脑海里，她时常因此感到惶恐，生怕哪天，小贝也这样问她。

天啦，那时秦雨的儿子也正读高二。意识到这点时，美蓝无心再和秦雨聊天了，她感到身子一时冷一时热，像是跌进了一桶水里。

二

美蓝坚持每天晚上等小贝睡了后她才睡，可今天怎么就熬不住了。

洗澡出来时，美蓝收到公司要好的同事发来的微信：美蓝，你要有思想准备。明天尤总会找你麻烦。美蓝还陷在

"空心病"的思绪里难以释怀。想着明天还要去拜访几个大客户，她走进书房，想说，小贝，妈妈今天累了，想先睡了。可说出口的却只是"晚安"两个字。"晚安！"小贝也只说了这两个字，依旧头也不抬。

打小贝出生那天起，美蓝就坚持睡觉前抱住小贝亲一口，说出"妈妈爱你"，此刻，她走过去伸出手，想抱着小贝亲亲她的额头说妈妈爱你。可小贝挡住她的手，连连说："不要打搅我，我好忙，我还有好多作业要做。"她收回手转身走向卧室，心里却想着，小贝太辛苦了。

美蓝上床后也是左右翻身，脑子里尽是事。一会儿担心小贝睡少了影响明天的学习，一会儿又担心明天公司又要让她出差。她不想去想"空心病"，可这三个字追着她，不依不饶，她开始头痛。前夫从这里搬出去时，小贝已经八岁，记事了。她戴上眼罩，只想让自己快点睡去。

醒来是突然的事。

美蓝隐约看见光从书房出来，拐了个弯进到卧室。只是幻觉。没事的，睡吧。她安慰自己。可总觉得哪里不对劲。小贝还没有睡？她心里一慌，赶紧起身看床头的闹钟。一点五十九分。她跳下床，赤着脚跑进书房，看见小贝正在微笑，这笑自然跟她眼前的电脑有关，这笑来自另一个美蓝不知详情的世界。

察觉到美蓝走来时，小贝迅速关了网页。恍惚中，美蓝仿佛看见了许多，是不雅视频？是和陌生男人视频聊天？现

去南方

在的网络不知怎么了，随便点开一个网站，各种让你面红耳赤的人像带着动作向你扑来。甚至有网页跳出来说，名校孩子不想考大学，离开学校后只干了一件事，却存了一大笔钱。天啦，这是想干什么？全是诱惑，全是陷阱。美蓝感觉害怕两个字就要从嘴里跳出来了。秦雨前不久和她说，不要心软，每天睡觉前一定要收好小贝的手机，无论如何要把好这个关！问她为什么，她趴在美蓝耳边说，你晓得啵，我儿子原来班上有一个女孩，被一个男生看上了，胁迫她每晚视频，还要她什么也不能穿。秦雨长叹一声又说，女孩子就不能长得太好看，会遭人惦记。

"去睡觉。赶紧睡觉。"美蓝推着小贝的肩说。"不可能。我暑假作业还没有完成。""没完成就算了。明天我给老师打电话说明情况。""你怎么能这样？作业完成不了，我连教室都进不了。"小贝的声音像石头一样，一个个滚落出来，砸在美蓝身上，让她羞愧。可美蓝坚持说："你有那么多作业吗？现在已经凌晨两点多了。"

"我就有那么多作业。"小贝一样一样把她的作业摆在桌上。"那你为什么还在玩电脑。""我也需要放松啊。"小贝说得理直气壮。"还是没有压力。"美蓝说。"我怎么没压力了，我都快被压垮了。"小贝说着哭了。因为她刻意压着哭声，听上去让人害怕她的胸膛就要胀破了。"哭出来吧。"美蓝走过去想把小贝抱在怀里。小贝一把打开她的手说："你知道什么啊？我们每个同学原本谁不是自己心中的骄傲，现在却成了所谓名校老师眼中的学渣。"

"学渣？你为什么会有这样的想法？"美蓝惊呆了，"你不是班里的前十吗？""你知道我在全校的排名吗？前三百名都排不上。不是学渣是什么啊？""那不是。你就读的可是潭州城最好的学校。没有一个学渣的。"美蓝连连摆手。"你不要自欺欺人了。我还不知道你们大人，天天比来比去。谁家的孩子进步了，谁家的孩子在退步。表面上你们什么也不说，暗地里都在较劲。说一套做一套，恨不得我们个个都有三头六臂，个个能去西天取经。学校也真是虚伪，嘴里说不在班里公开张贴学生各项考试成绩，可班级微信群里什么都发，不只是成绩，还有平时的各种表现。别以为我们不在群里，就什么都不知道，其实，我们什么都知道。"小贝带着哭腔，一口气说了许多。

"可是……什么也不说的话，我们怎么了解你们的情况？"美蓝说出这话就后悔。

"睡吧。太晚了。"美蓝想结束这场谈话。

"我就是不想睡觉。我现在精神还好得很。"小贝走到钢琴旁边，拿起上面的一本高中英语词汇。"你真的能在凌晨两点记住英语单词？"美蓝越说越刻薄，"在家坚持熬夜装作自己很努力的样子，白天又在课堂上摇头摆尾，这样有意思吗？"

"我才不会摇头摆尾。谁看见我在课堂上打瞌睡了？"小贝又羞又恼。

"班主任给我发的信息。说你近三天上课持续打瞌睡。"

"小题大做。班上还有不打瞌睡的人吗？同学们个个都处于极度缺觉的状态。没有人能睡好，也没有人能安然入睡。大家的神经都绷得紧紧的。一天睡三四个小时已经是我们的标配了。"

"你这样熬夜有用吗？你看你这次英语考试就退步了不少。"美蓝失控了。

"只是我一个人退步吗？她教得这么烂，我们怎么能学好。真不知道她是怎么混进名校来的。"小贝一脸气愤，仿佛花大价钱买到了次品。

"昨天下午我去参加学校话剧社团的会议，回来时正是她的课，恰巧是考卷分析，她有意把我叫到教室的后面站着，还说你了不起了，可以不上课了，我的课是不允许学生随便缺课的。更何况你考得还这么差。你看看班上那个谁谁的，考得那么好，还从不迟到、缺课。她还在说，越说越起劲，嘴角堆积起白色的泡沫。我听不见她在说什么了，只感觉一堆蚊子在我耳边嗡嗡嗡乱叫。我想冲过去对她说，老师，你的口水溅到我脸上了。好臭。你吃葱了吗？"

"所以你今天不高兴是因为她？"美蓝看了一下墙上的钟，两点半。

"我再也不上她的课了。我自学都比上她的课要强。"

"小贝，就算妈妈求你了，别再这样折腾了。"美蓝突然跪了下去。

美蓝多想女儿能扶她起来，抱着她哭。或者对她说，妈妈，对不起。可小贝连看都没有看美蓝。好像跪在她眼前的是空气是风，是跟她不相关的人。美蓝起来时，膝盖瘀青一片。她没有想到自己会这么用力，更没有想到跪下去时，她感觉自己跪在了一堆乱石上。美蓝突然意识到女儿在学习上是否也是这样的有心无力。她回到床上。翻来覆去，再也无法入睡。

这样过了几分钟，美蓝又赤脚跑去客厅。她想到只要关了网线，小贝就会去睡觉的。她以为自己得逞了。可很快她就听到小贝起身，走进客厅。她跑出来时，小贝正站在那开启网络。没有开灯，客厅漆黑。小贝在抱怨找不到插口。

"今晚我们家必死一人。不是你就是我。"美蓝不知道自己为什么会这样说，好像有人把手伸进她的胸膛，把很久以前就埋在她心里的一些东西揪了出来。多年前，在这间房里，她和前夫的对话，一样的语气，一样的台词。此时，这话脱口而出，她拦都拦不住。

"那就是我吧。"小贝这样说时，语气像极了前夫，美蓝脑海里闪过万千镜头，它们随时守候在一个独特之处，只要有机会，立马站出来证明她的失败。小贝说得很平淡。她已经习惯了配合美蓝背诵台词。"那你去死啊。"美蓝说得很狠，仿佛站在她面前的是前夫。"好。"小贝往门口走去。美蓝没有去阻拦。不会的，女儿没有那么脆弱。美蓝一脸镇定，可她心里在害怕，甚至感觉身子在发抖，若是女儿真的想不通走了绝路，她也得去死。"死"字，她明明连提都不愿意提的一个字。如今却是脱口而出。也正是在这个时刻，她才意识到，她说出的和她想的，和她做出的经常相逆。

小贝并没有冲出去。她走到客厅沙发那里，随手拿起茶几上一本英语单词书。"这么晚了，你还能记住什么？"美蓝只想小贝早点躺到床上去。小贝站在那里，没有接腔。"只要在正常的学习时间努力了，哪怕考最后一名，我也不会责怪你。"小贝哭着说："虚伪！我若是努力了，你们就认为我一定能考好，我努力了没考好同样证明了我没努力。"

是谁让我们变成了这样？是谁夺去了我们快乐的时光？是谁让我们之间不再互相信任了？美蓝又想下跪求女儿。这并不稀奇，就在刚才，也就是凌晨两点，她已经向女儿下跪过，膝盖上还有两团淤青。"你需要休息！"美蓝说。"没有办法。我必须时刻学习。"小贝语气冰冷，说得很果断。"我明天不会叫你起床的。"美蓝以为女儿会因此妥协。可她说："我自己会起床。""不用我叫，你起得来？鬼相信。"美蓝鼻子里哼了一声，"你哪天不是要我叫七遍八遍才起得来的。""大不了我整晚不睡觉。"小贝吐出的字，一个一个滚出来，像冬天的岩石，生生砸在美蓝身上。"你怎么这样冷漠，你的心是冰合成的吗？"美蓝站在原地，双手紧紧绞在一起。

"难道不是基因吗？"小贝面无表情。

"晚上熬夜，白天回到教室再摇头摆尾。这样好吗？"美蓝本想说得轻点，想表达出一个母亲的关心，可她感觉自己很想冲上去指着女儿的脸说，甚至甩她一嘴巴。"我没有在课堂上睡觉。顶多第一节课会偶尔打打瞌睡。"小贝为自己辩解。"老师们反映你上课睡觉比较频繁。""不可能。昨天我就历史课犯困。"小贝这时的语气听上去像一个心智没有成熟的孩子。

"晚安！"美蓝走到小贝身旁，像平常一样抱住她。

"晚安！"小贝没有挣脱她。声音依旧冰冷。

美蓝又回到床上。她听到了小贝进浴室的声音，走进卧室的声音。美蓝的听力越来越敏感了，能听见任何细微的声音。听到小贝关灯的声音时，她长吁一口气，今天总算又过去了。

对面楼里有人在练声。美蓝去物业投诉说："家里有正读高中的女儿，晚自习回家是十点半左右，希望对面楼里的人改在十点半以前练声。"后来物业来电话回复美蓝：人家家里也有高三的女儿，准备考中央音乐学院，白天要上文化课，晚上练声也是不得已。

美蓝试着和这个声音和解。说来奇怪，后来，只要哪天没有听到这个声音了，她就会害怕，怕那个孩子出了什么状况，怕她家里出了什么事。她每天习惯性往那户人家看去，都是住在六楼，她看见过这家的男人女人在厨房炒菜的样子，也看见过他们站在阳台上争吵。有天深夜，美蓝被吵架声惊醒，她起身走到阳台上看向对面，是从练美声的那家里传出来的。男人在咆哮，女人在哭骂，东西摔得砰砰响，谁也不示弱。正是深秋，美蓝穿着吊带睡衣站在阳台上，身子凉透时，一个细节突然从脑海里走出来，她打开阳台上的储物柜，把最下面那层柜子里的东西一件一件往外面扔。她找了一个包——前夫去意大利旅游，回来时帮她买了一个包。是大牌，可款式确实落伍了。她看着就来气，说："没眼光。花那么多钱买一个我根本就不会背的包。""我就是没眼光。"他回敬她。她听出了别的意思。"我才没有眼光呢？"美蓝掼了他一句。这个包后来去了哪里，美蓝记不起了，但是，从此以后，前夫无论去哪里，再也不给她买任何东西了。她自然是更不开心。可她什么也不说，只觉得没意思。

恰巧那时候她前夫已经去了城投公司上班，去工地现场办公是常态。前夫先前是省规划设计院的设计师，加班多且受制于业主，和城投公司打交道多了，发现城投收入不比现在低，还相对自由，于是千方百计进了城投。有一次，前夫参加一个聚会，地点在郊区，工地上一个小包工头组织的。前夫喝醉了，叫美蓝开车去接他。"自己打车回。"她一口回绝。回绝也不是没有理由，那天刚好是经期第一天，她有痛经的毛病，这点前夫是知道的，生小贝前，还陪她去看过中医，药也给她熬。她又补充说："我痛经，难受。""你她妈是外来物种，稀奇货，哪个女人不都有这几天。"前夫从没有用这样的语气说她。美蓝气得挂掉电话，立刻关机。

从那夜开始，前夫天天晚归。美蓝赌气，也是夜夜晚归。一个回来时经常一身酒气，一个回来时难免染上男人的古龙水。他们的衣服还是习惯性地放在公共卫生间的洗衣篮里，两种气味会交替，美蓝闻见过前夫身上的香水气味，这种香水她也用过，对付某些特殊的男性客户时，她会在包里放上一小瓶。她知道这香气的魅力，她试过多次了，从来没有失败过。

前夫已经半年没有碰过她了。主要是没有时间，或者说两个人都没有留给对方时间。除了应酬，他们还经常出差。那时他们已经分房睡了。这不是一个深思熟虑后的决定，从没有人主动提出要分床。可他们自然就不在一起睡了。美蓝后来想，若是房子没那么大，房间里的厕所没那么多，他们接触的机会也许会多些，关系也不至于那么淡漠。吵架的日子很多，可真正让他们分开的是最后的冷漠，双方都觉得日子过到头了。前夫算是清醒的人，美蓝也是，好聚好散。办离婚手续前一周，前夫把家里的动产、不动产都列在一张纸上，对美蓝说："你想要什么，就在那一项后面打钩。"最后，房子、存款都给了美蓝；车子各用各的；另外一套临街小公寓给了前夫，算是有个容身之处。唯独孩子，谁也不让。前夫说："孩子跟着你，两人都是活受罪。"美蓝说："你一个男人，怎么能带得好女儿？"前夫说："这些年你经常出差，是谁周末接孩子回家？你晓得不晓得是谁坚持隔天去寄宿学校看孩子？"美蓝说："你不说，我怎么知道啊。"前夫说："和你怎么沟通，经常话没有说两句，电话就打进来了。这也不稀奇，可你时常一聊就是半小时以上，等你打完电话，我也就懒得说了。"美蓝突然哭了，她冲上去抱着前夫，求他："别让孩子离开我。"前夫用力推开她。她死死箍着他的腰说："你不答应我就不松手。"这是她从前经常用来求饶的方式。他拍了拍美蓝的后背说："培育孩子不是件容易的事，你要对你今天的选择负责任。"美蓝记得清楚，前夫走时，只带走了两只属于自己的皮箱，里面装的只有他的衣服。现在回想，前夫算是有情有义的了。可两个人怎么就成不了一世夫妻呢？美蓝并不想往深里细究。她的个性是只想往前看的。我有小贝，美蓝觉得自己的世界还没有塌陷。

闹钟响起，美蓝睁开眼，看了一眼钟面，喃喃说，再睡五分钟。醒来时，已是六点半了。啊！她吓得惊叫一声，赤着脚冲出卧室。

"小贝起床了。小贝起床了。"美蓝一边叫一边拍打小贝的卧室。房间里没有任何声响。她轻轻一推，门就开了，床上被子叠得整齐，仿佛从来没有人使用过。

美蓝来来回回，一间房一间房去寻找。没有看见小贝。她一下慌了，脑海里跳出各种不好的场景。"不会的。不会的。"美蓝连连说，还连连拍打嘴巴，觉得自己冲犯了霉运。

我上学去了！再见！这是小贝留在洗手间镜子上的便利贴。用红色的水性笔写的。很工整，很粗，很显眼。女儿心里还有我。美蓝把便利贴取下来，捂在胸口，如同抱着婴儿时期的小贝。美蓝决定去教室看一眼小贝。出门时忘记戴口罩，又返回家里取。正是上学的高峰期，电梯总在上上下下。

美蓝没有耐性等下去了。她走进安全通道。下楼时，走得太急，看得也不太清楚，差点一脚踏空。想到摔下去可能的后果，她赶紧扶住楼梯扶手，停下来稳了稳心，才继续下楼。

还很早，学校里空荡荡的。美蓝爬上教学楼三楼，找到308教室。后门是打开的，教室里只有小贝，正趴在桌上睡觉。美蓝掏出手机，拍下小贝的背影。下楼往校门口走时，上学的孩子多了，一群一群的，行色匆匆，又因为都戴着口罩，美蓝感觉自己进入一个完全陌生的世界。她停下脚步，取下口罩，深呼吸一口气。她看向操场上那些正在晨跑的孩子，她多希望能在那里看到小贝。

三

美蓝和四个闺蜜建了个小群。秦雨是群主，每周会有一个主题讨论。昨天讨论的话题是，如何防止孩子自杀？引发话题的是一个正在热播的视频——一个高三男生和父亲站在自家阳台上争吵。父亲责问男生："今天为什么没去学校？"男生回答："就是不想去。""书也不想读，活也不想干，那你活着还有什么意义？""的确没意义。"……没吵几句，男孩就跳楼了。父亲站在阳台上，双手在空中挥舞，地面上，孩子的母亲跪着大声哭号："这是怎么了，这是怎么了？要跳也是他啊，为什么你先跳了呢？""这是怎么了？这是怎么了？"父亲抱着孩子，疯了般反复说这句话。视频很短，一切都很突然。大家坐在那儿，很久没有出声。这次是线下讨论，时值九月，正是傍晚，夕阳将它最后的光线照射进来，五个人脸上油光发亮。她们看着彼此，看着各自脸上的光亮，和眼里的沉默与惶恐。

"要是这事发生在你身上，你会怎么办？"秦雨第一个问美蓝。

"这么脆弱，怎么也活不长。"有个闺蜜抢先说。

"看着多好的一个孩子。"另一个闺蜜长吁短叹。

"不会的。不会的。"美蓝回答时心里紧紧地，有人突然往里面塞满了东西。

想到自己不久前还亲口对女儿说"那你去死啊"。真是疯了。若是小贝也像这个男孩一样跳下去呢？美蓝一时全身发麻，小便差点失禁。幸好她正在生理期，她出门前垫了420cm的夜用巾。

马路对面是本市最好的小学，她的车停在这所学校附近，从这边走到那边，要过一条地下通道，里面只卖两类东西，一是文具，二是快餐。过道另一个出口的墙上装了一个水龙头，她看见一个老年男人在洗拖把，另一个女人站在水池边洗一堆青菜。从过道走出来时，美蓝迎面看到一个戴黑色口罩的男人正在斥责一个十岁左右的男孩："你是吃屎的吧，考这么差。这培训班也不要上了，上了也是白上，钱扔水里去了。今天放学后你去程老师那里把钱退了。""明明比上次多考了十分啊。"男孩没有戴口罩，脸涨得通红。"可还是最后一名啊！"美蓝看着男人用手指一下一下地戳男孩的头，她很想冲上去说，别这样对孩子。

可她犹豫了，因为她发现自己变成了那个男人，小贝变成了眼前的男孩。

那天小贝参加小学毕业典礼回来。美蓝随便问了声："成绩单呢？"小贝递给美蓝一张纸。小贝的语文竟然考砸了，排到了倒数第五名。这天本是要心情好的，前夫半年前就提出来，等小贝小学毕业了，由他带小贝去欧洲游玩半个月。再过三个小时，他们就要坐上开往德国的飞机。美蓝看着小贝兴奋的样子，打击她说："你的语文成绩不是一直在班上名列前五吗？怎么这次考成这样？"

"反正咱小贝就读的中学是名校，已经落定了，这个成绩完全证明不了什么。"前夫催促小贝背好行李准备出发。美蓝觉得自己就要失去小贝了。她走到小贝面前，用食指连续戳她的头说："你为什么考这么差？是不是因为经常在夜里偷看网络小说？你以为自己很牛，可以一直坐稳学霸的位置吗？"

"又发什么疯啊？"前夫没好气地说。他催促小贝快去背行李。美蓝觉得前夫在扮演好好先生，甚至觉得他在刻意分裂她和女儿。美蓝抢先冲进小贝的房间，抱起小贝的书包，用力砸向床边的衣柜，衣柜门是琉璃推拿门，书包砸在上面立马炸出裂纹。前夫惊呆了。他大吼一声："你疯了。"

美蓝看着从书包里散落出来的零食和书本，这全是她亲自为小贝准备的。美蓝觉得自己搞砸了小贝的旅游，也哭了。

前夫心又软了，他试图安慰美蓝。她说："走吧。趁我还没有反悔。"前夫迅速收拾好小贝的东西。离去时，他们连一声再见也没有说。

那个戴黑色口罩的男人还在教训他儿子，声音渐渐远了。美蓝找到自己的车，旁边紧贴着一辆车，她听见男司机在抱怨，这里真是无法无天了，整个一个大停车场，交警也不来管管。美蓝只想快点驶离这里，她连续按响喇叭。有个女人走到她的车窗前用手示意她摇下窗户。"有本事，你飞过去啊。"女人用手指着美蓝说。她穿着睡衣、头发蓬乱，像赶着送完孩子后回家补回笼觉的，美蓝连忙道歉。对方又说："有本事以后开直升机送孩子上学啊！"

美蓝走进公司大门时，收到尤总的秘书发来的微信：美姐，尤总说今天要和你谈谈。

美蓝心里一慌，感觉有事要发生。可美蓝不怕，她有面对一切的心理准备。早两天她去看过一套公寓，想着若是自己单干，就一定把办公室安置在那里。一出门就是地铁、公交站，便于客户往来。公寓对面是本市最高档的商业中心，气派。

单干这个念头明明是压着的，她从没有在公司表现出任何迹象，心里却时常在打算，老大要退休了，他的位置会空出来。同事们私下也有议论美蓝和这个位置的关系。这也不奇怪，到了她这个职位、这个年纪，谁都有理由认为她也想当老大。

走进尤总办公室时，尤总正在和老大通话，内容具体详实，像是故意说给美蓝听的。美蓝起身想回避，可他摆手招呼她先坐下。和美蓝谈话时，尤总话里有话，藏着掖着。可她不是傻子，一起头就听出了尤总的意思。"公司今年会裁员，连我都在被裁的行列。"尤总说这句话时看向美蓝，眼神仿佛在说"更何况你呢？"。

"我是谁？我一年的销售额占公司的半壁江山。除非我自己主动离开公司。"美蓝说。

美蓝有点激动。

"别把事情想得太满，总有你想不到的。"尤总说着看向窗外楼下，仿佛他在等待什么人到来。

这次谈话后，美蓝变得谨慎，除了每天正常上下班，还主动约潜在的客户喝茶、聊天。那天是星期三，美蓝要和一个非常重要的客户签合同，时间约在下午两点。美蓝今天特意提前十五分钟吃午饭，按计划她会在饭后休息十分钟，然后补妆，再驱车前往约定地点见这个重要的客户。

美蓝正准备下楼去公司食堂吃饭，小贝打电话来，说："妈，我的腿烫伤了。"美蓝说："你不是在上课吗？怎么会烫伤腿。"小贝说："谁叫你给我装那么烫的水。保温杯倒下来，水全浇到我腿上了。"美蓝说："无缘无故，保温杯怎么会倒下来呢？是不是又打瞌睡了？"

挂了小贝的电话，美蓝诚惶诚恐，饭也不吃了，她迅速打开导航图，心里盘算着，公司离客户的酒店只需半小时车程，现在去小贝学校需要二十分钟，一切都来得及。

送小贝去医院的路上并没有耽误时间，可美蓝不该抱怨的。她说："你只晓得想着自己，好像你妈妈随时准备着为你冲锋陷阵。"接着又把"你哪次让我送文具，哪次忘记带课本了"之类的陈年旧事拖出来说。"不要你管。"小贝说着就拉车门想跳车。美蓝吓得哇哇大叫。幸好车门已经上锁。小贝怎么可以这样冲动？她怎么可以这样对我？美蓝心里一痛，突然觉得全世界都想要抛弃她了。她把车开得飞快，还一边拍打方向盘，一边说："要死一起死。"小贝坐在后面，美蓝从后视镜偷偷看去，又瘦又长的身子紧紧贴在车门上，眼睛看向车窗外。她又害怕了，减速，把车停在路边，闭上眼平息气息，这样过了几分钟，才继续上路。

从医院出来送小贝回到学校大门口时，已是下午三点十分。小贝的学校开始上下午第二节课了。美蓝没有着急走，她看着小贝的身影消失在校门口，又看向学校对面的小学，已经有小学生背着书包从校园走出来，接孩子的爷爷奶奶、爸爸妈妈围成一团堵在小学门口，送外卖的电摩托车在人群两边排了长队，他们一个个把喇叭按得响亮。

"我失去了这个重要的客户了。"美蓝得出这个结论时还想着挽回，也试图道歉，可再也打不通对方的电话了。

这件事过去的第二天，老大和美蓝微信视频时，正是凌晨一点，他在法国，那边是白天。美蓝看向夜空，天地浑浊一片，能看见对面房子里透出来的微弱的光，映衬路边的树、房子形成阴影，仿佛天就要亮了。秋老虎当头，美蓝却打了个寒战。

"那个客户丢不起。"老大说。

"实在不得已……"美蓝还想解释。

"你太累了！"

"连续十年从来没有失过约，我就一次错都不能犯？"美蓝不服气。

"开飞机的人能对自己说，我十年驾驶从没出事，出一次事算什么？"

"这是两回事。"

"问题是你把这个客户推给了我们的竞争对手。总公司生气了，要公开处罚你。我腆着老脸拦下了。"老大换了语气接着说，"公司决定派你去下面的市州开拓市场。你安心在下面待足一年，我保证一年后就让你回来。"

"保证？"美蓝在心里哼了一声。什么也不想说了。

"公司有它的生存法则。你会想明白的。"老大说这话时并不看美蓝，他看向窗外甚至更远处。

"您明天会在邮箱见到我的辞呈。"美蓝能感觉到自己看向老大目光里的冰冷。她想到了小贝，努力想让目光变得平常些，可她做不到。她似乎突然理解了小贝，却又并不真正懂得；我可是她妈妈呀，又没有背叛或抛弃她。

"不要冲动。"老大劝她时声音变得低沉。

"我跟着你多少年了，你不是常夸我有冲劲吗？冲劲不是

冲动的前驱吗？我这里空了，气没了。"美蓝拍了拍胸口，关
了视频。

和老大通完话后，美蓝左右睡不着，天亮后，她看哪里
都不得劲，糟糕的事一件接一件。美蓝去学校接小贝时，还
差点和一个女人打了起来。她正往一个车位上倒车，车位小，
两边车又靠得紧，她特意往前开远了点。不料有人直接将车
开进了这个车位。这可是难求一个车位的名校门口。美蓝没
有熄火，她跳下车冲到那辆车面前指着车主的脸骂："你他妈
的，没长眼睛啊。"车主说："这车位写着你的名字了吗？"

"你明明看到我在倒车还往里强塞，你还有没有公
德心？"

"这是公平竞争。"

"公平？"这人不说公平还好。美蓝想到自己为公司抛头
颅洒热血，最后却落个扫地出门的下场。"谁对我公平了？"
美蓝咆哮着扑上去时，对方吓得赶紧摇下窗户。

"妈妈！"是小贝的声音。美蓝不得不赶紧回到车上。

"今天怎么出来这么快？"美蓝问小贝。

"好多事，得赶紧回家。我累了。别打扰我，我先睡一会
儿。"小贝说完就戴上眼罩、耳麦。

"吃点水果吧。我带了苹果，还有葡萄。"

没有任何声音从车后座传来。

美蓝回头大声重复了一遍，没人搭腔。美蓝将车停在路
边，推了小贝一把。"别吵我，我好困。"小贝眼罩也没取，

只是把身子从左边翻转到右边。她把身子往车门那边靠了靠，似乎想贴在车门上。

她都累到这样了，让她睡吧。美蓝告诫自己。

秋老虎正发威，汗从头发根里钻出来流在脸上，美蓝将冷气调至十八度。仍旧感觉身子架在火炕上似的，汗一直往下流。

车开进小区了，美蓝试探着问："你已经连续几天没有好好睡觉了，今天不会再熬夜了吧。"小贝说："我要做设计。"

"做什么设计？"

"就是美术社团的刊物设计。"

"开学前不是已经完成了吗？"

"社长说局部还要修改。"

"她那么追求完美，让她去改好了。"

"她是社长，比我事还多。社长说这次的稿改好了，让我当副社长。"

"不要上当，当什么副社长咯，你只要搞好学习就行了。那些事以后有的是机会去体验。让她安排别的副社长去做。"

小贝不耐烦了，打断美蓝的话说："我也没有办法。"

美蓝的手机响了，她按下了蓝牙。"今天怎么样？公司没为难你吧？"秦雨的声音从车载音响里传出来。美蓝本来不想当着小贝谈论公司的事，她从后视镜看过去，小贝动都没动一下。她突然改变主意。

"公司炒我鱿鱼了，明天起我失业了。"美蓝边说边看后视镜，小贝还是一动不动。不知道是不是因为戴着耳麦，也不知是真听不见还是假听不见。"那正好可以和我一起逛街了。"秦雨笑得很夸张。

"没你命好。小贝还要赶紧上楼加班。"

"加班？你们母女俩都一个命，只知道天天加班。"

美蓝没理会秦雨，自顾挂了电话。

车停好后，两人先后前行。美蓝有许多话想对小贝说，也希望小贝能问她一声，发生了什么，妈妈？可是她戴着耳麦，兀自前行。美蓝看了眼天空，一道长长的白线横亘在上，无限延伸。她突然疲倦不已，感觉每走一步都异常艰难。可她又想，孩子够累了，别再给她添堵了，她不需要经受我的压力。

天气炎热，潭州城开始分区分时段停电节能，美蓝没有收到小区今天停电的消息，没想到电梯不能用了。她开始抱怨物业越来越没有服务意识了。小贝倒是没有抱怨。美蓝身子挨着楼道扶手，一步一步往上爬。

从一楼往上走时，听见许多声音。一楼的小姑娘正上一年级，秋季运动会她报了跳短绳项目，她妈妈正在陪她练习，一下，一下，感觉楼都要塌了。二楼的大姐不久前和老公离婚了，儿子刚刚大学毕业，因为无法忍受母亲带陌生男人出入自己的家，正搬起行李准备离去。三楼的男孩正上高三，他们一家在学校附近租了简易房陪读，他妈妈正抱着一床被子出门。四楼的小男孩上三年级了，正在背乘法口诀。五楼的奶奶正在呵斥孙女："要你在幼儿园别喝那么多水，你偏不听，你看看，老师打电话来了，说你午睡时又尿床了。"

走到六楼，美蓝走到电梯口那里，看向东面，那户是美蓝家，窗帘放下来了，小贝已经进屋了，开了灯，有光透出来，其他什么也看不到。再看西面，邻居家儿子考上了上海交大，全家人正在举杯欢庆。

小贝一进屋就直奔书房打开电脑，她心里着急，今天作业不少，还要改设计稿。她坐在电脑面前，两个小时过去了，除了偶尔恼火地说，这鼠标怎么了，老是不听使唤。她没有起过身，也没有发出更多的声音。

美蓝坐在客厅里，电视也不敢开，耳朵一直竖着。微信群里家长们还在发图片，全是孩子伏案的样子，这个群是几个要好的家长一起建的，没有老师和班委会成员。有个妈妈发了张流泪的图片，其他人也跟着发流泪图。大家除了这样一起流泪，什么也不能做，什么也改变不了。以前还讨论节假日去哪里玩，也说起过如何开展社会实践活动。现在想来家长们都是空前理想主义者，一到真正的战场，全崩盘。"你们报班了吗？"有个妈妈突然问。"什么班？"美蓝着急了。"就是五个人起组的小班，各科都有，家委会的人在组织。""报什么报咯，其实就是凑份子钱，一点效果都没有。"一个家长说。美蓝吁了口气，心里却有了主意，明天去会会那个爸爸，他本是国企员工，为了陪读把工作也辞掉，如今在学校附近的培训学校当教学主管。美蓝怀疑他把小贝学校的家长都加了好友。

好不容易等到小贝起身上了个厕所。美蓝赶紧迎上去，说："煮了银耳羹，要不要给你盛一碗？喝了就睡觉吧。"小贝没有理睬她。美蓝停顿了一下。她不希望自己看上去太严肃或是一脸丧气，她走进洗手间，站在镜前，左右鼓起腮帮。她看着眼角，看眼袋下堆起的皱纹。心想，孩子熬夜也是不得已，可她很快自我否定。不行，这事不能就此罢休。她急匆匆推开书房的门。"你晚上不好好睡觉，白天就会打瞌睡；一打瞌睡就听不好课，就不会做作业。高二是关键的一年，这一年再不努力，这三年就荒弃了，也就没有希望考上理想的大学了。"美蓝一板一眼地说出每个字，好像是第一次说这番话。她停下来等待小贝做出回应，可小贝一直盯着电脑，连头都没有偏一下。"这设计我来帮你搞定吧。"美蓝以为自己想到了好点子，语气中透着惊喜。"你帮我搞定？"小贝看着美蓝，不认识她似的。

"我找人帮你完成。你的任务还是完成了啊。"

"我可不想成为那样的人。"

"哪样的人？又不偷不抢，不过是花钱完成一项没有太多实际意义的任务。"

"你若是执意这样，这件事就会成为我人生的一个污点。我以后还有脸面对同学们吗？"小贝说着说着就哭了，哭得很伤心。

我真是昏了头，小贝说得在理啊。美蓝一脸懊恼。"好咯，好咯，我不管你了。"说着兀自朝卧室走去。可没走两步，又停住了，回头看了小贝一眼，说："可你不能因此就荒废了白天的学业啊？""你放心，该我完成的都会完成。不过是少睡几个小时而已。"小贝说。

美蓝躺在床上，离开工作多年的公司，她担心自己会失意，会失眠。可她很快就睡着了。

小贝睡了吗？美蓝突然惊醒。她昏昏沉沉悄悄摸到小贝的卧室门口，没有看见亮光，松了口气。不放心，推开门，床上囫囵滚成一团，不像是睡着一个人。走近了，才看清小贝侧身靠在床上。"你怎么还不睡？"美蓝感觉自己快要疯了。紧接着她意识到了什么。手机在哪里？她疯了般在小贝的枕头边摸来摸去。小贝一声不响。美蓝在小贝的枕边摸到手机时，她以为自己得逞了。回到床上后，心里还是忐忑不安。过了几分钟，再回来，却见小贝正打着手电筒写作业。

"小贝，你为什么还要写作业？"

"没办法，我只能是这样，睡一会儿醒一会，否则我根本完成不了作业。"

"你真有这么忙吗？"

"我知道我说什么你都会说我狡辩，反正都是我的错。"小贝说完还冷笑了两声。

"你要是不在那些没用的活上瞎耽误工夫，何至于累成这样。"

"又来了。你们真虚伪，一方面希望我们成绩好，另一方面又在朋友圈晒我们的才艺。你们恨不得我们个个是孙悟空。随时可以变成你们想要的样子。"

"我们也有我们的难处。"美蓝说得很轻,像是说给自己听的。

美蓝只好又走进卧室,月光从窗外照进来,落在床边,她走到飘窗上,躺在那里,任由月光在她身上流淌。她想了许多,烟点燃一根又点燃一根,在月色和烟雾之中,她一直沉默着。脑海里却一直在思考:前面的路还很长。得往哪里走?走到哪里去才行?

第二天送小贝到校门口时,美蓝狠狠心说:"你的事以后都由你自己做主。"

小贝没有反驳,下车后直着脖子往前走,没走几步,又退回到美蓝身旁,小声说:"希望你记住你自己说过的话。"

四

小贝出走,是在一个周五的下午。那天,月考成绩出来了,班主任将全班成绩打印出来,贴在教室的后墙上。很快,这张成绩单就被撕毁了。班主任很生气,在班里一再声明,一定要揪出这个人。

"不用揪了,是我撕的。"小贝站起来面无表情地说。

美蓝的电话响时,灶上正在煲海鲜汤。过去,美蓝很少煲汤,主要是太耗时。现在,她有的是时间。培训爸爸有自己的菜谱，专门针对十五至十八岁的高中生制定的。从周一到周日，天天不重样。他很有耐性，手把手教美蓝做菜。如今，她看着小贝吃每口饭、喝每一碗汤，这样的时刻，像在等待一场审判，只要小贝多吃上一口饭菜，她心里就能感觉出欣慰。

从上周起，无论美蓝多努力，小贝的食欲都不好，总是才吃几口，就把碗一推说吃饱了。美蓝看着那一桌的饭菜，有时真想一把将所有碗筷扫到地上。她很想这样做，可她忍着，也只能忍着。她和培训爸爸说出她的这种感受时，培训爸爸说："你太累了，也太孤独了。"那是一个周三的下午，他约她去爬山。美蓝想拒绝，可培训爸爸说，他一周只有这天下午有空，其他时间都要接待来访家长。

去爬山的路上，培训爸爸开车，她坐在副驾驶位上。他一直在说话，眉飞色舞，神采飞扬。美蓝像个看客，看他如何表演自己的快乐。因为那些都是别人的，是这个男人的，她心里这样想时，百会穴痛得厉害。

她在微信上给秦雨发信息：培训爸爸有示爱的趋势。

你为什么不接受他呢？秦雨回道。

美蓝回秦雨一个傲慢的头像。

培训爸爸长得还算英俊，个子也不矮，看着健康。他的妻子是中学英语老师，生活在离这座城市两百公里远的小县城。为了女儿能上省里最好的高中，他们不得不分居。美蓝知道自己和他走得有点近了，也知道自己在默默接受他的好意。她不敢告诉秦雨，这是个有婚姻的男人。她和前夫离婚，与第三者无关，他们都在这点上保持自己对婚姻的态度。

美蓝按压百会穴时，心里在想小贝的事。小贝近来情绪很差，几乎又回到了从前的状态。三天前，家长小群在议论，说学校有两名女同学在课外培训小班上打架，大家没有说名字，美蓝还参与了议论。

小贝从培训小班回家，脸上有伤痕，披着头发，马尾散乱。她从不在除了家以外的空间披头发的。美蓝一眼就看到了她脸上的抓伤。

"谁打你了？"美蓝问。

"没有谁，是我自己抓的。"小贝的确抓过自己。

"你疯了吗？真不可理喻！"美蓝骂道。

小贝的手又在脸上乱抓。

"到底是谁抓的你？"

"能有谁，一个贱人。"

"小贝你不会谈恋爱了吧？"

"真无聊，你以为我像你一样，我才不会。这世界上根本就没有能让我喜欢的男性。"

"那你为什么还看那样的视频？"

"哪样的视频？"

"我都看见了，你看得太晚了，睡觉时没有给手机锁屏。我看到了你看的那些内容。"

"《断背山》出版给全世界的人看，我怎么就不能看了？"

美蓝没有看过《断背山》，可小贝说出这句话的当天，她就在网上买了这本书，通宵达旦读完之后，她开始有了新的害怕。小贝不会喜欢女生吧？她去小群里找平时要好的陪读妈妈私聊，才知道两个打架的女生就有小贝。可她们也告诉了她一个内幕，说小贝骂那个女生的爸爸是人渣，说他有意和陪读妈妈交往，目的只有一个，让她们都成为他的客户。

"你家小贝不错，火眼金睛。"听到"她们"时，美蓝觉得别扭。她点开手机，翻看培训爸爸的朋友圈，给她点赞的确有不少妈妈，而且都是她认识的人。

小贝这次抓得厉害，伤到了皮下肌肉组织，留下了疤痕，后来去医院美容科做微整，伤疤才彻底消失。从这次以后，美蓝说话时会结巴。她留意到，也只有和小贝说话时，才会结巴。她不知道自己怎么了，悄悄关注了两个关于亲子交流的公众号。

那天爬山归来，她接到前夫打来的电话。自从她租房住后，前夫总是按一定的时间节点打来电话。她为此困扰，不知道他到底是想干什么。前夫说："你还是做点什么吧？现在很多妈妈都是一边陪读一边在网上卖东西，很充实，不仅能缓解焦虑，还很有成就感。"

挂掉前夫的电话，美蓝忽然发现，前夫这次说的是潭州方言，她也说了同样的方言。在她的记忆里，他们只在热恋时讲方言。他们一致认为，只有那样的语境里才能表达出隐秘的味道。后来，开始冷战，他们就改说普通话了。

那天夜里，美蓝认真翻开朋友圈，发现至少十个微信群里有陪读妈妈在卖东西。她不需要市场调研，就知道现在的家庭需要什么，陪读妈妈最需要什么，她心里都有谱。如何把最好的、被期待的东西卖给目标人群，正是她的长项。她在心里微笑，觉得一切还在掌握之中，生活仍旧让人期待。她甚至想好了网店的名字，就叫"陪读妈妈"。

海鲜汤在砂锅里翻腾、溢出。电话是班主任打来的，没有拐弯抹角，直接说出一个事实：小贝撕了贴在墙上的成绩单，老师让她当着全班同学的面道歉。她只说了句"有意思吗？"，然后在全班同学的注视下走出教室。班主任追着她喊，她头都不回。

"小贝怎么变成这样了？"班主任的语气让美蓝感到羞愧。

美蓝在电话里连连道歉，说自己没有把女儿教育好，请老师大人有大量。为了表示诚意，她还说出自己和前夫离婚多年的事实。

"离婚又不是个稀奇事，单亲家庭的孩子多了去了。"班主任不以为然。

挂了班主任的电话，美蓝就对着电话起横：小贝下午第一节课就离开教室了，这都快五点了，你才打电话给我？这算哪门子师德？

美蓝给秦雨打电话，秦雨关机了，第一次出现这样的情况。美蓝联系了其他三个闺蜜，她们都说出一个真相，秦雨去照顾生病的前夫了。

"不是说好马不吃回头草吗？"

"这是为吃不上回头草的人准备的尊严。"

"吃得上的人才不在乎呢！"

三个人各说各的。

美蓝并不着急出去找小贝。她有自己的判断，心里并不慌。一年前，美蓝用化名加了小贝的QQ，赶紧进到女儿的QQ空间，看到她发表了"说说"：闲来无事，难得人间好时光。她以此判定女儿没事。

继续联系秦雨，还是关机。这么多年以来，她的电话从来都是二十四个小时不关机的。美蓝现在需要向她倾诉，说培训爸爸，说前夫，说班主任，说小贝。她给秦雨的微信留言，不时看手机，希望有回信。一个小时过去了，也没有等来回信。一种无法排遣的焦虑让她变得空虚。她坐在租房楼顶最北端的烟囱后面的地上。她太瘦了，坐下时，没有人看出烟囱的柱子后面有人。

还不算太晚，不时有人上来收取晾晒的衣被。也有人说起小贝离家出走的消息。另外有人立马就接腔："千万别出事，昨夜又跳了一个，兄弟学校高二理实班的，是个男孩，成绩相当好，全国学科竞赛都拿了银奖。可惜的是只有金奖才能保送清华、北大。""想想都害怕。真是不敢乱说话了。现在也不知道是怎么了，学习压力怎么这么大。""能不大吗？所有人都盯着教育。你现在上马路走一圈，发广告的八成是培训学校的老师。"

楼下北面传出钢琴声，住在那户人家的是一个高三理科实验班的男孩，传闻成绩非常好，被清华录取已是大概率的事情。他每天下晚自习后都会弹一曲。今天他弹的是《流浪者之歌》。美蓝听着听着，眼里流出了泪。那年她去酒吧时，前夫还不是她的男朋友，也就在那里，他迷住了她。她看他坐在那里弹琴，他是多么迷人啊。不知回忆了多久，音乐没了，她继续坐在地上，一直坐到了凌晨两点，她抽了烟，一根又一根。前夫和她抽同一种牌子，他们最好的时候会坐在一起抽，烟的气味很好闻，他们拥抱彼此时只用一只手，另一只手里都拿着烟。那时，她看他是诱人的。我真的好爱你，她在深夜迷醉时用潭州方言对他说这句话。他说她爱的是爱情本身，并不一定是他。他还说，她如果最先遇见的那个合适的男人是别人，她也会爱上对方的。而他上当了，他说她把他骗了，因为他一见到她就无法控制地爱上了她。和前夫离婚后，她断断续续戒了三次烟，总是没有断根。因此，她批评小贝劣习难改时，她就撑她："你不说戒烟吗？不是也做不到啊。"说对了，她确实做不到。

美蓝起身回到租屋，手机上有前夫发来的短信，内容却是小贝的口气：妈妈，不要找我，我是故意考砸的，我来爸爸这里住两天。

美蓝打开存放贵重物品的抽屉，小贝的身份证不见了，这是预谋，她感觉自己被小贝耍了。小贝和她爸一样阴险。

她用了"阴险"这个词。他们父女俩一样，都是无声无息地做决定。包括离婚，本是她嫌弃他，却是他先提出来。"离了吧。你也好过些。"那天是他们的结婚纪念日，他却说了这句话。其实，两人谁也没想到这点，只是后来回忆，才知道那天的特殊性。美蓝明明巴不得，可是由他先说出来，心里就不爽，感觉被他甩了。她闭紧嘴，不回答，等他继续往下说："下周一上午十点我们一起去民政局。"说完他就走了，那晚再没回家。

美蓝总觉得哪里不对劲。

比如自己为什么在凌晨两点还坐在顶楼？比如小贝为什么突然就去了她爸爸那里？其实有征兆的，只是美蓝被别的事情困扰，也因此失去辨识力。就在这件事发生的前一天，小贝对美蓝说："求你不要给我丢脸了。同学们都知道你和秦可以她爸在搞男女关系。"

"秦可以是谁？"

"就是那个陪你上菜市场的培训男的女儿。"

美蓝一脸正经，装腔作势地说，"你们小孩子知道个鬼，只允许你们有男女同学，就不允许我们成年男女有革命友谊。"

"什么友谊啊？就在昨天，秦可以在她的 QQ 空间发布了最新消息，说她爸是个人渣。喝酒、家暴、再一次出轨。请注意，是再一次，说明曾经还有过 N 次，好多同学都看到了那条消息。学校都传开了。"小贝哭了，哭声大得让人害怕。小贝还说出一个真相：上次抓伤她脸的人就是这个秦可以。

又比如，像前夫那样保守的男人，怎么会辞职去南方呢？一定在他身上发生了什么。

于是，美蓝去了公公婆婆的家。这是处于潭州老巷里的一栋祖传三层老屋。一切都在改变，老房变得她几乎不认识了，外墙用青砖砌出，门是褐色的铜门，窗换成墨绿色铝合金的平开窗，里墙全刷白了。一楼和二楼改成一个书画艺术家的工作室。美蓝心想，前夫到底阴险，当时装出一副大气的样子，什么都不要，看着都给了她，原来这真正值钱的东西和她半毛钱关系也没有。她觉得这是后话，当紧的是问公公婆婆去哪里了。

她找到这里的社区主任，说出前夫父母的名字，问他们去哪儿了。

"老人都住进了私立养护中心，生活都不能自理了，不住到那里去也不行了。儿子还真是有孝，两个人同时住这么高级的护理中心，一般家庭哪承受得起啊。"

"得了什么病？"

"一前一后，两位老人都痴呆了。"

夜深了，美蓝躺在床上。窗外是一家省级儿童医院，经常能听到孩子撕心裂肺的哭声。她想，患病孩子的母亲有多痛苦啊。她打开手机，找到那首《流浪者之歌》，一遍一遍地听，她感觉自己走了很远很远的路，像一堆烂泥瘫倒在路边。

她想，他们怎么就双双痴呆了呢？记忆中的他们是多么追求完美的人啊。面对多变的世事，是人心坚持不住了？还是他们以另一种方式进入到彼此的世界了？

美蓝感觉到害怕，她不得不坦白，离婚后，她一次也没有带小贝去看过爷爷奶奶。自然他们冷漠在先，能证明这一点的事例数不胜数，可美蓝只需记住一件——小贝出生的当天，爷爷和奶奶没有出现，他们忙于准备一个舞蹈。他们需要不断地排练，一遍又一遍。可他们自己的感情倒是好得令人羡慕，他们就像抱团的绝缘体，拒绝他俩之外的一切，包括他们的儿子。他们总是彬彬有礼，脸上的表情却令人生畏。他们是舞蹈家，一生都在跳舞，从早到晚谈及的话题也只有舞蹈。离婚时，美蓝觉得自己掌握了某种权力，可以把小贝和前夫一家人的来往生生切断。前夫也主动叮嘱她，没关系，你不需要带小贝去看他们，他们从来都是冷漠的人。无论你去或不去，对他们都不重要。他们只关心彼此。

冷漠不也是小贝一向对我表达的情感吗？前夫不也是个冷漠的人吗？美蓝打了个寒战，觉得小贝和前夫及前夫的父母才是一家人，可她很快否定了自己，小贝那么好强，这点像她，自然应该遗传她的基因要多些。

美蓝从培训爸爸那里要到秦可以的电话，她会见了这个女孩，秦可以的眼神看上去和小贝一样冷漠。美蓝心想，这是二十一世纪"零零后"孩子的标配吗？还是这所名校带给孩子们的优越感？美蓝害怕这种眼神，它折射出一个母亲的胆怯。总得说点什么。美蓝和秦可以说小贝，还向她道歉。
这道歉有点惬意，但美蓝说出了她的真实想法。她说："我和
小贝的爸爸离婚多年，一直也没有再找，以后也不会考虑。
我和你爸爸也只是朋友式的交往。"还说，"你爸爸在这儿一
心一意带着你，他也有他的孤独。当然，这点可能是你现在
无法理解的。"

美蓝希望秦可以也能说点什么，但她只是安静地坐着，
什么也不说。最后美蓝说："不久，我和小贝会离开这里，今
天算是告别了。"

秦可以一直安静地坐在那里听美蓝说。从不插嘴，也不
反驳。就这一点来看，她算是个有教养的孩子。

美蓝觉得自己说的太多了，她做了个请对方说话的手势。

"我和小贝都有社交恐惧症，我们知道对方有这一点后，
反倒成了朋友。我们可以成为好朋友的，是你们毁了我们的
友谊。"秦可以离开前说。她的声音很低，也很冷。这是一间
面包屋的二楼，免费提供客人休息区，空调机咝咝喷着冷气，
美蓝感觉浑身很冷。她走出来，热浪却迎面而来，但她仍旧
感觉冷。

这个夜晚，美蓝注定要失眠。有命令传至，不知从何处
来，也不知因何人发出。她直挺着躺在床上，月光照在她身
上，这次像是该轮到她做出决定了。这个决定其实早就种在
心里，一直在生长，而今，是不得不与它面对了。这样想时，
她哭了。因为在此刻，她想到前夫，想到自己从前是不是真

心爱过他，现在是不是正用她陌生的方式爱着他。因为，她八年前就丢失了他。因为，就在这月色里，她看见了他，她找到了从前的他。

美蓝给前夫写了一封邮件：我一直以为，我在所有事件中都是被动的，是无辜的。后来我读梁漱溟先生的《人心与人生》才知道，酿成"战争"的都是我。我时常因为克制不住自己而对你说过不少过激的话，也做过不少错事。虽然白天清醒时我常为此后悔，可一到黑夜，我就失去了理智。我并不喜欢这样的自己，也时常想逃离这样的自己。于是，我时常出差。表面上看是公司派遣的身不由己，可我心里清楚，我在逃离这个家，逃离妻子这个角色。为什么会这样？我已经想不出一个完整的理由了。难道对一个人的恨和对一个人的爱都是没有理由的？

很快，美蓝收到了前夫的回信：我的沉默与回避是造成你痛苦的主因。我有罪……（后面是一连串的省略号）

这是他们心领神会的一种交流方式。他们从前常常这样表达，就像一串密码，只有他们能彼此破译。收到邮件后，美蓝做出了另一个同样重要的决定，她和谁都没有说，包括秦雨，她终于迈出了那一步——去看心理医生。就在小贝离家出走的那晚，她坐在顶楼时，她差点儿跳下去，她死死地把住那些晾衣杆，可心里钻出一双手，生生拽着她往黑暗里拖。"我不能死，她还有这样的认定。可另外一个声音也在使劲，"一了百了，万事皆休"。

去南方

第二天，她去了离租屋不远的脑科医院，接待她的心理医生是个五十多岁的女人。看简历，这个医生有着丰富的临床经验。美蓝告诉她，自己离婚，失业，孩子离家出走。她的症状有：站在阳台上时，就想往下跳，她时常流泪，无法控制悲伤，觉得干什么都没有多大意义。医生问了她许多问题。最后医生告诉美蓝，她患了中度抑郁症，建议住院治疗。美蓝没有住院，只是加了医生的微信。

小贝回来和离开一样突然，美蓝没有接到前夫的电话。小贝出现在家里时，美蓝正给城南的一个妈妈发快递，三箱水果——金芒、红柚、青葡萄。她的"陪读妈妈"网店营业三周，下单量每日递增，她感觉到一种初次创业的喜悦。

小贝并不向她解释什么，只是说："你说过的，我的事我自己做决定。"

美蓝看着小贝，她高挺的鼻子，白皙的皮肤，看她说话时逻辑缜密的样子，心里庆幸女儿遗传前夫的基因要多些。美蓝还发现，小贝的眼神没有从前那么冷漠了。或许让小贝去南方和前夫生活在一座城市也是可以的。她第一次这么想，想法越来越强烈。令人意外的是，她在微信里收到前夫的留言：我希望小贝能和我在一起生活一段时间，我可以随时回来帮小贝办理转学手续。

美蓝当即回复：好！速回。

接着她给医生发去微信：下周我去住院。

"你要不要去南方和爸爸一起生活？"美蓝对小贝说出这

句话时，没有结巴，她感觉身子轻盈。窗外不远处是农贸市场，能闻到炼猪板油的香味。

"什么？"

"你要不要去南方和爸爸一起生活？"

（《青年文学》2022 年第 4 期）